COLLECTION FOLIO

Michel Déon
de l'Académie française

Le jeune homme vert

Gallimard

Qui est ce jeune homme vert dont ne sera dévoilée l'origine que tout à la fin de ce roman ?

A Grangeville (Normandie) en 1919, Albert Arnaud, jardinier du domaine appartenant à la famille du Courseau, découvre sur son seuil un nouveau-né abandonné. Il l'adopte, l'élève. Ce petit garçon mystérieux grandira dans une double intimité : celle de ses humbles parents adoptifs et celle de ses nobles maîtres. Les enfants du Courseau, Antoinette et Michel et puis, un peu plus tard, la secrète Geneviève qui a quitté la maison pour faire sa vie ailleurs, seront mêlés de plus en plus étroitement à son destin.

Une foule de personnages, traditionnels ou équivoques, un nombre considérable d'événements privés, publics, sociaux, situent ce récit dans son contexte historique à l'époque de la fracture douloureuse et troublée d'entre les deux guerres. Michel Déon n'a pas craint de l'explorer, de le creuser, de le reconstruire, reprenant ainsi à son compte la tradition du roman français où famille et société jouent un rôle déterminant. Les aventures du jeune homme vert à travers la France et l'Europe éclairent ainsi les phénomènes de mutation qui ont remis en question — après 1918 et avant 1940 — le rythme, la psychologie, les ambitions, les amours, en bref le sort des hommes saisis par l'histoire.

Michel Déon est né à Paris en 1919. Après avoir longtemps séjourné en Grèce, il vit en Irlande. Il a reçu le prix Interallié en 1970 pour *Les poneys sauvages* et le Grand Prix du Roman de l'Académie française en 1973 pour *Un taxi mauve*. Il a donné une suite au *Jeune homme vert* avec *Les vingt ans du jeune homme vert*. Académicien français depuis juin 1978.

Jeanne ne parvint pas à franchir la haie d'aubépines. Les branches raidies lui lacéraient le visage, les
bras. Elle courut le long du chemin dans l'espoir de
trouver une ouverture, mais la haie, hostile et agres-
sive, demeurait impénétrable. Contenant de ses mains
sa grosse poitrine stérile qui tressautait, elle ressentit
jusqu'à la douleur, dans sa paume gauche, les batte-
ments de son cœur affolé. Elle ne pouvait cependant
pas abandonner. Derrière la haie, dans la jeune forêt
de bouleaux, un enfant vagissait et ses cris intermit-
tents portés par l'air du soir appelaient à l'aide. Jeanne
souffrait intensément. Elle voulait secourir le bébé
perdu dans le bois, et ses jambes trop lourdes collaient
au sol, son souffle s'épuisait. Elle haletait. Si elle ne se
dépêchait pas, l'enfant mourrait et Albert ne le lui
pardonnerait pas. L'affolant était que, bien qu'elle eût
déjà parcouru près d'un kilomètre pour trouver un
passage, les cris n'avaient pas cessé d'être aussi
proches, comme si le bébé la suivait derrière les
aubépines. Alors elle comprit que le chemin tournait
en rond autour du bois dont la frondaison tachetée

tremblait dans la lumière déclinante. Les vagissements s'interrompirent et Jeanne s'arrêta, pétrifiée d'angoisse, la gorge si serrée que quand elle tenta d'appeler, seul un son rauque passa ses lèvres.

— Qu'est-ce que t'as ? dit Albert.

Une forte main, à la paume calleuse, se posa sur son bras et l'angoisse de Jeanne disparut. Elle ouvrit les yeux sur la nuit de la chambre, en retrouva les contours et l'emplacement de la fenêtre dont des spasmes secouaient les rideaux. Le pouce d'Albert caressait son avant-bras avec une rassurante douceur.

— Il y a un bébé qui crie, dit-elle.

— Mais non, mais non..., dors.

— Si, si, je t'assure, écoute.

Ils se turent sans rien entendre, puis un vagissement proche s'éleva, plus faible que dans le rêve de Jeanne, un dernier appel exténué.

— Oh ! dit Albert. C'est vrai ! On dirait un lièvre blessé.

— Je suis certaine que c'est un bébé.

— A cette heure... sous nos fenêtres ?

Son bon sens n'admettait jamais l'inattendu... Jeanne s'assit dans le lit et tendit l'oreille. Il y eut encore un vagissement plaintif, désespéré.

— C'est peut-être le corbeau du père Souillet. Il imite tout ce qu'on veut.

— J'y vais ! dit-elle en tendant la main vers la table de nuit où, à tâtons, elle retrouva les allumettes soufrées.

La lampe Pigeon dispensa une faible lueur jaunâtre qui n'éclairait rien de la chambre. Jeanne régla la mèche, passa un peignoir sur sa chemise de nuit et

8

descendit l'escalier de bois. La maison avait deux entrées, l'une donnant sur le parc, l'autre sur le chemin communal. Sans hésiter Jeanne ouvrit la porte du chemin. En travers des marches gisait un panier d'osier orné d'un feston de rubans. Jeanne avança la main, toucha une couverture de laine. En approchant la lampe Pigeon, elle découvrit un visage minuscule qui grimaça dans la lumière. Le bébé poussa un faible cri, la bouche tordue.

— Jésus! Marie! C'est bien un enfant! Descends vite, Albert.

Elle en oubliait qu'Albert ne pouvait pas descendre vite. Il n'avait qu'une jambe. Il lui fallait le temps de sangler son pilon, de passer un pantalon et de s'accrocher à la rampe, marche par marche.

— Tu es sûre? cria-t-il d'en haut.

— Si j'en suis sûre? Ah ben, alors...

— Monte-le donc, on verra. Il est seul?

Alors seulement elle pensa à regarder dans le chemin, mais la nuit épaisse ne laissait deviner que ce que Jeanne savait déjà : le tournant à droite, un autre tournant à gauche, en face une haie d'aubépines. Une brise légère, presque tiède, caressait les formes de l'ombre. Quelques étoiles scintillaient dans le ciel. La lune ne s'était pas encore levée. Les soirs de vent, on entendait distinctement les vagues battre les falaises, mais la mer était calme, lointaine, comme effacée par la nuit d'été. Jeanne saisit le panier avec précaution et le porta jusqu'à la chambre. En chemise de nuit, assis au bord du lit, sa jambe pendante, Albert l'attendait, une lampe à pétrole au poing.

— C'est pourtant bien vrai que c'est un bébé, dit-il en grattant sa forte moustache.

— Il n'a pas plus de huit jours.

Elle sortit l'enfant de son panier et l'approcha de la lampe. Un chaud burnous bleu fermé par des rubans l'enveloppait. A son côté, on avait disposé un biberon plein, une brosse à cheveux, une boîte de talc et une enveloppe fermée qu'Albert ouvrit. « Je suis né le 16 août. Je n'ai pas de nom. Vous m'en trouverez un si vous voulez bien que je reste auprès de vous. »

— Le biberon est froid, je le réchauffe. En attendant, garde cet enfant, dit Jeanne avec l'esprit de décision qui la caractérisait dans les circonstances importantes.

Elle déposa le bébé dans les bras d'Albert qui, n'ayant jamais tenu un enfant de sa vie, resta pétrifié, toujours assis au bord du lit, sa jambe valide sortie des draps, nue, poilue et musclée. Il n'avait pas bougé d'un pouce quand Jeanne revint et le soulagea de son fardeau.

— En tout cas, il est bien gentil, dit-il.

La bouche s'ouvrit grande, avala la tétine. Les bulles d'air montèrent dans le biberon dont le niveau baissa régulièrement. Jeanne l'interrompit deux fois pour le faire roter en lui tapotant le dos. Albert, penché sur lui, reçut en plein visage l'odeur déjà aigre du lait. Dans un placard, Jeanne retrouva quelques langes qui avaient servi dix-neuf ans plus tôt à Geneviève. Elle démaillota l'enfant, le lava, le talqua et le recouvrit.

— C'est un beau garçon ! fit-elle en hochant la tête, allusion à ce qu'elle venait de découvrir et de recouvrir comme si une longue expérience et de patientes mesures lui permettaient de diagnostiquer un avenir prometteur.

A peine emmailloté, le bébé s'endormit à poings fermés, tandis que deux visages anxieux se penchaient sur lui : la face de Jeanne ronde et lunaire, aux petits yeux gris marqués de pattes-d'oie, au menton décoré d'un bouton de chair ; la face d'Albert allongée, aux joues creuses, aux yeux jaunis par la fumée du tabac de troupe et les relents du calvados, à la forte moustache grisonnante et dure comme une brosse.

Ces visages aimants et inquiets furent les premiers à imprégner la mémoire visuelle du petit garçon que l'on baptisa Jean et qui prit le nom de ses parents adoptifs : Arnaud. Comme dans les contes de fées, Albert et Jeanne déposèrent des dons dans la corbeille-berceau, les seuls biens dont ils étaient riches : le courage et la bonté, la droiture et la charité, toutes qualités qui furent pour beaucoup à l'origine des mésaventures de Jean et de l'idée, en partie fausse, qu'il se fit du reste de l'humanité. Je dis « en partie fausse » puisque, dès l'enfance, il rencontra aussi la méchanceté, l'hypocrisie et la méfiance dont des fées mieux avisées eussent dû lui inculquer la connaissance instinctive. Mais nous savons que le mal surprend toujours et que le propre de la confiance est d'être déçue. Jean ouvrit les yeux sur un monde merveilleux, aspirant à pleins poumons l'air de la paix et de la liberté, un monde où l'on récompensait les braves, pardonnait aux coupables. Une grande ère s'ouvrait : il n'y aurait plus besoin de soldats. Albert y veillait, avec beaucoup d'autres anciens combattants, et, parmi les politiciens qui péroraient, il écoutait ou lisait avec émotion et chaleur ceux qui promettaient la fin de ces guerres pour lesquelles on partait joyeux, la fleur au fusil, et dont on revenait avec un pilon à la place de la jambe gauche. J'ai oublié de préciser que la date de naissance de Jean est celle du traité de Versailles : 1919, que nous sommes en Normandie depuis la première ligne — les aubépines, le bruit de la mer contre les falaises —, que la jambe d'Albert était restée dans la boue de Verdun lors d'une de ces attaques inutiles dont quelques généraux avaient le chic. Parmi les autres visages qui s'offrirent aux yeux étonnés de Jean, notons tout de suite :

M. du Courseau, propriétaire de La Sauveté dont Albert et Jeanne étaient les gardiens ; Mme du Courseau, née Mangepain, qui, le lendemain de l'apparition de l'enfant, revint d'un voyage à Menton où sa fille de dix-neuf ans, Geneviève, soignait ses poumons ; Antoinette du Courseau, quatre ans (une permission de M. du Courseau après les Éparges) ; Michel du Courseau, deux ans (une permission avant le départ pour Salonique) ; le commandant Duclou, oncle de Jeanne, un des derniers cap-horniers ; M. Cliquet, retraité des chemins de fer de l'État, cousin d'Albert ; et surtout M. l'abbé Le Couec, curé de Grangeville, Breton exilé en Normandie par les autorités supérieures que ses foucades autonomistes inquiétaient. A priori ce n'est pas là, on en conviendra, un univers très large, mais Jean aurait pu tomber plus mal et ne connaître de la vie, jusqu'à l'âge du régiment, que des parents bornés, un instituteur imbécile, un curé bêtifiant, et comme maîtres de La Sauveté, que des constipés. En fait, il y a bien deux constipés dans le lot. On verra lesquels. Je préfère ne pas préciser car il est possible, après tout, que leurs attitudes n'apparaissent pas telles aux lecteurs de cette histoire et soient même approuvées par une majorité silencieuse. Je précise néanmoins qu'il ne s'agit pas de M. du Courseau que Jeanne courut prévenir dès l'aube après avoir collé l'enfant dans les bras d'un Albert pétrifié par ses responsabilités et furieux de se voir interdit de pipe dans toute pièce où se trouverait le petit Jean.

Vers cinq heures du matin, M. du Courseau avait accoutumé de se lever, hiver comme été, de descendre à la cuisine et de se préparer seul un grand bol de café arrosé qu'il buvait debout en robe de chambre avant de gagner sa bibliothèque où il s'enfermait jusqu'à huit heures. C'était un grand Normand, rouge de teint, le regard bleu, la nuque forte, les mains comme des battoirs. Depuis sa démobilisation, il reprenait du ventre et ne s'en inquiétait pas, assez satisfait de voir réapparaître des rondeurs nobles que la boue des tranchées et les maladies de l'armée d'Orient avaient effacées un temps. Il ne s'inquiétait pas non plus de sa calvitie qui révélait un crâne superbe, luisant et glissant, souligné par une corolle de cheveux grisonnants. Nul n'ayant jamais vu un livre nouveau franchir le seuil de la bibliothèque interdite, force était de croire qu'il relisait toujours les mêmes livres, notamment un Dickens complet broché sous couverture rouge-orangé, un Balzac relié chagrin, les œuvres de Voltaire en trente-deux volumes dans l'édition de 1818 et une vingtaine de biographies de Guillaume le Conquérant, son héros, le seul homme qu'il admirât parce qu'il avait battu les Anglais. De ces lectures, rien ne transparaissait dans sa conversation. Antoine du Courseau aimait parler de nourriture quand il n'était pas à table (à table il était peu loquace, tout occupé de manger et d'analyser ses sensations), de fleurs (mais avec Albert seulement), de femmes (mais avec l'abbé Le Couec qui n'en avait pas peur), de mécanique (mais avec Ettore Bugatti à qui, une fois par an, il rendait visite à Molsheim pour acheter une nouvelle voiture), de politique avec personne, ayant renoncé à s'indigner de quoi que ce fût. Le travail ne l'étouffait pas. Il l'ignorait depuis sa jeunesse, ayant hérité La Sauveté de sa mère et une flottille de chalutiers de son père. Mme du Courseau n'était pas mal à l'aise non plus, issue de trois générations de minotiers qui avaient, depuis longtemps, abandonné la blouse, les Mangepain, de Caen. Oui, je sais, quel nom prédestiné! Mais je n'y peux rien. La guerre venait de passer sur eux sans les atteindre, au contraire de beaucoup d'autres qu'elle avait enrichis ou ruinés. Deux ombres seulement altéraient cet heureux tableau : en Serbie, Antoine avait été blessé par un éclat d'obus à l'épaule droite et il n'était plus question pour lui de chasser ; en 1917, Geneviève avait commencé de tousser et de cracher le sang. Elle vivait à Menton depuis cette époque. Au début de l'été, on avait craint pour ses jours, mais Mme du Courseau, accourue à son chevet, annonçait son retour, Geneviève étant hors de danger...

Jeanne ne trouva pas M. du Courseau dans la cuisine où le bol sur la table, la bouteille de calvados et la cafetière encore chaude attestaient son passage. Bien qu'elle fût au courant de l'interdiction de le déranger dans sa bibliothèque, elle n'hésita pas et comprenant d'instinct l'inutilité de prendre des gants, elle ouvrit la porte d'un coup sec. Une lampe à pétrole éclairait la pièce tapissée de livres, le bureau où luisait le pot à tabac en porcelaine et quelques objets de cuivre ou d'argent. Dans un angle de la pièce, il y eut un cri étouffé, quelqu'un qui se redressait. M. du Courseau se rajustait et sur un lit de repos une forme noire se trémoussait encore. Jeanne reconnut Joséphine Roudou, une Martiniquaise de vingt-cinq ans qui, depuis Pâques, s'occupait de Michel et d'Antoinette en l'absence de Mme du Courseau. En un mouvement pudique, Joséphine releva sa chemise de nuit et s'en couvrit le visage, offrant le charmant spectacle de son ventre bronzé, d'un sexe plus noir que l'ombre qui régnait dans la bibliothèque.

— Qu'y a-t-il de si grave, ma bonne Jeanne ? demanda Antoine d'une voix nullement troublée car il était de ces hommes que le plaisir ne laisse guère rêveurs plus de deux ou trois secondes.

— Nous avons trouvé un enfant à notre porte cette nuit.

— Qui ? Antoinette ou Michel ?

— Un enfant inconnu !

— Mais comme c'est intéressant. Et comment s'appelle-t-il ?

— Il n'a pas de nom. Il a peut-être huit jours.

— Ah diable ! C'est une farce...

15

— Qui oserait des farces pareilles ?

— En effet...Mme du Courseau revient aujourd'hui. Elle avisera. En attendant, Joséphine s'en occupera.

— Joséphine ! Ah ça... jamais.

Il y eut un gloussement sous la chemise de nuit et M. du Courseau se retourna comme s'il découvrait une tierce présence entre Jeanne et lui. La vue du ventre encore agité de spasmes lui rappela ce qui venait de se passer.

— Cachez-moi ça, voyons, Joséphine.

Elle baissa sa chemise et son visage apparut, hagard, roulant des yeux blancs. Sans le madras qui, d'ordinaire, la coiffait, ses cheveux en tire-bouchon lui faisaient une tête de Gorgone noire assez effroyable pour que Jeanne ressentît un frisson de peur.

— Vous pouvez regagner votre chambre ! dit M. du Courseau.

C'est à peine si Jeanne la vit sortir de la pièce, enfiler le couloir et grimper l'escalier jusqu'au premier, laissant derrière elle une odeur de peau poivrée, un sillage luxurieux qui pouvait, effectivement, troubler les hommes, mais que Jeanne, peu sensible à ces appas, jugea sévèrement.

— Où est cet enfant ? demanda M. du Courseau.

— Avec Albert. Albert adore les bébés.

— Eh bien, il ne saurait être en de meilleures mains. Le mieux est sans doute de prévenir M. l'abbé Le Couec. Maintenant, je dois lire...

Jeanne s'en fut, déçue de n'avoir pas su transmettre à M. du Courseau son excitation, mais elle le connaissait assez pour savoir son cœur et son indifférence. Et il venait de lui donner un bon conseil. L'abbé Le Couec était l'homme de la situation. La poitrine de Jeanne se gonflait d'espérance et son imagination généreuse échafaudait déjà mille projets. Enfin, la Providence exauçait ses prières au moment où l'âge la forçait à renoncer à ce qu'elle avait tant souhaité : un enfant. Elle le garderait, il lui appartenait, elle en prit la résolution ferme en traversant le parc qui éveillait ses couleurs dans le petit matin, une aube jaunie avec des déchirures grises dans le ciel. Une délicieuse fraîcheur parfumée montait de la terre, des grands massifs de rhododendrons, des plates-bandes de dahlias, de bégonias, de roses et d'œillets d'Inde. Jeanne comprit qu'elle n'avait jamais été aussi heureuse qu'à cette minute-là. Elle en oubliait la scène dont elle venait d'être témoin, qui aurait dû l'indigner mais que, plus tard seulement, elle raconta à son mari. Albert en resta rêveur. L'incident lui rappelait une négresse dans un B.M.C. en arrière des lignes, huit jours avant qu'il perdît la jambe. Il avait connu le plaisir entre les cuisses d'une forte créature aux seins comme des pastèques. Rien à voir avec les honnêtes ébats conjugaux auxquels Jeanne s'intéressait de moins en moins depuis qu'elle n'espérait plus d'enfant. Ils se jurèrent la discrétion, serment inutile car, bientôt, tout le monde fut au courant et l'on admit que M. du Courseau aimait les peaux noires. Le commandant Duclou expliqua que les marins qui avaient goûté à ces charmes restaient envoûtés pour la vie. Antoine avait dû prendre de mauvaises habitudes à l'armée d'Orient, et à dater de cette époque, il y eut toujours des négresses à La Sauveté. Chaque année, à peu près à l'époque où il changeait de Bugatti, Antoine congédiait la Martiniquaise ou la Guadeloupéenne de service pour en commander une autre qui arrivait sur un des bananiers de Dieppe, pimpante, colorée, des anneaux d'or aux oreilles. Je ne parlerai plus guère de Joséphine Roudou que tout le monde détesta, puis regretta quand elle fut partie pour une gloire éphémère à Montmartre où une de ces mauvaises maladies que l'on attrape avec les hommes de peu d'hygiène l'emporta en quelques semaines.

Mme du Courseau — j'ai oublié de dire qu'elle se prénommait Marie-Thérèse — fit son apparition à Grangeville le matin même où le petit Jean s'installait chez ses parents adoptifs. Après avoir embrassé Antoinette — indifférente — et Michel — qui s'accrocha désespérément à elle —, Marie-Thérèse courut chez Jeanne pour voir le bébé. Les choses eussent sans doute pris une autre tournure si M. l'abbé Le Couec n'avait été là. Ce brave homme était au milieu d'un grand discours cartésien.

— La religion, disait-il à Jeanne et Albert, est la chose du monde qui se partage le mieux. Si cet enfant a déjà été baptisé, un second baptême ne pourra lui causer aucun mal. Vous ne devez pas hésiter. Un bon chrétien ne saurait vivre sans le secours d'un saint protecteur. Mettons-le sur les rails, comme dirait M. Cliquet des chemins de fer de l'État. Il y aura toujours des locomotives pour le tirer plus avant, et s'il reste sur une voie de garage, il sera au moins débarrassé du péché originel. Je sais, Albert, que vous ne croyez pas, mais les pires sceptiques ne sauraient, sans se contredire, être contre quoi que ce soit. Donnez une chance à cet enfant, je veux dire une chance de

18

plus, tant il semble déjà avoir été heureux dans le choix de ses parents adoptifs... Ah madame du Courseau, je vous salue bien. Comment va notre Geneviève ?

— Mieux, beaucoup mieux, monsieur l'abbé. Mais qu'est-ce que j'apprends ? Un bébé nous tombe du ciel à La Sauveté ? Où est-il, Jeanne ?

— Il dort, Madame.

— Il cuve son lait, ajouta Albert.

Le curé s'était levé après avoir posé son verre de calvados sur la toile cirée de la table de cuisine. Il ne craignait pas les bonnes rasades qui enjolivent le teint. Le sien, un peu rouge, devait beaucoup aux visites qu'il entreprenait après sa messe quotidienne. Sa robuste constitution lui permettait ces excès. Il avait des forces à revendre, même après quatre ans dans les tranchées à brancarder les blessés et à creuser des trous pour les morts. Au retour, il avait endossé la vieille soutane élimée aux reflets verdâtres et violacés, sa seule coquetterie étant d'afficher sur la poitrine le ruban de la croix de guerre. Au nom de cette croix, Albert pardonnait au curé d'être curé encore qu'il eût avec lui des prises de bec sur des points de théologie, mais ce n'étaient là qu'agaceries entre les deux hommes, vite effacées par l'évocation des épreuves qu'ils venaient de traverser. Jeanne les écoutait, bouche bée, protégée par une foi de charbonnier. Il n'en était pas de même de Mme du Courseau qui eût souhaité à Grangeville un abbé quelque peu mondain, avec une jolie voix de tête et plus de dispositions pour l'harmonium que pour les alcools blancs.

— Je monte le voir, dit-elle sur un ton sans réplique.

— Vous allez le réveiller ! répondit Jeanne prête à barrer la porte.

— Absurde, voyons, Jeanne... On voit bien que vous n'avez pas eu d'enfants. Un bébé ne se réveille pas parce qu'on se penche sur son berceau.

— Je n'ai pas eu d'enfants, peut-être, mais j'ai eu Geneviève. Assez longtemps qu'elle m'a appelée : « Maman Jeanne. »

— Je ne l'oublie pas, je ne l'oublie pas... Mais...

La discussion se serait éternisée et des mots aigres auraient sans doute été échangés si Jean n'avait pas eu la bonne idée de crier. Les deux femmes montèrent. Dans son moïse, poings crispés, le bébé s'époumonait. Jeanne le prit dans ses bras et le calma aussitôt. Mme du Courseau voulut le bercer à son tour, mais le bébé hurla.

— Vous voyez ! dit la gardienne avec fierté.

— Il est bien mignon. Nous allons nous en occuper. J'ai déjà pensé que nous l'installerons dans la chambre actuelle de Michel qui ira, lui, dans celle de Geneviève.

— Non, dit Jeanne, il restera ici.

— Mais enfin, ma pauvre amie, vous n'y pensez pas ! Vous n'avez ni le temps, ni les moyens de garder un enfant.

— Je trouverai le temps et les moyens. Ce bébé a été déposé à ma porte. C'est la volonté de Dieu qu'il soit à moi.

— J'imagine que dans sa hâte coupable la mère s'est trompée de porte. C'est à la nôtre, visiblement, qu'elle voulait le laisser.

20

— Avec des suppositions pareilles, on referait le monde. Ce petit — nous avons décidé Albert et moi de l'appeler Jean — nous appartient.

— Son avenir..., dit Mme du Courseau.

— Il en aura un. L'argent ne fait pas le bonheur. Nous lui apprendrons à bien travailler et à aimer ses parents.

— Il est encore un peu jeune pour ça.

— Nous attendrons patiemment.

Si Marie-Thérèse du Courseau pensait trouver un allié en la personne du curé, elle se trompait lourdement. L'abbé Le Couec se rangea au côté des Arnaud et rien ne le fit changer d'avis ; même lorsque la maîtresse de La Sauveté rappela, non sans perfidie, l'athéisme et l'anticléricalisme d'Albert.

— Madame, dit l'abbé, pour couper court, Dieu sait reconnaître parmi ses brebis égarées ou distraites celles qui ont les vertus des chrétiens et, souvent, une charité bien supérieure à celle de ceux qui vont régulièrement à la messe. Même franc-maçon, abonné à *L'Œuvre,* Albert est un exemple pour beaucoup.

— Je doute que votre évêque soit de cet avis ! répondit-elle sur un ton qui sentait la menace.

Présidente d'un ouvroir à Dieppe, elle avait ses petites entrées à l'évêché. On l'écoutait, la flattait et elle prenait pour pain béni les amabilités intéressées de la hiérarchie. Mais l'abbé Le Couec se moquait de la hiérarchie. Il ne craignait ni les semonces, étant dépourvu d'orgueil, ni les mutations tant il se sentait un étranger partout hors de la Bretagne. Mme du Courseau eut beau exercer les pressions les plus diverses, les Arnaud tinrent bon. En vérité, elle se battait seule, son mari ne prenant aucun intérêt à l'affaire. Toute son ingéniosité se heurta à l'entêtement borné de Jeanne, entêtement d'autant plus féroce que la gardienne sentit, à deux ou trois reprises, son bien menacé par une conspiration sourde. La conspiration échoua grâce au brigadier de gendarmerie, au maire, à l'instituteur qui répondirent des Arnaud. Jean avait trouvé asile chez eux. Il y resta et aucune Joséphine Roudou ne fut autorisée à le pouponner. Jeanne y veilla. Mme du Courseau n'abandonna pas la bataille, mais lutta différemment pour ne pas se faire une ennemie de la mère adoptive, et si elle eut des regrets, elle comprit vite, à la suite de deux incidents qui auraient pu être tragiques, que la place de l'enfant trouvé n'était pas à La Sauveté. Le petit Michel tout juste âgé de deux ans fut surpris à côté du berceau de Jean, essayant de le poignarder. Le bébé dormait au soleil devant la maison des gardiens quand Jeanne entendit un grand cri. Elle se précipita dehors pour apercevoir Michel, le poing crispé sur un couteau de cuisine et se débattant avec Joséphine Roudou. Dans son berceau, le sang du petit Jean teintait l'oreiller. Il portait une longue estafilade à la joue gauche. Sans Joséphine, Michel lui aurait crevé les yeux. Une autre fois, ce fut Antoinette qui courut prévenir Jeanne. Son frère avait dérobé de la mort-aux-rats et tentait de la faire avaler au bébé qui en fut quitte pour quelques vomissements.

Ai-je dit sous quel aspect physique se présente Mme du Courseau, née Marie-Thérèse Mangepain?

Non, parce qu'à moi il semble que cela va de soi, mais quelqu'un lisant derrière mon épaule m'inquiète en la décrivant quadragénaire, laide, autoritaire et mielleuse à la fois, habillée comme ces dames d'œuvres qui semblent toujours épier les péchés d'autrui. Ne laissons pas libre champ à d'autre imagination que la mienne. A l'époque où commence ce récit, Marie-Thérèse du Courseau a trente-huit ans. Dans trois ans, elle coupera ses cheveux, ce qui lui évitera de passer trop vite le cap de la quarantaine. Elle conduit elle-même son tilbury pour aller à la messe, se baigne dans la Manche les trois mois de l'été, cuisine admirablement quand il est nécessaire, évangélise les enfants du village et, nous l'avons vu, préside un ouvroir à Dieppe. Habillée par Lanvin, elle n'a rien d'une provinciale endimanchée. Personne ne se souvient de l'avoir vue s'évanouir pour une futilité. D'une autre, on dirait : c'est une femme de tête, mais la tête, chez elle, est trompeuse : une expression de douceur, une voix suave, une amabilité qui ne se dément que quand elle rencontre un obstacle à ses désirs, par exemple quand Jeanne décide d'adopter le petit Jean. L'ambiguïté de son caractère apparaît avec ses enfants. Elle ne s'est intéressée à Geneviève que quand cette dernière s'est mise à tousser. Elle ignore à peu près Antoinette et trahit sans cesse sa passion pour le petit Michel. Qu'on lui pose la question : « Avez-vous des enfants ? » elle répond : « Oui, j'ai un enfant, Michel, et aussi deux filles. » Pour aller plus loin et pénétrer les secrets d'alcôve, elle remplit ses obligations conjugales sans gourmandise, comme une femme de devoir. Les écarts de conduite d'Antoine lui ont été pénibles, puis indifférents. Elle n'a pas été insensible à la particule qui précède le patronyme de Courseau et n'en est pas moins fière d'être née Mangepain, d'autant qu'un de ses frères est député, élu sur une liste de droite dans le Calvados. Elle sait d'ailleurs pertinemment que si les « du » Courseau ont quelques prétentions, ils ne figurent cependant dans aucun annuaire de la noblesse. Il arrive qu'on l'appelle « baronne » et elle ne corrige pas toujours ses interlocuteurs. C'est ainsi qu'un titre se forge en une génération ou deux. Je reviens à cette expression de douceur qu'on pouvait d'ordinaire lire sur son visage : elle n'est pas d'origine. Jeune fille, Marie-Thérèse a eu un teint ravissant, un teint de Normande, frais et rose, qui faisait oublier une certaine âpreté des traits : les lèvres minces, le nez à l'arête dure. Avec la maturité, le teint s'est brouillé et l'expression de douceur a corrigé cette perte. Tout le monde peut s'y laisser prendre, excepté sans doute l'abbé Le Couec parce que sa propre douceur n'est pas de surface et qu'à force d'entendre se confesser les paysans normands, il ne croit pas beaucoup à la bonté rousseauiste de l'homme.

Jean demeura donc chez les Arnaud. Je ne raconterai pas sa prime enfance qui est surtout composée de petits besoins et de grands appétits, des maladies qu'il faut attraper, de pleurs, de rires, de cris, de sourires que sa mère adoptive guettait sur ses lèvres. Au grand agacement de Jeanne, Mme du Courseau se mêlait de l'éducation du bébé, ce qui avait le don d'exacerber la jalousie de Michel. C'était une chose étrange que de

24

voir cet enfant de deux ans, bientôt trois, pâlir de
colère chaque fois que l'on prononçait le nom de Jean.
Antoinette, sa sœur, s'amusait à le provoquer. Peut-
être est-ce afin de l'irriter encore plus qu'elle afficha
une passion pour Jean. Échappant à Joséphine, puis à
celle qui lui succéda, Victoire Sanpeur, elle courait se
cacher dans la maison des gardiens. Jeanne n'eut pas
de plus fidèle alliée que cette enfant de cinq ans.
Guettant à la fenêtre de la cuisine, elle criait : « Attention la voilà ! » dès que sa mère approchait, et Jeanne
se lançait dans quelque travail frénétique, cirer le
parquet, astiquer les cuivres de la batterie pour
justifier ses réponses monosyllabiques à Mme du Courseau.

Albert, lui, bougonnait. La paix aurait vraiment été
la paix si l'on avait trouvé des aides-jardiniers et de
bons engrais. Il ne rencontrait pas d'écho en Antoine
du Courseau qui, jusqu'à la guerre, s'était fort peu
complu dans l'analyse de ses propres sentiments et
s'effrayait, à ses moments de solitude, de se découvrir
une sorte de malaise sur lequel il ne parvenait pas à
mettre de nom. On l'eût bien surpris en lui apprenant
qu'il s'agissait de l'ennui. Ennui qu'il chassait à sa
manière, en lisant, en chevauchant la Martiniquaise
de service ou en sortant sa Bugatti du garage pour
foncer sur les routes de toute la puissance de ses trente
chevaux, écrasant poules, chiens, chats, dispersant les
troupeaux attardés. C'est ainsi qu'un après-midi de
l'été 1920, au volant de sa voiturette, il gagna Rouen,
passa la Seine et, après avoir envoyé un télégramme à
La Sauveté pour qu'on ne l'attendît pas, continua par
Bernay, Évreux à travers le pays d'Ouche, une Nor-

mandie qu'il ignorait. La France lui paraissait terriblement exotique tant il gardait encore dans les yeux le souvenir des paysages écrasés de soleil, brûlés par le froid ou luisants de pavots de la Macédoine et de la Serbie du Sud. Il ne connaissait pas cette France-là, à moins qu'il ne l'eût oubliée, et elle se rappelait à lui par des villages propres et fleuris, des centaines d'églises délicates, une campagne dessinée d'un trait ferme et bien fini, suavement colorée de gris, de vert, de rouge brique. La guerre n'était pas passée par là et, à voir ces curés à pied s'épongeant le front avec de grands mouchoirs à carreaux, ces facteurs à bicyclette coiffés d'un chapeau de paille, ces enfants grimpés sur les chars de foin qui rentraient le regain, on aurait cru qu'elle n'avait été qu'un mauvais rêve né de l'imagination détraquée des hommes.

La Bugatti gourmande mangeait des kilomètres, traînant derrière elle un panache de poussière ocrée, son moteur ronflant avec une gravité joyeuse qui se communiquait au conducteur. Loin derrière, à La Sauveté, était resté le malaise indéfinissable dont souffrait Antoine. Aux dépôts d'essence, il s'arrêtait pour dégourdir ses jambes et répondre aux questions des mécaniciens qui tournaient avec respect autour de l'engin. Le même modèle, le type 22, venait de gagner le Grand Prix de Boulogne conduit par Louis Charavel et le monde automobile commençait à parler d'Ettore Bugatti qui, avec ses voiturettes, grignotait une par une les places victorieuses des mastodontes de Delage, Sunbeam, Peugeot et Fiat.

Antoine était si à l'aise qu'il s'arrêta pour dîner à Chartres après avoir acheté des pneus neufs, changé ses quatre bougies et fait le plein. Puis il fonça dans la nuit de nouveau, droit devant lui. Ses phares éclairaient à peine quelques mètres de la route et il devait lever le pied, roulant dans un étroit cercle de lumière qui dressait des arbres au passage, trouait l'ombre épaisse dans laquelle dormaient les villages. Deux ou trois fois, aux abords des villes, il manqua entrer percutant dans des charrettes de maraîchers sans falot. Il eut l'impression de jouer à la roulette russe et appuya de nouveau sur l'accélérateur, buvant à grandes aspirations la nuit fraîche, épaisse comme une masse d'eau noire qui déferlait sur lui. Vers deux heures du matin des phantasmes naquirent au bord de la route. Il conduisait dans un état second, proche de l'ivresse : des colonnes de soldats en bleu horizon remontaient vers le Nord suivies par de l'artillerie tractée, des 75 qui s'arrêtaient pour tirer entre les arbres. Chaque coup trouait la nuit d'une gerbe rouge et jaune. Il croisa une théorie d'ambulances qui laissaient sur la route une longue traînée de sang, enfin il flotta à la surface d'un lac qui étouffait le bruit du moteur et le crissement des pneus. Là, il fut merveilleusement bien pendant un moment, puis des vagues le secouèrent, la carrosserie gémit et le moteur étouffé s'arrêta dans un hoquet. Au milieu d'un champ labouré, Antoine s'endormit sur son volant pour se réveiller trempé de rosée aux premiers rayons du soleil. Le moteur démarra au quart de tour et Antoine retrouva la route. Le jour se levait sur le Bourbonnais aux villages blancs, aux jolis bois à l'haleine fraîche. Il continua jusqu'à Lyon où il arriva peu avant le déjeuner après avoir suivi les berges de la Saône épaisse. Il avait soif et faim et s'arrêta dans une gargote sur les quais du Rhône. On lui servit un pot de beaujolais, du saucisson et du beurre. Des enfants, des badauds entouraient la Bugatti arrêtée au bord du trottoir. Elle avait souffert de la nuit. Des moustiques, des papillons écrasés maculaient sa belle carrosserie bleue et ses roues à rayons gardaient des traces de la promenade à travers champs. Mais, telle quelle, après ses efforts de la nuit, elle était encore comme un pur-sang au repos, le cou fièrement tendu, la croupe rebondie avec son réservoir cylindrique. Antoine lui offrit une douche dans un garage et ne pensa à lui-même qu'après. Le costume de grosse laine tenait le coup, mais la chemise défraîchie, la barbe d'un jour seyaient mal au possesseur d'un pur-sang. Il acheta une chemise et se changea chez le coiffeur qui le rasa, un petit homme bavard et méchant auquel il ne répondit pas trois mots. Il avait hâte de repartir, de sentir de nouveau la caresse tiède du vent sur son visage, d'entendre le ronronnement heureux du moteur. Les rues désertes le surprirent. Pas un passant, pas un tramway, des rideaux baissés et des volets tirés, des terrasses de café vides sans même un garçon mélancolique, le Rhône qui roulait ses eaux bleuâtres et froides entre des rives de galets, Fourvière estompé par une brume de chaleur qui étouffait jusqu'au son de ses cloches. La Bugatti, longeant des rues pavées aux rails luisants, essaya en vain de secouer du vacarme de ses quatre cylindres cette étrange torpeur. Lyon mangeait.

Au milieu de l'après-midi, il fut à Valence. Une autre France commençait là, dès la sortie de la ville, vert pâle et grise avec ses oliviers. Une violente bouffée de bonheur envahit Antoine. Il savait maintenant où il se rendait. La route descendait jusqu'à sa fille Geneviève. Tout était prévu de longue date et il l'ignorait. Plus rien ne pressait. Il abaissa sa moyenne et conduisit plus prudemment. Au départ de Montélimar, le lendemain matin, il acheta du linge frais et bourra de nougats la Bugatti. De temps à autre, il poussait un galop et les platanes défilaient à toute allure dans des éclaboussures de soleil à travers le feuillage. La campagne provençale, si harmonieuse, si belle — la plus belle du monde —, miroitait devant lui comme un mirage, avec ses murailles de cyprès noirs, ses toits de tuiles rondes, ocrées, ses mas paisibles et heureux, son ciel pâle.

A Aix, il s'arrêta dans un garage pour vidanger et un mécanicien l'appela « mon capitaine ». Antoine reconnut Charles Ventadour, un chauffeur de sa compagnie, grand garçon efflanqué au teint de gitan, qui conduisait un camion sur les routes défoncées de la Macédoine. Aix était vraiment une étape à laquelle il importait de sacrifier. Puisqu'il connaissait désormais son point de chute, Antoine avait le temps devant lui. Il dîna en compagnie de son chauffeur qui rappela la Serbie, les Turcs, les routes où l'armée d'Orient s'embourbait, fondait en diarrhée, grelottait de malaria. Charles en rajoutait mais les couleurs exagérées de son récit étaient belles et tous deux se sentirent brusquement fraternels, si proches qu'une amitié naquit, une amitié qui n'aurait jamais pu exister à l'armée. Après dîner, ils se vautrèrent dans des fauteuils à la terrasse d'un café du cours Mirabeau.

Pourquoi toute la France ne vivait-elle pas là ? Moins ambitieuse, elle eût coulé des jours heureux autour d'une fontaine envahie par la mousse, à regarder passer de jolies filles aux sourcils ardents, à la taille de guêpe. Antoine eut une pensée pour Victoire Sanpeur. Même avec son sexe crépu, elle ne faisait pas le poids.

Il repartit le lendemain et, en fin de matinée, traversa un petit port de pêche bourré de tartanes vertes aux grossières voiles rapiécées. Sur le quai, quelques peintres consciencieux avaient dressé leurs chevalets et peignaient, ruisselants de sueur sous le soleil. A la sortie du village, il s'arrêta devant une guinguette au bord d'une plage et descendit. On lui prêta un maillot noir trop grand. Une jolie fille brune aux joues roses, aux sourcils épais, apporta un demi-pain fendu en deux et fourré de tomates, d'anchois, d'oignons et d'ail qu'elle arrosa devant lui d'un grand verre d'huile d'olive. Assis sur le sable, il mangea distraitement, les yeux fixés sur la mer d'un bleu incandescent. Des tartanes glissaient au large, à mi-chemin de l'horizon. De temps à autre, il se tournait pour apercevoir la Bugatti qui brillait au soleil comme la mer. Des passants la caressaient du plat de la main, s'accroupissaient pour mieux distinguer ses transmissions, ses freins, son pont arrière. Quelqu'un lui dit que l'endroit s'appelait Saint-Tropez. Antoine décida que quand ses enfants seraient tirés d'affaire et lui-même veuf — dans son idée il n'y avait pas d'accroc à ce programme — il vendrait La Sauveté et s'installerait ici. A ce moment, il eut le tort de regarder son ventre ballonné, sa peau blanche de Celte, et de passer les doigts sur son crâne chauve ruisselant de sueur. Il ne s'aima pas. Les années passées avaient fait de lui cet homme lourd et maladroit qui ne retrouvait d'aisance qu'au volant de sa voiture. Ce maillot noir à bretelles était ridicule et dans un miroir de la guinguette, il avait aperçu son visage aux yeux marqués d'un cerne blanc par les grosses lunettes de mica.

Assise sur un coin de table, la jeune fille balançait une jolie jambe au genou bruni. Elle parlait avec un garçon de son âge et leurs deux accents chantants se mêlaient. Pour le plaisir de la revoir de près et aussi pour la séparer de cet intrus, il demanda un autre « pan bania » et une bouteille de rosé du Var. Dans le mouvement qu'elle fit pour déposer le plateau sur le sable, il revit son genou et, levant les yeux, reçut en plein visage un regard chaud et innocent, un parfum de brugnon légèrement épicé d'ail. Elle était belle, elle était simple, elle n'était pas pour lui. En partant, il offrit une grande boîte de nougats qu'elle accepta avec des gloussements de joie. Elle s'appelait Marie-Dévote.

La route de l'Estérel creusait la montagne rouge, les forêts de pins dont le parfum lui parvenait à pleines bouffées. La voiturette répondait avec allégresse aux efforts que lui demandait Antoine. Les pneus criaient dans les virages, elle bondissait dans les côtes et grondait dans les descentes avec ce joli son musical qui n'appartenait qu'aux Bugatti. Derrière elle, traînait par nappes l'odeur de l'huile de ricin. Antoine traversa Cannes, puis Nice sans s'arrêter. Ces villes d'hivernants étaient désertées pendant l'été. Après le port, des écriteaux indiquaient Menton, puis la haute corniche. Il ralentit. La nuit tombait sur le mont Boron. A bonne

31

altitude et à cette heure du soir, le moteur connaissait son meilleur régime, s'envolait à la moindre pression du pied, mais Antoine n'était plus du tout pressé. En trois jours, le temps, l'espace avaient perdu leur signification. Après Geneviève, il irait peut-être jusqu'en Chine. Cette mécanique admirable de précision et d'enjouement n'aurait jamais de défaillance. A La Turbie, il s'arrêta près de la tour d'Auguste pour dominer la côte dont les lumières jaunes tremblotaient en chapelet le long de la mer. Un peu plus loin, à Roquebrune, il avisa, au bord de la route, un petit restaurant dont la terrasse dominait les olivettes en pente. Le patron se tenait sur le seuil, en tricot de corps et pantalon de coutil. Une énorme cicatrice encore rose lui barrait le visage, déformant sa bouche. Il parlait avec difficulté. Antoine goûta à la soupe au pistou, aux fleurs de courgettes farcies, à une friture d'anchois. L'homme le servit avec une désinvolture fatiguée. Dans la cuisine, derrière un rideau de perles, s'affairaient deux femmes qu'on ne voyait pas mais dont on entendait les voix aiguës : une jeune et une vieille. Elles n'apparurent jamais, et, le dîner achevé, s'éclipsèrent sans passer par la salle du restaurant. Antoine demanda un alcool. Le patron apporta une bouteille de grappa italienne, deux verres, et s'assit en face de lui :

— Alors, comme ça vous voyagez ! dit-il. On est des pauvres diables...

Avec les doigts de sa main velue, il caressa l'effroyable cicatrice de son visage, soupira et ajouta, le nez déjà dans son verre :

— Et vous ? Qu'est-ce que vous avez ?

— Oh, presque rien. Des éclats d'obus dans l'épaule droite. Il y a six mois un petit morceau encore est sorti. Mais je ne me plains pas.

— Sauf pour la chasse...

— Sauf pour la chasse.

— Où c'est que vous étiez?

— Armée d'Orient. Et vous?

— Verdun. Douaumont. Ça vous plaît cette grappa?

— Pas mal. Un peu verte. Je suis normand. Moi, c'est le calvados.

— Je ne dis pas non. On nous en filait un verre avant l'attaque.

Ils burent un moment, tantôt silencieux, tantôt échangeant quelques mots prudents qui les situaient l'un par rapport à l'autre. Antoine eût volontiers bu la bouteille mais il y avait encore quelques kilomètres et cette gueule cassée lui donnait un cafard terrible. Tant de soldats étaient partis pour la guerre avec l'idée de sacrifier leur vie ou au moins le bras gauche, mais aucun n'avait imaginé qu'il pouvait aussi revenir le visage en bouillie, monstre pour le reste des années à venir. Il eut conscience de sa lâcheté, mais sans lâcheté comme sans mensonge, la vie était impossible. Il s'attendait à une nuit du souvenir, images, histoires jetées en vrac par-dessus la toile cirée, avivées par la chaleur de la grappa.

— Vous étiez officier? demanda l'homme d'un air soupçonneux.

Antoine eut pitié. Il ne voulait pas laisser une mauvaise impression, accentuer la rancœur certaine de ce vaincu.

— Non, dit-il, caporal. J'ai fini sergent.

— C'est comme moi. Restez un peu...

— J'ai un rendez-vous à Menton.

— Elle attendra...

— Il s'agit de ma fille.

— Ah ! je comprends. Eh bien repassez un jour. On n'est pas tellement à se tenir les coudes. Mon nom, c'est Léon Cece.

Antoine reprit sa voiturette et descendit en roue libre vers Menton. Les cigales chantaient dans les pinèdes et les olivettes. La ville dormait déjà d'un profond sommeil. On eût dit d'une malade tant son souffle respectait le silence des rues désertes. Le parfum des citronniers en fleur, la veilleuse des réverbères pauvres, tout trahissait la chambre d'hôpital. Les maisons se cachaient au fond de jardins touffus, barricadés derrière de hautes grilles. Pas une barque ne bougeait dans la darse. Antoine roula doucement le long de la Promenade et finit par trouver un passant qui lui indiqua le chemin de la clinique, un grand pavillon 1900 au fond d'un parc silencieux. Fenêtres et portes étaient closes. Il arrêta son moteur, releva le col de sa veste et s'endormit sur son volant.

Ce ne fut pas l'aube qui le réveilla, mais le bruit de doubles volets s'ouvrant à un balcon au-dessus de sa tête. Geneviève apparut en chemise de nuit blanche, un ruban dans les cheveux. Elle lui sembla terriblement amaigrie, pâle mais plus belle qu'avant, un être si fragile que le souffle du matin, un rayon de soleil trop perçant risquaient de la tuer.

— Mais c'est vous, papa ! dit-elle. Je m'en doutais,

j'avais bien cru entendre le bruit d'une Bugatti cette nuit. C'est la nouvelle ?

— Enfin, la nouvelle « provisoire », le type 22, quatre cylindres. Bugatti pense la remplacer bientôt par la 28, une merveille paraît-il.

— Celle-là me plaît déjà !

Antoine se rengorgea.

— Veux-tu faire un tour ?

— A cette heure, c'est difficile. La porte n'est pas ouverte. Un peu plus tard si vous voulez.

— Je vais aller boire un café. Tiens je t'ai apporté du nougat.

Il lança sur le balcon deux boîtes que Geneviève ramassa.

— Oh merci ! dit-elle. C'est si gentil d'avoir pensé à me gâter. J'adore le nougat. En revenant, auriez-vous la gentillesse de m'apporter des cigarettes et des allumettes ?...

— Tu fumes ? Ce n'est pas bon.

— Rien n'est bon au point où j'en suis.

— Vraiment ? Je croyais que tu te sentais mieux. Tu m'inquiètes.

A la moue qu'elle eut, il reconnut sa fille, son enfant embrassée sur le seuil de La Sauveté, le matin d'août 1914 où il partait rejoindre son corps. Elle avait changé brusquement, elle était maintenant cette frêle jeune femme au visage ovale, aux cheveux blonds dénoués, et elle l'embarrassait, l'intimidait.

— Ne vous inquiétez pas, dit-elle.

— Mais tu ne guéris pas !

— Est-ce qu'on guérit ?

Il n'en était pas lui-même assez sûr pour le lui affirmer. Il pensa à des dérivatifs.

— Tu n'as pas besoin de parfum ?

— Oh, si vous trouvez quelque chose d'assez moderne...

— J'essaierai.

Au balcon voisin, apparut une silhouette en pyjama, un homme ébouriffé qui se mit à gesticuler en les injuriant.

— Non, mais vous êtes fous ? Un bruit pareil à cette heure ! Il y a des gens qui dorment, des gens qui sont malades. Vous vous en foutez !

— Calmez-vous, Piquemal, dit Geneviève d'une voix douce. C'est mon père. Nous ne nous sommes pas vus depuis cinq ans. D'ailleurs, il s'en va. Il reviendra plus tard.

— Votre père, votre père ! cria Piquemal sans aller plus loin, la voix étranglée par une quinte de toux.

— Vous savez bien que vous ne devez pas vous mettre en colère ! C'est très mauvais pour vous.

Piquemal, plié en deux, une main devant sa bouche, réintégra sa chambre.

Geneviève se pencha vers son père :

— Ne vous formalisez pas. C'est un demi-fou. D'ailleurs, il n'en a pas pour longtemps.

— Je reviendrai tout à l'heure, dit Antoine.

— A tout à l'heure, papa.

L'allée en pente lui permit de laisser glisser la Bugatti jusqu'à la grille où il embraya et eut la satisfaction d'entendre aussitôt ronronner le moteur. Menton s'éveillait dans l'or du jour, une lumière frisante qui glissait sur la mer d'huile et caressait les arbres des jardins. Sur le quai du port, des hommes en chapeau de paille démêlaient leurs filets. Il trouva enfin un coiffeur qui le rasa et lui permit de se laver. Dans une boutique, il acheta une chemise et abandonna celle qu'il portait. De tout son voyage, il ne s'était embarrassé de rien. Des chemises, des chaussettes, des caleçons, des brosses à dents jalonnaient sa route, jetés dans les fossés ou d'éventuelles boîtes à ordures. Il eut plus de mal à dénicher une boutique de parfums à cette heure matinale, mais en trouva une qui affichait des « articles de Paris ». Peu expert en parfums, il se fia au conseil de la vendeuse, puis chercha un fleuriste et commanda un énorme bouquet de roses blanches. L'idée d'encombrer sa Bugatti avec des roses le laissa perplexe un instant.

— Voulez-vous que je les fasse porter ? demanda la petite brune à la lèvre ombrée.

— Oui, c'est une idée. Avec ce paquet, s'il vous plaît. Attention, c'est du parfum.

— Avez-vous une carte ?

Il en retrouva une dans son portefeuille, écrivit bien lisiblement :

Ma petite Geneviève, ces fleurs te diront toute mon affection mieux que je ne saurais le faire moi-même. Ci-joint aussi le parfum demandé. S'il ne te plaît pas, tu peux l'échanger à la boutique. J'ai laissé le nom sur le paquet. Ton papa qui t'embrasse.

Rasséréné, il reprit la route, s'arrêta au sortir de Roquebrune devant le restaurant de la veille. Assis sur une chaise devant sa porte, toujours vêtu de son tricot de corps défraîchi, l'homme plumait un poulet.

— Salut! dit Antoine sans descendre de voiture.

— Salut! Alors, elle va bien, ta fille?

— Beaucoup mieux, merci.

— Tu manges avec nous?

— Il est un peu tôt et j'ai une grande route devant moi. Une autre fois. Je reviendrai.

— Toujours pressé comme un pet sur une toile cirée.

— C'est la vie! dit Antoine qui n'aurait jamais cru savoir si bien se mettre au diapason.

— La vie, avec une gueule comme la mienne, il n'y en a plus. T'as raison d'en profiter. Allez... au revoir. Et tâche de ne pas te ramasser en route avec ton engin!

— Ça va! Je suis prudent.

Antoine embraya et la Bugatti attaqua la côte. Elle ne s'arrêta qu'à l'entrée de Saint-Tropez devant la guinguette. Écroulée dans un fauteuil d'osier, Marie-Dévote, un chat sur le ventre, lisait un magazine. Elle tourna la tête et sourit :

— Déjà de retour? On se languit?

— J'ai faim.

— C'est pas beaucoup l'heure... Une assiette de bouillabaisse, ça vous irait?

— Sûrement.

Il s'installa sous la tonnelle, face à la plage, tandis qu'elle disparaissait dans la cuisine. Une légère brise soufflait, levant des vaguelettes qui mouraient sur le sable blanc. Il eût volontiers pris un bain, mais le souvenir de son propre corps blanc et fade le dégoûtait. Marie-Dévote posa devant lui une assiette fumante et une carafe de vin du Var.

— C'est tranquille ici, dit-il.

— Le dimanche, on voit du monde.

— Quel jour sommes-nous ?

— Vendredi. Qu'est-ce que vous faites que vous ne savez même pas les jours ?

— Rien ! avoua Antoine.

— Et votre femme, elle dit rien ?

— Rien.

Il eut envie de lui demander de s'asseoir sur le bord de la table et de balancer sa jambe comme la veille, pour découvrir son genou, mais elle se tenait devant lui, mains sur les hanches, pieds écartés, et elle lui parut plus forte, plus solide qu'il ne l'aurait cru. La santé, le soleil, les hommes qu'il fallait servir et dont elle supportait les plaisanteries l'avaient mûrie à vingt ans. Mûre, c'est ça, elle était mûre comme un beau fruit de Provence avec cette liberté d'expression, cette franchise rude qu'ont les femmes du Midi. En riant, elle montrait des dents fortes, solidement plantées dans une bouche gourmande. Marie-Dévote était aux antipodes de ces jeunes filles de la bonne société normande auxquelles on l'avait présentée avant que, par lassitude et absence d'esprit critique, il choisît Marie-Thérèse Mangepain.

— Vous êtes toujours seule ici ? demanda-t-il.

— Hé, je vous vois venir, vous ! Non, je suis pas seule. Maman est là. Elle sort pas de la cuisine.

— Et votre père ?

— Mon père, il est mort. A la guerre. Comme tout le monde.

— Pas moi.

— Je vous ai vu hier sur la plage. Vous avez l'épaule toute chafouilleuse.

Antoine ne connaissait pas l'épithète, mais point n'était besoin de comprendre. Le langage de Marie-Dévote valait surtout par son chant, ses phrases commencées dans l'aigu, terminées dans le grave, musique intérieure charnue, fruitée qu'il aurait pu écouter des heures sans chercher à en démêler le sens. Mais l'attention de la jeune fille se détourna d'Antoine. Une barque de pêche arrivait à la rame et s'échouait sur le sable. Un grand garçon brun en sortit d'un bond, le pantalon retroussé jusqu'aux genoux, un seau à la main.

— C'est Théo ! dit-elle joyeusement. Il apporte le poisson.

Elle courut vers lui, pieds nus. La jalousie dévora Antoine et quand il en eut conscience, il fut heureux d'éprouver ce sentiment. Quelque chose bougeait en lui. Une frontière s'effondrait. Il appartenait au monde des vivants, au monde de Théo qui arrivait avec un seau de poissons, de Marie-Dévote qui courait vers le jeune homme, cachant mal son plaisir. Théo repartit presque aussitôt et la jeune fille perdit un instant son éclat. Elle parut terne, sans vie, mais l'éclipse fut brève. Antoine finit sa carafe de rosé, en redemanda pour le plaisir de la voir se lever, traverser la tonnelle et revenir de sa jolie démarche légère, comme si elle se déplaçait sur la pointe des pieds. L'instinct commandait de s'en aller pour garder intact et chaud le goût de revenir.

Le soir même, il s'arrêtait à Aix devant le garage de Charles qui, le travail terminé, se lavait la tête sous un robinet.

— Salut, mon capitaine ! Alors, la mécanique ?

— Parfaite, Charles. Vous êtes libre ce soir ?

Ils dînèrent ensemble à la terrasse d'un bistrot et naturellement parlèrent de la guerre des Balkans, ce qu'ils avaient en commun, une épopée ingrate et pourrie, mais que Charles, avec le talent d'un conteur méridional, savait parer de couleurs inattendues. Antoine, qui ne se souvenait que de boue, de dysenterie, de soif, de faim et de misère, écouta, avec une attention d'enfant, Charles franchir le Vardar le 22 septembre 1918, ravitailler les Serbes à Gradsko deux jours après, foncer avec son camion dans Prilep incendié par les Bulgares et entrer au galop avec les chasseurs d'Afrique du colonel Gaspereau dans Usküb. C'était admirable, ponctué de « pim, pam, boum, pif » qui ébranlaient la table et attirèrent autour d'eux les garçons du restaurant, le patron, oublieux des autres dîneurs. Antoine ne reconnaissait pas sa guerre et savait parfaitement que Charles fabulait, jonglait avec les divisions, possédé par un incompréhensible don d'ubiquité. Mais qu'importait ! L'ancien chauffeur magnifiait le sordide, organisait le désordre, motivait l'absurdité. Quand enfin il signa l'armistice avec le gouvernement bulgare, ce fut presque du délire dans le restaurant. Le patron leur serra la main, les yeux humides :

— Vous êtes des braves, dit-il dans une bouffée d'ail. On vous doit une fière chandelle !

Titubant, grisé de paroles et de vin rouge, Antoine trouva une chambre d'hôtel et dormit sans rêves.

Le lendemain matin, Charles inspecta la Bugatti, changea ses pneus, ses bougies, régla l'allumage. Quand le moteur vrombit de nouveau, l'œil du mécanicien brilla de plaisir. Antoine au volant n'eut plus qu'une envie : regagner La Sauveté, ce qu'il fit à la moyenne effarante de 70 kilomètres à l'heure, sans rien voir que la route devant lui, la poussière, les virages, les arbres qui sifflaient à ses oreilles.

La Sauveté avait résisté à son absence. Passé la poterne, il aperçut Albert clopinant devant une brouette que poussait un idiot. Victoire Sanpeur promenait Michel et Antoinette par la main sous les arcades de rosiers. Antoinette courut vers lui et monta s'asseoir sur le siège. Ils firent un tour du parc et s'arrêtèrent devant les marches de la maison au moment où Jeanne en sortait, Jean dans ses bras. Marie-Thérèse montra sa surprise, une surprise froide, indignée.

— Où étiez-vous ? dit-elle.

— Je suis allé voir Geneviève.

— Ah !

— Vous y voyez un inconvénient ?

— Pas du tout. Vous plaisantez !

Antoine se pencha vers le petit Jean qui le regardait les yeux écarquillés. Il lui pinça gentiment la joue. L'enfant sourit et lui tendit les bras.

— Incroyable ! dit Marie-Thérèse. Cet enfant est si difficile et voilà qu'il vous sourit.

— Il est pas difficile, rectifia Jeanne. Simplement, il aime pas tout le monde.

— Il n'a pas tort ! fit Antoine.

Marie-Thérèse eut un léger haut-le-corps et dit avec une douceur feinte :

— Je croyais que les enfants sentent toujours très bien quand on les aime ou ne les aime pas.

42

Antoinette se dressa, les yeux fulgurants :

— Mais papa aime les enfants !

Des larmes jaillirent de ses yeux.

— N'est-ce pas ? dit-elle.

— Oui, répondit Antoine distrait par l'arrivée de Victoire traînant Michel qui réussit à se dégager pour aller se blottir dans les jupes de sa mère.

— Maman, hurla-t-il tremblant de frayeur, maman, je ne veux pas qu'IL vous emmène dans sa voiture.

— Il n'y a aucun danger, mon chéri. Aucun !

— Quel imbécile ! dit Antoinette.

Le regard d'Antoine rencontra celui de la Martiniquaise. Victoire baissa ses paupières bordées de longs cils frisés. C'était oui, mais il faudrait attendre le lendemain matin, à cinq heures, après le bol de café arrosé, sur le dur divan de la bibliothèque. Antoine soupira.

2

Je ne parlerai que pour rappel de l'année 1920. Elle ne nous intéresse plus. Notons seulement ce qui tracasse Albert à cette époque-là. Paul Deschanel, que la Chambre et le Sénat réunis ont préféré à Clemenceau pour président de la République française victorieuse, s'est présenté en pyjama à un garde-barrière après le passage du train officiel. On l'a pris pour un fou mégalomane, et malheureusement ce n'est pas une méprise. Il lui a fallu céder la place à Alexandre Millerand. Aux États-Unis, les choses ne vont pas mieux : le président a disparu. Grisé par les ovations et sa propre incontinence verbale, Woodrow Wilson, enfermé dans sa chambre, ne reçoit même plus ses ministres. Sa femme joue les intermédiaires et dirige la politique mondiale entre deux parties de bridge. La Société des Nations qui, malgré l'absence des États-Unis, porte tous les espoirs d'Albert depuis 1920, n'a pas réussi à empêcher les Soviets d'envahir la Pologne, les Grecs d'attaquer la Turquie en Asie Mineure et les Français de « pacifier » le Rif. Albert vit de déception en déception. Quand il prend le petit Jean dans ses bras, il lui chante en guise de berceuse :

> *Et vous pauvres fillettes*
> *qui avez des amants*
> *s'ils vous font des enfants*
> *brisez-leur les membres*
> *pour qu'ils soient pas biffins*
> *pour qu'ils soient pas biffins.*

Jean ne sera jamais soldat. C'est promis, juré.

Nous sauterons donc au mois d'août 1923, c'est-à-dire trois ans plus tard, pour nous retrouver à La Sauveté, un bel après-midi où le soleil brillait sur la mer que l'on pouvait contempler du premier étage de la maison. M. du Courseau venait de lever le coin du rideau de tulle pour admirer son jardin. Assis dans un fauteuil crapaud, il gardait sa jambe plâtrée allongée sur un tabouret. Un mois auparavant, en pleine nuit, sur la route détrempée de Tôtes, en voulant éviter un cycliste sans lumière, il avait franchi un fossé et percuté dans une barrière heureusement en bois. Sa voiture — la nouvelle Bugatti type 28, 8 cylindres, 3 litres — avait peu souffert : radiateur crevé, essieu avant faussé, mais le genou gauche d'Antoine, moins résistant, avait éclaté en heurtant le tableau de bord. A l'usine de Molsheim, on réparait les dégâts. Début septembre, un mécanicien ramènerait la voiture. Bien qu'il ne fût pas question de conduire dans l'immédiat, Antoine souffrait de ne pas savoir sa chérie dans son box, une ancienne écurie transformée. Il aimait sa présence, même muette, et cet éclat qu'elle prenait soudain quand on tirait la porte à glissière du garage pour laisser entrer le jour. La peinture luisait d'un beau bleu, les chromes clignotaient dans la lumière. Cloué au lit, puis dans un fauteuil, Antoine, privé de son pur-sang, ressentait, avec une acuité douloureuse, sa solitude face à des heures d'une désespérante lenteur. Il n'était plus question, avant un mois ou deux, d'échapper à ce malaise lancinant et de prendre la route.

Le rideau de tulle soulevé découvrait un angle du parc, celui-là même qu'arrosait Albert ceint d'un tablier et coiffé d'un chapeau de paille. Assise dans un fauteuil de jardin, quelques pas en retrait, Adèle Louverture dormait, le menton incliné sur sa poitrine. Derrière elle, Michel du Courseau (six ans) armé d'une paire de ciseaux coupait le nœud du madras qui emprisonnait la forte chevelure de la jeune fille. Quand elle se réveillerait, le foulard se détacherait de sa tête, libérant sa tignasse. Derrière le petit du Courseau, Jean Arnaud (quatre ans) regardait faire, les mains derrière le dos, la tête penchée. Le nœud coupé, Michel se dirigea vers le tuyau d'arrosage d'Albert. Toujours muni de ses ciseaux, il les enfonça prestement, à plusieurs reprises, dans le caoutchouc et s'enfuit après avoir glissé son arme dans la main du petit Jean. Albert n'arrosait plus qu'avec un mince filet d'eau. Se retournant, il aperçut les geysers sortant du tuyau crevé et son fils les ciseaux à la main. Jean ne se déroba même pas. Il reçut la paire de gifles sans crier et partit pleurer plus loin suivi par les malédictions d'Albert. Adèle, réveillée, releva la tête et le madras tomba.

Elle vit tout de suite qu'il avait été coupé avec des ciseaux.

Antoine agita une sonnette qu'on laissait toujours à portée de sa main. Marie-Thérèse entra. Depuis l'accident de son mari, elle vivait dans le dévouement et la bonté. La tendresse avec laquelle elle parlait à ses amies du « pauvre Antoine » avait même laissé croire à beaucoup qu'il était mourant. Les visites rassuraient les inquiets : le mourant se portait bien malgré son immobilité. Il gardait à côté de son fauteuil une boîte de cigares et une bouteille de calvados. Son teint demeurait frais. Après une période anorexique, précédant son accident, il retrouvait l'appétit, mais un appétit qui intriguait les Normands de son entourage : Antoine mangeait du pain frotté d'ail, réclamait des bouillabaisses, exigeait de l'aïoli avec la morue, croquait des olives en buvant une boisson jaune que quelques gouttes d'eau transformaient en un précipité blanchâtre au goût anisé. En somme, il vivait ailleurs, dans un monde inconnu et amateur de plats épicés. Marie-Thérèse savait parfaitement qu'il la trompait. Elle en aurait souffert dans son orgueil si elle n'avait pu se consoler en pensant qu'elle n'était pas la seule à être trompée : Joséphine Roudou, Victoire Sanpeur et maintenant Adèle Louverture se trouvaient sur le même plan.

— Vous souffrez ? demanda-t-elle sans trop d'espoir qu'il répondît oui.

— Non, ma chère. Malheureusement, je ne souffre pas, mais je voudrais dire un mot à mon fils.

— Michel ?

— En aurais-je un autre ?

Elle convint qu'il ne pouvait s'agir, à La Sauveté du moins, que de Michel.

— Je vous l'envoie, mais...

— Mais quoi ?

— Vous êtes toujours très dur avec lui.

— M'avez-vous vu le frapper ?

— Non. Vous êtes pire. Vous ne lui parlez pas ou vous l'observez avec étonnement, comme un étranger.

— Il doit être un étranger. Il est le seul être au monde qui me regarde avec effroi et même parfois un soupçon de haine.

— C'est un enfant sauvage. Il faut l'apprivoiser.

— J'essaierai.

Il tourna la tête avec indifférence et souleva de nouveau le rideau pour apercevoir le parc. Albert réparait son tuyau avec des chiffons et de la ficelle. A quelques pas de lui, Jean le regardait une main sur sa joue. De petits haussements d'épaules trahissaient ses sanglots étouffés. Le mutisme d'Antoine signifiait à Marie-Thérèse qu'elle devait s'exécuter.

Il attendit patiemment, suivit d'une oreille attentive la discussion entre la mère et le fils au bas de l'escalier, leur montée lente jusqu'au premier étage, écouta, sans chercher à en pénétrer le sens, les chuchotements passionnés derrière la porte. Enfin, Marie-Thérèse dut parvenir à le décider, car Michel entra pour se trouver seul dans la chambre avec son père. Il resta le dos plaqué à la porte refermée, les jambes jointes, la tête haute. Leurs regards se croisèrent, et Antoine fut content que son fils ne baissât pas les yeux. Ils se mesurèrent ainsi un moment, en silence, le père presque surpris de trouver beau cet enfant qu'il connaissait si peu, l'enfant étonné que n'éclatât pas aussitôt la colère de son père.

— Tu es un bien beau petit garçon ! dit Antoine.

Et c'était vrai. A six ans, Michel, élancé, monté sur de longues jambes musclées, les épaules bien carrées, le cou long, le profil pur, les cheveux d'un blond pâle, était un bel enfant. Antoine crut le voir pour la première fois. Quelle sorte d'incompréhension les séparait donc depuis toujours ? Il y rêva un moment, distrait d'abord, puis attentif à ce qui se passait derrière la porte, une présence muette et craintive. Il attendit, il avait le temps. Ce fut Marie-Thérèse qui, n'y tenant plus, frappa, entrouvrit, passa la tête. Antoine lui sourit :

— Ne vous inquiétez pas. Je ne l'ai pas mangé.

— Mais vous ne parlez pas.

— Nous nous communiquons des choses indicibles.

Mal rassurée, elle disparut. Antoine écouta son pas décroître dans l'escalier et, sans que sa voix marquât de contrariété ou d'irritation, dit :

— N'est-ce pas, Michel ?

— Quoi ?

— Tu sais très bien de quoi j'aimerais te parler.

— Non.

— Une histoire de madras coupé et de tuyau crevé aux ciseaux.

Michel aspira profondément comme un plongeur qui va disparaître sous l'eau.

— Ne punissez pas le petit Jean, dit-il. Il n'a que quatre ans.

— Parce que c'est lui ?

— Oui.

— Il est vraiment précoce. Mais j'apprécie que tu prennes sa défense. Tu as bon cœur.

— C'est l'enfant d'une bonne.

— Jeanne n'est pas une bonne. Je n'aime pas ce mot dans ta bouche. Jeanne est notre gardienne et son mari est mon ami.

— Comment peut-il être votre ami ? C'est un jardinier.

— Je préfère un jardinier à beaucoup de gens que ta maman m'oblige à recevoir ici.

— En tout cas, Jean ne sait pas ce qu'il fait.

— Es-tu vraiment sûr que c'est lui ?

— Oui.

Antoine resta silencieux. Il découvrait son fils et cette découverte l'intéressait. En un sens, il se sentit fier que cet enfant persistât dans son mensonge, et sachant que son père savait. Il lui accorda du courage et un grand sens du mépris de la vérité.

— Je tiens à ce que Jean ne soit pas puni et je désire qu'Albert monte me voir. Veux-tu être assez gentil pour le lui dire ?

Michel avait déjà la main sur le bouton de la porte.

— Attends, ne t'en va pas si vite. Embrasse-moi.

— Pourquoi ?

— Parce que cela me fera plaisir.

Michel lâcha le bouton, marcha vers son père et lui posa un baiser froid sur la joue.

— Merci, dit Antoine. Tu peux aller...

Il aperçut Michel qui courait vers le jardinier. Albert posa sa lance d'arrosage après avoir fermé la vanne, s'essuya les mains à son tablier de grosse toile bleue et remonta l'allée, claudiquant sur son pilon autour duquel flottait la jambe du pantalon. Il se tenait bien droit et on ne sentait aucune envie de lui faire l'aumône d'un peu de pitié. Cet homme acceptait et offrait sa souffrance à la paix dont il parlait en rêveur éveillé. Antoine l'aimait beaucoup et le lui montrait avec discrétion comme il sied entre hommes.

— J'interromps votre travail, dit-il à l'entrée d'Albert.

— J'avais fini, mon capitaine.

« Mon capitaine » remplaçait le « Monsieur » d'avant-guerre. Ils s'étaient vus en uniforme, aux permissions, et, de ce jour, les rapports formels étaient devenus impossibles. Mieux valait leur substituer ces titres militaires qui rappelaient dans la paix sans âme que des hommes pouvaient s'unir en une fraternité respectueuse sans servilité.

— Asseyez-vous ! Un petit verre ?

— Je refuse pas.

Albert bourra sa pipe et l'alluma. L'odeur âcre du tabac bleu se répandit dans la pièce. Il prit le verre qui n'était pas petit, y trempa sa moustache :

— C'est celui de 1920, dit-il.

— Oui. Le dernier carafon.

— Il est bon.

Antoine but aussi une gorgée :

— Oui, bon. C'est tout. Ça ne sait pas vieillir.

— On ne demande pas ça au calvados.

— Non, je sais, Albert. Je vous ai prié de venir à cause des gifles que vous avez administrées au petit Jean.

— Il les méritait. Le tuyau est foutu. C'est moi qui le remplacerai.

52

— Non, c'est moi.

— C'est moi ! dit Albert avec mauvaise humeur.

— De la fenêtre j'ai vu Michel qui coupait le madras d'Adèle et crevait votre tuyau. Il a glissé les ciseaux dans les mains du petit Jean et s'est enfui.

— C'est-y possible ?

— Désolé.

— Alors, j'ai commis une injustice.

— Jean a-t-il protesté ?

— Non, mon capitaine. Le petit imbécile !

Antoine vit l'embarras d'Albert, embarras qui n'était pas dû au remords d'avoir giflé son enfant, mais à l'idée que la Justice toute-puissante avait été offensée. Il eût aimé rassurer son ami : la Justice toute-puissante se portait bien (dans l'esprit des hommes du moins) malgré les offenses quotidiennes dont on l'abreuvait. Dommage qu'Albert ne possédât pas un sens plus relatif des grands principes moraux. Il se préparait des heures tristes, des déconvenues, des rages qui altéreraient sa santé.

— Et il ne m'a rien dit, il ne s'est même pas défendu !

— C'est encore un bien petit garçon. J'aimerais que vous me l'envoyiez. Il faut que je lui parle, mais ne le prévenez pas. Laissez-moi faire !

Albert vida son verre d'un trait et sortit pensif. Peu après, Antoine entendit un léger toc-toc à la porte et cria au petit Jean d'entrer. L'enfant se présenta, le visage grave. Sa culotte trop longue masquait ses genoux et Jeanne, économe, cloutait déjà ses chaussures avec lesquelles il glissait sur le parquet trop bien ciré. Jean se dirigea vers le maître de maison et l'embrassa sur la joue :

— Bonjour, Monsieur.

— Je sais qui a crevé le tuyau et coupé le madras d'Adèle.

— Ah, vous savez ! dit-il en souriant.

— Mais je ne comprends pas pourquoi tu n'as pas accusé Michel.

— Après, il m'aurait battu. Et puis on ne me croirait pas. C'est votre fils.

Antoine découvrit un abîme devant lui. Ce petit garçon tendre et discret révélait un monde beaucoup plus compliqué que celui dont les du Courseau se satisfaisaient. Il fallait y prendre garde pendant qu'il était encore temps. Antoine saisit la main de Jean et la serra dans la sienne.

— Tu vois... je ne savais pas ces choses-là et je te remercie de me les apprendre. Aimes-tu les secrets ?

— Un secret ?

— Une chose qu'on ne partage qu'avec une personne.

— Oui.

— Eh bien... nous allons avoir un secret, toi et moi. Michel ne sera pas puni pour sa méchanceté, mais nous serons, toi et moi, des amis pour toujours. Nous ne nous disputerons jamais. Nous nous dirons tout et quand l'un de nous aura une peine, il la confiera à l'autre qui le consolera.

Jean regarda Antoine avec une attention concentrée. Il ne comprit pas tout, mais le son amical de cette voix le frappa suffisamment pour que jamais cette scène ne quittât sa mémoire, accompagnée de l'affectueux

54

embrassement d'Antoine qui sentait le cigare, l'alcool et l'embrocation. Comme il s'en allait, Antoine le rappela :

— Laisse-moi te regarder encore une fois. Tu me rappelles quelqu'un, mais je ne sais pas qui.

— Quelqu'un ?

— Oui, nous essaierons de trouver qui. Au revoir, mon petit Jean. Monte me voir quand tu t'ennuies. Nous parlerons.

De sa chambre, en septembre, Antoine suivit la ronde des jours. Les rosiers s'éteignirent pour laisser place aux fleurs d'automne. Un matin, l'unique cheval qui restait aux écuries et, le dimanche, tirait le tilbury de Marie-Thérèse jusqu'à l'église de Grangeville, s'en fut à la longe derrière la charrette d'un équarrisseur. Peu de minutes après, M\ :sup: me\ du Courseau entrait dans le parc au volant d'une Ford T avec laquelle elle tourna deux fois dans l'allée principale avant de se garer dans le box de la Bugatti. Antoine sonna. Marie-Thérèse apparut, les joues roses, un peu essoufflée.

— Vous avez vu ? dit-elle.

— J'ai vu et je vous donne trois minutes pour coucher votre chignole dans un autre garage que celui de la Bugatti.

— Mais la Bugatti n'est pas là !

— Raison de plus. Vais-je mettre une autre femme dans votre lit quand vous n'êtes pas là ?

— Je dois avouer que vous poussez la délicatesse jusqu'à respecter ces conventions.

— Alors, respectez-les aussi !

— Je vous savais attaché à votre voiture, mais... à
ce point-là... plus qu'à votre femme, plus qu'à vos
enfants...

— Vous ai-je jamais précisé les degrés comparatifs
de cette passion ? Non. Eh bien, ne fabulez pas.
Derrière la remise, vous ferez nettoyer le hangar à bois
et vous y installerez votre dinosaure.

Marie-Thérèse se le tint pour dit. La Ford T ne
copina pas avec la Bugatti qui revint de Molsheim un
après-midi, conduite par un mécanicien en salopette
blanche. Descendu au rez-de-chaussée sur une chaise,
Antoine contempla sa voiture encore chaude de la
route et maculée de moustiques écrasés. Il la fit laver
devant lui, au jet, au savon et à l'éponge. La peinture
bleue, les roues à rayons brillèrent dans la belle
lumière de l'après-midi. Tout le monde était là pour la
contempler : Adèle, Jeanne, Marie-Thérèse, Albert,
Jean, Michel, Antoinette et deux domestiques dont je
ne donnerai même pas les noms car ils ne furent
qu'épisodiques. Des mains caressaient la tôle, les
chromes, le volant de chêne, tâtaient le capot encore
chaud maintenu par une courroie de cuir, le levier de
vitesse, celui de la pompe à huile. Antoine réussit à se
caser sur le siège du passager et le mécanicien reprit le
volant. Ils tournèrent autour du parc dans le chant
d'orgue du moteur, soulevant une légère poussière
blanche. Au retour, devant le perron, ils trouvèrent
l'abbé Le Couec, un mouchoir dans le col de sa
soutane.

— C'est le veau d'or ! dit-il de sa grosse voix rouge.
On adore le veau d'or ! Et les pêcheurs sont plus
nombreux que jamais... Pauvre ciel qui se dépeuple !

Il aida quand même à sortir Antoine de la carlingue, à le remonter dans sa chambre où ils restèrent seuls avec le carafon de calvados et la boîte de cigares. Une forte odeur se dégageait de l'abbé qui ne prenait pas toujours grand soin de sa soutane. Les problèmes domestiques le préoccupaient peu et il vivait dans une seule pièce du presbytère, à la fois chambre à coucher, bibliothèque et cuisine. C'est à peine si, de temps à autre, il autorisait une paroissienne à balayer ou épousseter. Mais, vieux fantassin dressé par le *Manuel d'infanterie,* il portait une grande attention à la santé de ses pieds. Les fidèles qui le visitaient le trouvaient souvent assis sur une chaise, lisant son bréviaire, la soutane retroussée aux genoux découvrant ses fortes jambes aux mollets de marcheur, les pieds baignant dans une cuvette remplie d'eau où fondait du gros sel ramassé dans les creux de rocher. Il fallait cela : le curé de Grangeville marchait beaucoup. Un aller et retour à Dieppe ne l'effrayait pas. Il était même allé à Rouen en douze heures sans faiblir pour répondre à une convocation de son évêque et revenu le lendemain, du même train, délesté de quelques aigreurs après un entretien orageux.

Antoine, sensible aux odeurs, offrit un cigare à l'abbé qui l'alluma après s'être éclairci la voix :

— Pas mal ! Eh bien, comment ça va ? Je ne parle pas de votre genou, naturellement.

— Encore quinze jours et je trotte comme un cabri, répondit Antoine qui fit semblant de ne pas comprendre.

— Ça fait deux mois, n'est-ce pas ?

— Oui, deux mois.

— Deux mois sans pêcher! Là-haut il y a des gens qui s'intéressent à votre âme!

— Comme c'est gentil.

Antoine raconta l'histoire de Jean et de Michel, du tuyau crevé, du madras coupé. L'abbé n'écoutait pas avec une attention soutenue. Le premier verre de calvados bu un peu trop vite, parce qu'il avait soif, distrayait son attention. Il eût aimé en savoir l'année mais on n'interrompait pas ainsi Antoine quand il se mettait à penser tout haut :

— Je suis très attiré par le petit Jean. Si vous voyiez son sérieux, la force de son regard, si vous lisiez sur son visage la marche de ses pensées, vous vous poseriez la question comme moi : d'où vient-il? C'est d'autant plus irritant qu'en le regardant, je me répète chaque fois : je connais cette tête-là, je l'ai déjà vue quelque part. Dans un rêve, dans la réalité? Impossible de préciser. Saurons-nous jamais?

L'abbé observa un silence prudent. Il savait, mais on ne lui ferait pas trahir un secret. Ou alors plus tard, quand la nécessité l'imposerait. Il se versa un deuxième verre et y trempa ses lèvres.

— Chaque chose en son temps. Ne vous intéressez pas trop à Jean Arnaud. Votre fils a la priorité, et il en a besoin. Tandis que le petit Jean a toutes les chances pour lui : une mère admirable de vertu, un père qui est un héros et un idéaliste.

— Vous avancez que Michel n'a pas ces chances-là?

— Je n'avance rien. A propos, comment cela va-t-il à Saint-Tropez?

— Très bien! dit Antoine agacé et déjà refermé sur lui-même après cette rebuffade.

Il n'admettait pas, à juste titre, qu'un prêtre lui rappelât dans une conversation les confidences du confessionnal. Mais l'abbé Le Couec, trop entier, ne pouvait oublier les propos murmurés dans un moment d'abandon. La vie d'Antoine, extérieure et intérieure, était sienne et il entendait maintenir son droit de regard hors de l'église.

— Vous avez de la chance, dit l'abbé. Vous auriez pu tomber plus mal.

— Merci! dit Antoine sèchement.

— Au fond, je n'ai jamais compris ce qui vous séparait de Mme du Courseau.

— Si je le savais moi-même!

— Elle a de grandes qualités.

— Je ne vous contredirai pas sur ce point.

— C'est une excellente mère.

— Sans aucun doute.

— Elle est sans reproche.

— Qui oserait affirmer le contraire?

— Alors?

— Je m'ennuie avec elle! dit Antoine lassé.

L'abbé ignorait l'ennui et supposait bien qu'il s'agissait d'une maladie contre laquelle un homme sain luttait avec des prières, du calvados et de grandes marches à pied. La maladie d'Antoine tenait peut-être à ce qu'il ne sortait jamais sans sa Bugatti.

— Quand votre genou sera déplâtré, nous prendrons ensemble de l'exercice.

— De 14 à 18 j'ai eu ma dose.

— Le médecin vous ordonnera d'en reprendre une.

— Le parc me suffira.

Des cris et des rires montèrent. Antoine tira le rideau. Antoinette courait après le petit Jean qui lui échappait de toute la vitesse de ses jambes, tournant autour des fauteuils et d'un banc. Elle finit par le coincer et le prit dans ses bras pour l'embrasser. Il se dégagea et reprit sa course, regardant en arrière, sans se méfier de Michel qui, au passage, avança le pied. Jean tomba sans crier et se releva, les genoux, les mains et le menton en sang. Se saisissant d'un bâton, il se lança sur Michel mais Adèle, accourue, lui arracha le bâton et permit à Michel de s'enfuir. Antoine entendit confusément les explications véhémentes de sa fille qui accusait Michel. Mme du Courseau et Adèle emmenèrent Jean pour le nettoyer et le badigeonner de teinture d'iode.

— Vous avez vu ? dit Antoine.

— Oui. Curieux. Très curieux. Ça m'étonne de Michel. Au catéchisme, c'est un petit garçon attentif et fervent. Une graine de bon chrétien. Vous savez qu'il est très doué. Dimanche, il a chanté seul à l'église, avec une exquise voix de soprano. Je lui aurais donné le bon Dieu sans confession. Avec de la pâte à modeler il sculpte de petits saints qui sont des chefs-d'œuvre. J'ai l'intention de lui demander de me faire la crèche au moment de Noël.

— Un artiste dans la famille ? Il ne manquait plus que cela. De qui peut-il tenir ? De mon côté je suis tranquille : pas une goutte de sang inventif. Plusieurs générations de Normands sans ambiguïté. Je suis le premier d'entre eux à rêver. Du côté Mangepain, rien non plus, pas la plus mince sensibilité.

— Sortons de l'ornière pastorienne. Voilà un cas parfait de génération spontanée. Mais attendons... tous les enfants ont du génie. C'est après que ça se gâte.

Ils bavardèrent ainsi jusqu'à la tombée du jour, une de ces longues conversations où se mêlaient beaucoup de sous-entendus, quelques acidités cyniques d'Antoine et le bon sens solide, épais de l'abbé. Quand ce dernier se leva pour partir, la maison vacilla quelque peu autour de lui. La chambre empestait le cigare froid. Le carafon était vide. L'abbé manqua une marche de l'escalier et descendit le reste sur les fesses, pieds écartés, riant comme un fou. Marie-Thérèse lui offrit de le raccompagner au presbytère.

— Non merci, ma chère. J'ai fait le plein. Il faut que je le brûle.

— Oh, monsieur le curé, vous parlez comme mon mari. C'est un langage de mécanicien.

— Ils n'ont pas encore leur saint au paradis, mais ils l'auront, ils le méritent. Au besoin, j'irai à Rome à pied pour en prier Sa Sainteté Pie XI. Tenez, d'ailleurs, c'est une idée, je vais faire ma demande de ce pas.

Il se prit le pied dans le tapis-brosse de la porte d'entrée et manqua tomber de nouveau.

— Monsieur le curé! dit Marie-Thérèse sur un ton de reproche.

— Ma chère pénitente, on ne dicte pas sa conduite à un prêtre comme moi. J'ai certainement abusé du calvados en compagnie de votre mari, mais c'est quand l'esprit s'élève et se dégage des contingences matérielles que les idées accourent en foule. Sur ce, Dieu vous ait en sa sainte garde.

Prenant sur la patère son chapeau rond, il se coiffa d'un geste énergique et partit à grands pas dans la nuit commençante. Elle attendit qu'il eût franchi le portail et fut surprise de l'entendre, alors qu'il se croyait hors de portée, lâcher deux vents solides et secs qui troublèrent la paix du soir. Mais avec quelles périphrases raconterait-elle cela à ses supérieurs, d'autant que l'abbé s'en moquait ? Il avait encore deux visites à faire avant de regagner le presbytère pour dîner de pommes de terre froides et d'un bol de lait caillé.

L'acquisition de la Ford T changea profondément la vie de Marie-Thérèse du Courseau, et même son aspect physique. Elle abandonna Lanvin pour un couturier plus sportif, les talons hauts pour les talons plats, coupa ses cheveux et se mit à fumer des cigarettes de troupe, environ une quarantaine par jour. Ses mégots remplissaient les cendriers de La Sauveté, et, quand elle parlait, son haleine imprégnée de caporal vous sautait à la figure, aigre et froide. Elle conduisait sans témérité, à petite vitesse, sur les routes étroites de la région, s'aventurant jusqu'à vingt-cinq ou trente kilomètres de Grangeville, mais ne dépassant pas les confins de ce royaume permis. Elle emmenait souvent les enfants, le petit Jean y compris, pour leur faire visiter des églises, des abbayes en ruine, des châteaux amis où on les recevait à goûter dans des salons lugubres qui sentaient l'encaustique et la vieille dame. Le château qui fascinait le plus Jean Arnaud était celui des Malemort, une belle demeure en brique rouge, flanquée de deux tourelles et d'un ravissant pigeonnier. Le marquis de Malemort, à peine trente ans, luttait avec énergie contre les mauvais temps. Il avait rasé les trois quarts de son parc pour les transformer en prairies et repris en main les deux fermes occupées par des métayers. Ce Normand solide, au teint coloré, perdait d'année en année ses manières de gentilhomme pour ressembler de plus en plus à un paysan, mais le dimanche, vêtu de gris, ganté de blanc, un œillet à la boutonnière, conduisant son tonneau où prenaient place la marquise et leur fille Chantal, il avait encore grande allure et on le saluait bas, sans servilité, comme il sied à une fière image du passé en une époque sans pitié.

On me dira : qu'est-ce que tout cela vient faire ici ? Parlez-nous plutôt des randonnées d'Antoine, de Marie-Dévote et de Théo, de Charles Ventadour, de la gueule cassée de Roquebrune, de Geneviève, mais je prie qu'on me laisse du temps. C'est une longue histoire et les Malemort y figureront, surtout Chantal qui a l'âge exact de Jean, et qui est une ravissante enfant aux cheveux noirs et aux yeux d'un bleu de myosotis. A quatre ans, Jean resterait volontiers en adoration devant elle et s'il le pouvait il caresserait de la main ses joues de porcelaine, son long cou gracieux, mais les Malemort sont intimidants et Chantal est une enfant réservée qui s'exprime d'une voix douce sans minauderie. Il arrive à Marie-Thérèse du Courseau de rêver à une alliance avec cette famille. Son sens du calcul à longue portée l'incite à en parler déjà à Michel :

63

— Quelle ravissante jeune fille ce sera ! Et comme vous vous entendrez bien ! La prochaine fois tu devrais lui apporter une de tes petites sculptures. Ils ont un piano, je t'accompagnerai et tu chanteras *Auprès de ma blonde...*

— Mais elle est brune !

Mme du Courseau ne se décourageait pas pour si peu.

Albert détestait « prêter » Jean et cédait à contre-cœur, pressé par Jeanne qui répétait :

— Il faut que ce petit voie le monde.

Le « petit » était bien décidé à le voir. L'univers clos entre les hauts murs de La Sauveté le mettait mal à l'aise. A chaque pas, il y rencontrait les pièges posés par Michel ou l'encombrante affection de Mme du Courseau quand ce n'était pas le mépris hautain de la gouvernante qui, automatiquement, quinze jours après son intronisation, devenait la personne la plus snob de la maison. En voiture, au moins, Michel affligé d'un constant mal au cœur, passait le meilleur de la randonnée à vomir par la portière, et la négresse n'était jamais invitée. Et puis, parfois, sur la route, la Bugatti bleue les croisait ou les dépassait, et, en un éclair, on apercevait M. du Courseau au volant, la casquette à l'envers, les grosses lunettes en mica protégeant ses yeux du vent et de la poussière. A peine déplâtré, il avait repris l'entraînement et courait le pays afin de retrouver sa sûreté de main. Un jour, dans un virage pourtant négocié très serré, il faillit entrer en collision avec la Ford. D'un coup de volant un peu brusque, pour l'éviter, Marie-Thérèse mit les deux roues droites dans le fossé. Antoine recula jusqu'à elle :

— Rien de cassé ? demanda-t-il sans descendre de voiture.

Antoinette riait aux larmes, Michel geignait. Mᵐᵉ du Courseau, pâle et furieuse, répondit :

— Non !

— Alors, je vous envoie des bœufs.

Une heure après, un paysan tira la Ford du fossé, mais le soir on ne vit pas Antoine à La Sauveté. Il avait repris la route du Midi.

En trois ans, son itinéraire n'avait pas varié d'un kilomètre. Il mettait seulement moins de fougue à le parcourir, ne dormait plus dans les champs labourés et prenait du repos à Montargis avant de s'élancer, dès l'aube, vers Lyon où l'attendaient, toujours au même bistrot, un saucisson et un pot de beaujolais. A Montélimar, il se ravitaillait en nougat, à Aix il s'arrêtait pour dîner avec Charles et l'entendre raconter une guerre imaginaire tellement plus belle, plus héroïque que celle qu'ils avaient vécue, qu'on pouvait s'en souvenir presque avec plaisir. Le talent de Charles était surtout de ne pas s'isoler dans ses fables, mais d'y mêler Antoine avec un tel accent de conviction que ce dernier se laissait emporter, redressait la tête, cherchait ses galons sur la manche, bouchait ses oreilles quand éclataient les « pif, paf, poum » de son ancien chauffeur, s'émerveillait de sa propre insolence envers le colonel, de la désinvolture avec laquelle il avait traité les agents de liaison dépêchés par le Quartier général. Il protesta légèrement quand Charles lui raconta comment il l'avait ramassé au bord de la route, blessé à la fesse par le coup de lance d'un cavalier bulgare, mais Charles qui, comme tous les bons conteurs, n'écoutait rien et ne souffrait pas d'être interrompu, tenait à sa version et n'en démordit pas, même le soir où Antoine, un peu éméché, commença de baisser son pantalon pour montrer que ses fesses ne gardaient pas trace de cette entaille honteuse. Le patron du restaurant empêcha de justesse cet attentat à la pudeur et Antoine, résigné, finit par accepter que sa blessure par éclat de shrapnell à l'épaule droite se métamorphosât en saignée de la fesse après un héroïque combat contre un cavalier moustachu, au teint jaune de Tartare, qui violait les douces paysannes serbes. La conviction de Charles était telle qu'Antoine se surprit un soir à se contorsionner devant son armoire à glace pour tenter de vérifier les dires du mécanicien. Il ne vit que ses fesses un peu fortes, assez blanches, très communes et se coucha avec le remords de n'avoir pas fait une guerre vraiment héroïque en Orient.

La reconnaissance d'Antoine à l'égard de Charles Ventadour grandissait de rencontre en rencontre depuis 1920. Il lui savait surtout gré de substituer à ses souvenirs atroces et pitoyables une épopée d'hommes, une aventure où la Justice avançait triomphante au front des armées pour chasser les oppresseurs et rendre le bonheur aux opprimés. Hélas, restait encore le souvenir des Éparges dont on ne se défaisait pas aussi aisément. La nuit, Antoine se réveillait couvert d'une sueur glacée, un goût de terre dans la bouche, les tempes bourdonnantes comme après l'explosion des terribles minenwerfer, face à ce colosse au visage noirci qui avait surgi un petit matin devant lui suivi par une horde hurlante et qu'il avait eu la chance d'abattre d'un coup de revolver en plein cœur. Qui transformerait le souvenir de cette peur panique et de cette lâche tuerie en un duel de chevaliers où l'élégance française terrasserait la brutalité teutonique ? Personne, malheureusement, et Antoine, dopé tous les trois ou quatre mois par Charles à son passage à Aix, retrouvait vite, au retour à La Sauveté, les images obsédantes de son cauchemar. Mais il y avait rémission en Provence, et il aurait été un ingrat de se plaindre. Là commençait une nouvelle vie et quand la Bugatti, grillant la route des Maures, descendait sur Grimaud dans le chant des cigales, l'odeur résineuse des pins, le parfum du thym et de la lavande, quand un premier virage découvrait soudain la Méditerranée scintillante, les toits de Cogolin et de Ramatuelle et le petit port de Saint-Tropez encombré de tartanes et de barques de pêche, le cœur d'Antoine se gonflait d'un indicible bonheur. Souvent, il s'arrêtait à un belvédère pour retarder son plaisir, jouir encore un instant de cet « avant » merveilleux si plein des promesses de Marie-Dévote, des poissons grillés sur un feu de bois, des olives conservées pour lui dans le vinaigre et l'huile, des figues sèches en hiver ou fondantes dans la bouche en septembre, du rosé du Var et des verres du pastis fabriqué clandestinement par Théo, bus le soir, à la fraîche, les pieds nus dans le sable, en croquant des langoustines. Ces gens-là savaient vivre.

Il était midi quand il s'arrêta devant l'hôtel dont on apercevait, de loin, la belle enseigne : *Chez Antoine.* A la guinguette de 1920, s'était ajoutée une jolie maison au crépi ocre dont les chambres donnaient sur la plage. Marie-Dévote et Théo logeaient en bas et louaient généralement le premier étage à des peintres. Maman tenait toujours la cuisine, invisible, mais bruyante, poussant les feux, sacrant. C'est à peine si, en trois ans, Antoine l'avait aperçue quatre ou cinq fois, dont une au mariage de Marie-Dévote, où elle était apparue drapée de noir, coiffée d'un large chapeau sur lequel deux aiguilles de jais retenaient un voile de crêpe flottant. De son visage entrevu ce jour-là, il ne se souvenait que du nez rouge et des beaux yeux noirs comme ceux de Marie-Dévote.

Oui, Marie-Dévote s'était mariée. Je n'ai pas encore eu le temps de le dire, ou peut-être était-ce si évident que j'ai négligé de le préciser. Rien de plus naturel d'ailleurs que ce mariage puisque Marie-Dévote couchait avec Théo depuis l'âge de quinze ans, qu'il était beau et plutôt paresseux, ce qui permet de garder un homme à la maison, de l'avoir tout à soi, de ne pas le partager avec son travail, de le conserver frais pour le lit de la nuit. C'est là une philosophie que je n'ai pas le loisir de discuter ici faute de temps, mais qui mérite réflexion de la part du lecteur. Elle trouvera des défenseurs et des adversaires. Certains l'estimeront impraticable, d'autres expliqueront qu'elle s'accommode seulement des pays de soleil où l'homme vit de peu : une olive, un quignon de pain, des figues sur l'arbre et du raisin pendant sous la treille. L'admirable est que cette philosophie était instinctive pour ce jeune couple heureux qui ne se perdait pas en analyses de la situation. Ils vivaient ainsi par le mouvement le plus naturel et, très jeunes mais déjà sages, se félicitaient d'une réussite aussi parfaite.

Théo aidait par beaucoup de compréhension. Il n'avait pas de meilleur ami qu'Antoine et, les jours où ce dernier se pointait, il partait pour la pêche au coucher du soleil, en revenait bruyamment au petit matin. Le petit hôtel ajouté à la guinguette, une jolie barque neuve qu'on équiperait bientôt d'un moteur marin valaient ce sacrifice. Et après le départ du bienfaiteur, Marie-Dévote revenait, plus tendre que jamais, mise en appétit aurait-on cru.

Théo sortit le premier quand il entendit le moteur de la Bugatti pousser un dernier rugissement avant de s'arrêter. Antoine enleva sa casquette et ses lunettes. Son visage rougi par l'air, marqué d'une barre blanche au front et de cernes pâles autour des yeux, déchaîna l'hilarité de Théo.

— Eh bien, mon vieux, tu en fais une tête. On dirait une pastèque. Allons, sors de là... si tu peux, sinon je cherche le tire-bouchon.

Antoine, plutôt susceptible d'ordinaire, supportait les plaisanteries de Théo. Il devait bien ça à l'homme qu'il cocufiait si ouvertement. Du moins le croyait-il, car, de son côté, Théo se persuadait que c'était lui le mari qui cocufiait l'amant. Pleins de commisération l'un pour l'autre, ils ne pouvaient se heurter.

Marie-Dévote était sur la plage, au bord de l'eau, jupes retroussées jusqu'aux cuisses, montrant ses belles et longues jambes brunes. Elle lavait dans la vague les poissons qu'elle venait de vider.

— Vrai, Antoine, on dirait que tu l'as senti de loin qu'il y avait la bouillabaisse aujourd'hui.

— J'ai du nez.

Il l'embrassa sur les deux joues. Elle sentait le poisson et, en femant les yeux, il put croire un instant qu'elle était une créature de la mer, une sirène venue se chauffer au soleil. Il l'eût volontiers renversée à l'instant sur le sable pour fouiller sa jupe, mais Théo était là, à quelques pas, mains sur les hanches, son visage brun éclairé d'un grand sourire.

— J'ai faim! dit Antoine pour dissimuler son trouble.

Oui, il avait faim de Marie-Dévote. Elle était de ces femmes qu'on mord, dont la peau a le goût des épices et rappelle autant les plaisirs de la table que ceux du lit. Il l'embrassa de nouveau dans le cou et elle s'écria :

— Hé, on me mange pas à la croque au sel. Laisses-en un peu pour Théo. De l'appétit, il en a aussi.

Malheureusement, le bleu de la mer fonça soudain, des risées brutales coururent sur l'eau et une pluie tiède teignit le sable. Il n'était pas question de déjeuner sous la treille. Marie-Dévote mit les couverts dans la salle à manger, une table pour Antoine, Théo et elle-même, et une autre table pour les deux peintres qui habitaient l'étage au-dessus et descendirent peu après.

Antoine les regarda avec suspicion. Il se méfiait des artistes bien qu'il n'en eût jamais approché et que sa connaissance en fût toute livresque. Ces deux-là, néanmoins, lui parurent possibles. Décemment vêtus de velours, le teint bronzé, ils se parlaient avec naturel, sans hausser la voix, mangeaient avec une fourchette et un couteau, buvaient modérément. L'un était fort et large de nuque, l'autre mince et distingué. Marie-Dévote servit mais avec une grâce, une discrétion et une rapidité telles qu'elle sembla ne jamais quitter la table, assise entre ses deux hommes mis de bonne humeur par plusieurs pastis. Antoine la regardait à la dérobée traverser la salle, virevolter d'une table à l'autre. Qu'un des pensionnaires la regardât et son cœur se pinçait :

— Allons, papa, sois pas jaloux ! lui dit Théo à voix basse. Ils te la mangeront pas...

Des plaisanteries de Théo, « papa » était la seule qui déplût à Antoine, surtout en face de Marie-Dévote.

— Si tu m'appelles encore une fois « papa » je te casse une bouteille sur la tête.

— Fais pas le méchant, Antoine. J'ai pas voulu te navrer. Si je dis « papa » c'est que je te considère de la famille.

Et se tournant vers les deux peintres qui, étonnés, s'étaient arrêtés de parler, il ajouta :

— Antoine, c'est notre ami, notre grand, grand ami. Il n'est pas d'ici. Il vient du Nord où il pleut et fait froid.

— Je te prierai de remarquer qu'ici également il pleut !

Des trombes d'eau frappaient les vitres, brouillaient la vue sur la plage. On n'apercevait même plus la mer, pourtant à trente mètres à peine.

— Faut bien, dit Théo, sans ça les plantes ça meurt et c'est la désolation. Et même le froid, ça tue les microbes, sinon tu patauges dedans et tu meurs.

Il avait acquis beaucoup d'assurance depuis son mariage et Antoine le soupçonnait même de lire parfois les journaux où il puisait des vérités premières qu'il reprenait à son compte. Mais le problème qui se posait dans l'heure à Antoine était bien au-dessus de l'agacement ressenti à l'égard de Théo. Frustré depuis son accident à Tôtes, réduit aux furtives bonnes manières que pouvait lui rendre Adèle Louverture dans sa chambre où ils craignaient toujours d'être dérangés. Antoine, le sang échauffé par le pastis, le vin rosé et un doigt de Bénédictine, luttait contre les vertiges soulevés par les mouvements de Marie-Dévote. Du coin de l'œil, il surveillait sa croupe, ses jambes quand elle se dirigeait vers la cuisine, à table, il se laissait tenter par l'ouverture de son corsage et il aurait donné n'importe quoi pour être cette petite croix d'or qui, au bout d'un ruban de velours noir, descendait entre les seins et les caressait à chaque mouvement. Théo n'était pas si obligeant que cela et il n'aurait certainement pas cédé son tour à la sieste si des projets d'agrandissement n'avaient mûri depuis quelques mois, projets pour lesquels le mécénat d'Antoine était nécessaire. Après avoir longtemps laissé son ami dans une rongeuse expectative, Théo se découvrit le besoin impérieux d'aller à Saint-Raphaël par l'autocar qui passait devant l'hôtel. Les deux peintres, après avoir espéré une éclaircie, entamèrent une partie de jacquet. Antoine ayant réussi à coincer Marie-Dévote dans le couloir derrière la porte, lui fit mesurer de la main son admiration.

— Et qui fera la vaisselle ? demanda-t-elle par pure forme.

— Je me fous de la vaisselle.

Il est vrai qu'il y a des moments où la vaisselle n'a plus aucune importance. Marie-Dévote n'était pas difficile à convaincre. Ils passèrent donc l'après-midi au lit et j'abrégerai une histoire qui a déjà beaucoup de longueurs en précisant seulement que ce fut réussi.

Ils dormirent un moment et furent réveillés par l'avertisseur de l'autocar de Saint-Raphaël. Marie-Dévote sauta du lit et se rhabilla en un tournemain pour aller au-devant de son Théo. Antoine avait la bouche pâteuse, les yeux gonflés. Il courut vers la mer pour prendre un bain, pataugea bruyamment comme un phoque et sortit, essoufflé, mais rajeuni. Un des deux peintres avait installé son chevalet sur la plage et achevait une toile d'après la barque de Théo échouée sur le sable. Une douce lumière orangée montait de l'horizon dans le ciel dégagé de ses nuages. Antoine passa derrière le peintre et fut saisi de plaisir. Il ne connaissait rien à l'art moderne, mais ce tableau chargé de couleurs fauves, d'une voluptueuse vérité dans ses rouges et ses bleus, lui plut aussitôt.

— Vous vendez ? dit-il maladroitement, ne sachant pas comment on peut aborder ces questions-là avec un homme de l'art sans le vexer.

— Ça m'arrive, dit le peintre en nettoyant son pinceau.

— Je veux dire : ce tableau-là.

— Qui êtes-vous ?

— Antoine du Courseau. Mais ce sera pour Marie-Dévote et Théo. Ils n'ont rien pour décorer leur salle à manger.

— Ah !

Le peintre rangea sa palette dans une boîte, plia son chevalet et tendit la toile à Antoine.

— Prenez-la tout de suite, sinon, demain, je la regretterai. Je la vernirai quand elle sera sèche.

— Mais... mais, je vous dois quelque chose...

— Bien sûr... écrivez à mon marchand de tableaux. Je vous donnerai sa carte. Il vous dira combien vous me devez. C'est son affaire.

Antoine resta un moment sur la plage, sa toile à la main comme un objet insolite découvert dans le sable. Le soir tombait. Un vent frais se levait et il frissonna.

— Alors, Antoine, tu rêves ? cria Théo. Viens boire le pastis.

Il regagna la treille. La bouteille était là, près de la cruche d'eau fraîche. Théo versa l'alcool, puis l'eau. Antoine but debout, après avoir posé le tableau sur la table.

— Ça te plaît, Théo ?

— Un peu, dis donc... c'est drôlement ressemblant.

— Pour décorer votre salle à manger.

— Ça, c'est joli. On dirait que la barque, elle part pour la pêche.

— Tu y vas ce soir ?

— Je me tâte.

Cela faisait partie du jeu. Antoine l'acceptait mal, le montrait et Théo finissait par céder après avoir joui du malaise d'Antoine. Théo partit donc pour la pêche au lamparo et Antoine resta seul dans la salle à manger avec Marie-Dévote et les deux peintres qui répondirent par un sourire à son timide mouvement de tête. Marie-Dévote affichait de grands cernes sous les yeux et l'air un peu trop langoureux et caressant des femmes qui ont bien fait l'amour dans l'après-midi. Antoine la désirait encore, mais avec plus de calme et de calcul, et en goûtant la soupe au pistou qu'elle servit fumante dans les grandes assiettes de porcelaine bleue, il ressentit à un degré extrême, jusqu'à l'oppression, la crainte d'aimer et la crainte d'éprouver une passion impossible pour une femme qui ne serait jamais à lui. C'était un sentiment confondant, un sentiment qui rendait évidente l'amertume d'une vie ratée. Il souhaita n'avoir jamais rencontré Marie-Dévote, maudit l'arrêt du destin qui l'avait conduit un après-midi d'août, trois ans plus tôt, devant cette guinguette où une jeune fille montrait son joli genou bruni par le soleil. Et en même temps, il devait convenir avec lui-même que ces trois dernières années, vidées de Marie-Dévote, eussent été lamentables, sans grâce, sans joie, sans bonheur. Oui, sans bonheur. Il releva la tête :

— Qu'est-ce que tu as ? dit-elle. Tu as les yeux brouillés.

— La soupe est chaude. Je me suis brûlé.

— Ah, bon, ça n'est que ça !

Quand elle partit aider sa mère à la vaisselle, il se tourna vers les peintres qui finissaient également de dîner et leva son verre :

— Venez donc vous asseoir avec nous, dit celui qui avait vendu la toile.

— Avec plaisir.

Ils le questionnèrent discrètement et il répondit sans

farder la vérité. L'un des deux hommes connaissait Grangeville :

— J'y étais l'an dernier. J'avais loué une petite maison près du cimetière. Très douce lumière. Les tombes grises, les falaises blanches, la mer. Un de ces endroits où l'on aimerait mourir. J'ai rapporté une dizaine de marines, mais les marchands n'en veulent pas. Ils ne vendent que le soleil en peinture. N'est-ce pas, André ?

— Oui, dit l'autre. On va leur en donner plein, des ciels et des mers bleus, des voiles rouges, des barques vertes. J'en sais tellement là-dessus que, maintenant, je pourrais peindre dans une cave à Paris, une ampoule électrique au-dessus de moi. C'est la fortune, le Midi, l'avenir...

Ils parlèrent de leurs marchands respectifs avec un mépris et une agressivité qui stupéfia Antoine. Il s'attendait à des révélations sur l'Art, à il ne savait quelle explication, et il n'entendit que des chiffres, des noms importants, des dates d'exposition et des lamentations sur les critiques qui ne connaissent que l'art officiel, grand générateur de monuments aux morts. Antoine ne s'était jamais posé la question de savoir si ces monuments étaient beaux ou laids. Au cours de ses randonnées, il les voyait se dresser dans chaque village, allégories aux drapés violents protégeant d'une main tendre un soldat blessé, fiers fantassins de bronze veillant sur des femmes et des enfants éplorés. Tout cela lui paraissait insane et d'un symbolisme mensonger, mais l'idée d'en juger la beauté ou la laideur ne lui serait jamais venue sans les sarcasmes des deux artistes. Il eut honte de son ignorance et les quitta pour gagner sa chambre où Marie-Dévote le rejoignit :

— Tu veux encore ? demanda-t-elle.

— Bien sûr, je n'ai que ça. Je me fous de tout le reste.

Et c'était vrai : de tout le reste, il se foutait, sans peine, sans regret, mais quand il pressait Marie-Dévote contre lui ou, songeur, caressait ses jolis seins à la pointe brune, quelque chose existait : son plaisir. Il demeura trois jours à Saint-Tropez, sa limite, celle qu'il ne dépassait jamais pour être sûr de repartir avec, sur les lèvres, une espèce de regret animal qui lui donnait la certitude d'exister. La route des Maures, puis la haute corniche à Nice le conduisirent à Roquebrune où il s'arrêta. Léon Cece, reconnaissant le bruit de la Bugatti, apparut sur le seuil, en pantalon de toile et débardeur blanc déchiré. Loin de s'atténuer, ses cicatrices faciales avaient augmenté, séparant les chairs molles de la joue, tordant la bouche, attaquant un œil dont le globe blanc injecté de sang commençait à sortir de l'orbite. Son restaurant marchait mal. Dans l'égoïsme de la paix retrouvée, on ne supportait pas le spectacle de cette gueule cassée, rappel d'un temps que tous s'efforçaient d'oublier, reproche épouvantable pour ceux qui étaient passés au travers sans trop de mal, remords muet, inacceptable et que l'on fuyait lâchement.

— Salut, Antoine ! cria Léon. Ça fait une paye qu'on t'a pas vu.

— Trois mois ! J'ai eu un accident. Le genou dans le plâtre. C'est ma première grande sortie.

— Alors, c'est bien : t'es pas comme les autres.

Ils dînèrent ensemble sur le balcon, entourés d'un nuage de papillons de nuit qui tournaient autour de la lampe-tempête et s'y brûlaient les ailes. Léon était un homme de vérité. Au contraire de Charles Ventadour, il ressassait une guerre immonde, mais la sienne, strictement la sienne, tournant autour de cette attaque où sa tête avait volé en éclats. Il lui fallait en parler, en reparler sans cesse comme s'il était encore possible, six ans après, de faire ce pas de côté qui l'aurait épargné au moment de l'explosion du 77 allemand. Et si forte était sa volonté, qu'il semblait, à certains moments, capable d'effacer la tragédie, de recouvrer son visage intact, son moral, sa gaieté, pour retomber ensuite plus bas, au fond d'un désespoir si amer qu'il avait goût de mort. Plus que tout, il ne pardonnait pas leur mouvement de répulsion à ceux qui le voyaient pour la première fois. Une malédiction s'était abattue sur lui et son esprit simple, encore sain, butait dans ses réflexions contre l'énorme injustice qui le séparait du reste des vivants.

— Tu sais pas ce qui se passe, disait-il à Antoine. Ma fille, sa mère, elles évitent de me regarder. Je fais plus l'amour. Ce serait trop laid, et autour de moi tout est beau : Roquebrune, c'est le plus joli pays du monde. Sur la côte il y a des gens qui viennent, qui sont gais, qui sont beaux. Je leur tourne le dos pour qu'il soient pas tristes. Quelquefois je me répète : Léon, t'es pas un homme, t'es plus un homme, t'es comme un chien, un bâtard, il faut te cacher.

— Tu es vraiment malheureux, dit Antoine.

— C'est peut-être ça ! Tu es mon seul copain. On se parle. On boit de la grappa et la nuit passe. Après tu t'en vas et je t'attends pendant des mois. C'est pas ta faute. Je sais bien que tu as une famille, des amis et, à ta voiture, je vois que tu as des sous. Peut-être que t'es malheureux aussi, mais tu peux bouger. Moi, je suis vissé ici. On n'a que ça pour vivre.

Antoine resta la nuit. Léon lui dressa un lit de camp dans une pièce nue, derrière la cuisine. Des moustiques l'assaillirent et il resta éveillé jusqu'à l'aube, la tête alourdie par les vapeurs de l'alcool, les sens alertés parce qu'il songeait à Marie-Dévote retournée dans les bras de Théo. Léon entra, une tasse de café à la main.

— Ça te réveillera, dit-il, pour aller voir ta fille.

— Oui, c'est vrai.

Mais Geneviève ne demeurait plus dans la maison de repos et Antoine, prisonnier de sa pudeur familiale, n'osait l'avouer à son ami. Deux ans auparavant, elle avait quitté Menton pour passer l'hiver à Marrakech. De là, elle s'était rendue au Brésil et, récemment encore, on avait reçu d'elle une carte postale du Japon. Avec qui voyageait-elle, qui fréquentait-elle, ou, mieux, qui l'entretenait aussi fastueusement, car elle semblait mener une existence luxueuse sous toutes les latitudes, sans que ses parents lui envoyassent le moindre argent. A La Sauveté, personne ne parlait d'elle. Une fiction avait pris sa place dans la famille : Geneviève fuyait les climats malsains. Elle ne reviendrait jamais en Normandie. Il lui fallait de l'air, du soleil, la mer sous ses fenêtres ou les montagnes neigeuses. Interrogée, non sans perfidie, par ses amies,

Marie-Thérèse du Courseau répondait invariablement :

— Nos enfants n'ont rien à voir avec ce que nous étions nous-mêmes. Geneviève est éprise de liberté. C'est le cadeau que la guerre a fait à cette génération. Nous sommes des parents modernes. En 1923, on ne saurait élever ses enfants comme au milieu du siècle dernier...

Antoine affectait donc de passer deux heures à Menton, saluait Léon Cece d'un coup d'avertisseur au retour, passait embrasser Marie-Dévote et couchait à Aix après une deuxième soirée avec Charles. Sur la route d'Aix à La Sauveté il s'acharnait à battre de quelques minutes son record précédent. Ce soir d'octobre 1923 où Antoine franchit la poterne, il aperçut Adèle Louverture portant sous son bras Michel qui gesticulait et tentait de lui donner des coups de pied. A coups de marteau, il venait de casser le tricycle de Jean qu'Antoinette embrassait pour le consoler.

Jean affectait de lire. Les lignes dansaient devant ses
yeux. En se tenant le front de la main, il pouvait
baisser les paupières, chasser la page illisible et
retrouver avec une exactitude minutieuse les circonstances dans lesquelles il avait vu et même baisé du
bout des lèvres le derrière d'Antoinette. Cela s'était
passé l'après-midi, au pied de la falaise, derrière un
éboulis de rochers. De la scène qui n'avait guère duré
plus d'une minute, il gardait une fébrilité inquiète,
comme s'ils avaient, tous deux, délibérément commis
un péché qui bravait le monde entier. Il en était fier,
et, en même temps, se demandait dans quelle mesure
sa fébrilité, qui allait par moments jusqu'au malaise,
n'était pas la punition risquée, le signe qui le dénonce-
rait à l'abbé Le Couec, à son père, à sa mère, à M. ou
Mme du Courseau. Entre quatre heures de l'après-midi
et six heures du soir, ces derniers avaient cependant eu
largement le temps de lire dans ses pensées, de le
questionner, de noter sa rougeur quand on lui parlait.
Leur aveuglement était une atteinte sérieuse à une
infaillibilité qu'ils avaient, les uns et les autres, érigée

en dogme. Antoinette n'avait-elle pas dit : « Si tu ne le racontes pas, personne, tu m'entends, personne sur terre ne le saura. »

— Alors, mon petit Jean, tu n'avances pas beaucoup dans ta lecture. Ça ne t'intéresse pas ?

Au son de la voix du curé, Jean sursauta comme pris en flagrant délit. Le prêtre était derrière lui, carré dans le seul fauteuil de la cuisine, jambes allongées et écartées, tendant la grosse toile usée de sa soutane.

— Ce petit se crève les yeux à lire. Toujours plongé dans un livre, dit Jeanne, prompte à prendre la défense de son fils adoptif.

— Je ne lui faisais pas de reproches ! répondit l'abbé, mais j'ai l'habitude de le voir plus passionné par ce qu'il lit.

Albert, qui jouait au trictrac avec M. Cliquet, leva la tête et, péremptoire, laissa tomber :

— De toute façon, on n'apprend rien dans les livres. Les journaux et la vie suffisent bien. Moi, je n'ai jamais lu un livre et je ne suis quand même pas un imbécile.

A contrecœur il laissait Mme du Courseau payer des études de petit-bourgeois à Jean. Dans son idée, cet enfant serait, plus tard, un déclassé au lieu d'être un bon jardinier, aimant et connaissant son métier, car si le Progrès était un des grands mots d'Albert, il caressait dans cette vaste idée l'illusion que la Société, avançant d'un pas égal vers le bien-être et la maîtrise de la vie, conserverait ses inégalités salutaires, ses hiérarchies nécessaires. En cassant la lignée des jardiniers, Jean apportait le désordre. Mais il était vrai aussi qu'un mystère s'attachait à sa naissance et qu'on ne pouvait enfermer cet enfant dans le métier des Arnaud de père en fils. Il fallait accorder une chance à son destin, et le sérieux et l'application de Jean consolaient Albert.

Le commandant Duclou qui, accoudé sur la toile cirée de la table, achevait de glisser dans l'étroit goulot d'une bouteille un bateau dont il relèverait les trois mâts avec un jeu compliqué de fils que l'on nouait et coupait ensuite à l'aide d'une longue pince, le commandant montra que, si absorbé qu'il fût, la conversation ne passait pas au-dessus de sa tête :

— En mer, il faut jeter les livres. Ce sont les anciens qui vous apprennent la navigation.

— Allons, dit l'abbé, n'exagérons rien. Une bonne mesure de tout. Dieu ne se découvre pas seul. Nous avons besoin des Évangiles.

— A toi, Albert ! dit M. Cliquet en tendant le cornet à dés à son cousin pour rappeler qu'il ne se mêlait pas à ce genre de conversations et les considérait comme futiles.

Jean reprit sa distraction où il l'avait laissée et reforma sous l'écran de ses paupières l'image du derrière d'Antoinette, un derrière blanc et dodu creusé de fossettes à hauteur des reins. Le visage d'Antoinette n'était pas expressément joli, avec un nez un peu long, des joues trop rondes et de petits yeux rapprochés, pétillants de drôlerie contenue, mais le corps était ferme et de bonne chair pétrie de muscles. Elle nageait, pédalait, montait à cheval, jouait au tennis avec une vigueur jamais lasse. Sa belle vitalité rayonnait et auprès d'elle on éprouvait aussi une envie violente de se dépenser, pour l'imiter, la suivre. Elle était jeune fille depuis peu et sa poitrine dansait gentiment quand elle courait sur le court de tennis ou grimpait en danseuse, debout sur les pédales, la côte qui monte de Dieppe à Grangeville. Jean, possédé d'admiration pour elle, ne la quittait guère, essoufflé, rageant, heureux, envoûté par cette créature de quatre ans son aînée qui le protégeait des mille pièges tendus par Michel.

Elle lui avait dit brusquement :

— Veux-tu voir mon derrière ?

En vérité, le derrière l'intéressait assez peu. Il eût préféré les seins, mais ce serait pour plus tard, une autre fois, et, de toute façon, Antoinette ne faisait bien que ce dont elle avait envie. Ils s'étaient retrouvés tous les deux, dissimulés par un rocher, à un endroit où on pouvait difficilement les apercevoir, même du haut de la falaise. Antoinette avait relevé sa jupe et baissé sa culotte de coton blanc, découvrant deux beaux globes lisses et sains dont on aurait cru que d'être ainsi dénudés les rendait joyeux, éclatants de santé et de bonne humeur. La raie se perdait dans un pli ombré entre les cuisses. Après, d'autres mystères commençaient que Jean eût aimé connaître et dont il pressentait l'importance sans savoir pourquoi.

— Alors ? avait-elle dit.

— Il est très joli.

— Tu peux l'embrasser !

Il avait posé ses lèvres sur la peau douce, si douce qu'on la croyait sucrée, et s'était retenu de mordre, une envie agaçante née brusquement entre ses dents comme la faim. Il n'avait pas été fâché que d'un geste brusque elle recouvrît ces merveilles dont la contemplation donnait le vertige. Mlle du Courseau baissa sa jupe et ils remontèrent la valleuse en courant, main dans la main, pour retrouver leurs bicyclettes et pédaler frénétiquement jusqu'à La Sauveté...

— Oui, monsieur le curé, dit Jeanne, vous avez raison. C'est dans les livres qu'on apprend comment il faut se conduire dans la vie, mais il y a aussi des livres qui font mal au bon sens des gens.

— Que lis-tu, Jean ?

— *L'Ile au trésor,* monsieur l'abbé. C'est un cadeau de l'oncle Fernand.

— Toujours des histoires de marins !

Fernand Duclou leva la tête :

— Dites donc, l'abbé, qu'avez-vous contre la marine, vous, un Breton ?

— Rien, mon ami. C'est vrai que les histoires de marins sont toujours de saines lectures.

— Parce qu'il n'y a pas de femmes à bord des voiliers ! dit malicieusement M. Cliquet en reprenant le cornet de la main d'Albert. Tandis que, ajouta-t-il, il y a des femmes dans les trains, et même des madones dans les sleepings.

Il faisait allusion à un roman au fabuleux tirage et dont même les illettrés connaissaient le titre. Jeanne toussa, cachant sa gêne, et approcha sa chaise pour étaler son tricot sur la table de cuisine au-dessus de laquelle pendait une ampoule électrique et son abat-jour de porcelaine. La lumière était jaune et, par moments, tremblait, mais enfin c'était une nouveauté à laquelle on commençait de s'habituer, non sans craindre qu'elle ne coûtât plus cher que les lampes à pétrole. Jeanne étendit la manche de chandail et la compara à celle qu'elle venait de terminer. Le commandant Duclou coula de la cire bleue dans la bouteille et le trois-mâts flotta sur une mer agitée par la houle.

Albert avait gagné. Il se redressa et alluma une pipe, tendit la main vers son journal et dit, amèrement, après avoir lu un titre :

— Ils auront sa peau et nous aurons la guerre.

— La guerre est finie pour nous tous, dit l'abbé.

— Ils sont capables d'attendre que Jean soit en âge d'y aller.

— Alors, nous avons encore un répit. Quant à la peau de votre Aristide, personne ne la regrettera.

— Briand, c'est la paix ! dit Albert avec force.

— La paix, intervint le commandant, c'est une bonne marine. Nous n'en avons plus.

— Et de bons transports ! lança M. Cliquet avec force. Comment mobiliserait-on aujourd'hui les formidables armées modernes avec un réseau aussi démodé que le nôtre ? Si le gouvernement envisageait la guerre, il prendrait tous les chemins de fer en main. Ce n'est pas le cas. Donc je déduis que la guerre n'est pas pour demain.

— Allons ! dit Jeanne. Ne commencez pas à vous disputer quand tout le monde est d'accord.

L'abbé protesta. Il n'était pas d'accord, goûtait peu Briand, le traitait d' « orateur », imitant de façon grotesque son fameux « Eurrière les mitrailleuses, eurrière les canons », rappelait ses fâcheux antécédents judiciaires. A ses yeux, cet homme incarnait la

86

république centralisatrice qui se mêlait, à tort et à travers, des affaires du monde et refusait les libertés culturelles à ses provinces.

— Écoutez-moi ce chouan! dit M. Cliquet qui votait radical-socialiste depuis sa jeunesse.

Le curé éclata de rire, emprunta la blague d'Albert et roula une cigarette entre ses gros doigts de terrien. Jean ne les suivait plus, retournant à l'image délicieuse du derrière d'Antoinette. Il désirait ardemment la revoir, en caresser la peau fraîche.

— Il serait temps d'aller te coucher, dit sa mère. Demain, tu te lèves à six heures.

Jean referma son livre. Au lit, il serait seul dans l'ombre sans personne pour interrompre sa songerie. Après avoir embrassé tout le monde, il gagna sa chambre au premier étage. Chaque année, à Noël, Marie-Thérèse du Courseau lui offrait un meuble, une étagère, un fauteuil ou des livres reliés, et cette pièce modeste, dont la seule fenêtre donnait sur le parc, tranchait par son goût sur le reste de la maison où triomphaient plutôt la toile cirée, le carillon Westminster et les chaises de cuisine. Bien entendu, Albert réprouvait ce luxe qui lui paraissait dépourvu de sens.

— Un jour, cet enfant aura honte de nous! disait-il.

Jeanne haussait les épaules. Elle ne le croyait pas et, peu à peu, se laissait aller au rêve d'un grand destin pour cet enfant tombé du ciel. Et d'ailleurs, comment refuser? Malgré les rebuffades, Marie-Thérèse du Courseau se mêlait sans cesse de l'éducation de Jean. Ne parlait-elle pas de lui faire donner des leçons de tennis comme à Michel et Antoinette, et ne le reprenait-elle pas quand l'accent normand perçait ses intonations ? Dans l'immédiat, en tout cas, les craintes d'Albert étaient injustifiées : Jean l'admirait, adorait Jeanne et s'il montrait une vive reconnaissance de ses bontés à Mme du Courseau, il ne comprenait pas grand-chose à son attitude, un mélange de remontrances et de bienveillances mal dosées. Elle l'intimidait encore et il ne pénétrait jamais à La Sauveté sans quelque crainte, sur ses gardes à cause de Michel qui continuait de lui vouer une solide inimitié, mais voilée, plus dangereuse que les couteaux de cuisine ou la mort-au-rats.

Quelques jours plus tard, le ministère Briand s'effondra et Albert en fut profondément affecté. A l'entendre, la guerre menaçait. On abattait le seul homme qui l'empêcherait. Son successeur, André Tardieu, surnommé Mirobolant dans les milieux politiques tant pour son élégance et son fume-cigarette que pour sa désinvolture de grand bourgeois, n'inspirait confiance qu'aux banques. Elles en avaient bien besoin, les pauvres, en pleine crise économique. Mais les formules magiques dont Tardieu semblait avoir les poches bourrées arrivaient déjà tard. L'armement, entre autres, s'effondrait. Antoine du Courseau, après avoir longtemps lu d'un œil indifférent les avertissements de son notaire, dut envisager la vente de la moitié du parc de La Sauveté. Le contrat à peine signé, il partit pour le Midi comme s'il ne pouvait supporter le regard lourd de reproches d'Albert ou celui plein d'une indulgente commisération de sa femme. Marie-Thérèse fut admirable de dignité dans ce coup du sort.

Elle aurait pu, sans difficultés, sauver le parc avec sa fortune personnelle, mais l'idée ne lui en vint même pas et il faut avouer qu'Antoine ne songea pas non plus à le lui demander. Un mur s'éleva qu'Albert couvrit d'ampélopsis. La vue sur la mer disparut. On l'oublia et son seul rappel fut le vol des goélands qui, passant la barrière des hêtres, continuèrent de se poser sur la pelouse devant le massif de rhododendrons. Ils dénonçaient la présence du grand espace disparu, l'infini si bien fini de la mer.

Jean fut peu sensible à ces transformations. Il oublia vite le parc perdu. Antoinette occupait ses pensées. Pas toutes en vérité, comme s'il devinait déjà que l'homme vit mieux avec deux passions qu'avec une. Certes, Antoinette dominait, mais parce qu'elle était présente chaque jour, tandis que Chantal de Malemort régnait par son absence quasi féerique, ses grâces transparentes et pures. A la petite fille qu'il entrevoyait à peine une fois par mois au cours d'une visite guindée allaient les élans de son cœur. Il l'eût détestée si elle s'était permis de lui dévoiler les mêmes secrets qu'Antoinette, tandis qu'il eût détesté Antoinette si elle avait cessé d'exciter son imagination par des révélations soigneusement mises en scène. Et d'ailleurs il lui arriva de la détester quand, plusieurs fois, par caprice autant que pour mesurer son pouvoir sur lui, Antoinette refusa de montrer cette partie de son corps qui avait tant fasciné Jean un après-midi au bas de la falaise. Sans la clairvoyance, le sang-froid d'Antoinette, ils se seraient sûrement fait pincer. Jean perdait la tête. Il exigeait son dû à tout moment, dans le garage, dans la remise au bois et même dans la chambre d'Antoinette lors-

qu'il pouvait s'y glisser. Les difficultés augmentèrent
quand l'attention de Michel s'éveilla. Il les suivit, mais
Antoinette savait le dépister avec une malice digne de
son âge, et Michel se perdait dans les chemins de
traverse alors que les deux complices descendaient en
courant la valleuse et se cachaient sous la falaise. Le
plaisir de Jean se pimentait de remords : que penserait
M. du Courseau s'il apprenait cela ? L'entente secrète,
née six ans auparavant après l'incident du tuyau crevé,
s'était maintenue, et même renforcée sans grandes
déclarations. Des clins d'œil, un mot par-ci par-là
suffisaient à le rassurer. Les actes, les occasions
viendraient plus tard, mais quel désastre si, en attendant, une ombre se glissait entre eux ! Jean n'osait
même pas l'envisager. En revanche, à Noël, se poserait
un problème : pour communier il fallait se confesser et
il n'était pas question de se confesser à quelqu'un
d'autre qu'à l'abbé Le Couec. Comment ce dernier
prendrait-il la chose ? Dès le début décembre, Jean,
qui vivait dans l'angoisse, s'en ouvrit à Antoinette.
Elle éclata de rire :

— Gros malin ! Pourquoi le confesserais-tu ? Ce
n'est pas un péché. Ne sois pas bête, sinon je ne te
montrerai plus rien.

— Je suis sûr que c'est un péché. On l'appelle la
luxure.

— Non, mais écoutez-moi ça ! Pour qui te prends-
tu ? Pour un homme ! Ma parole, il n'y a plus
d'enfants.

Impressionné, Jean se tut et la veille de Noël se
présenta au confessionnal avec les enfants du village.
L'abbé Le Couec officiait dans son église glacée par un

90

vent d'ouest épouvantable qui sifflait sous le porche et soulevait d'ondulations magiques la nappe de l'autel. Les flammes dansantes des bougies tordaient dans les niches les ombres des statues sulpiciennes de saint Antoine, de Jeanne d'Arc et de sainte Thérèse de Lisieux. Recroquevillé dans son confessionnal branlant, l'abbé Le Couec écoutait la litanie des confessions. Quand ce fut son tour, Jean s'agenouilla, tremblant, la voix altérée par l'émotion, récita un *Pater* comme on s'accroche à une bouée et resta muet.

— Je t'écoute, mon enfant, dit le prêtre qui avait reconnu la voix.

Jean débita quelques péchés véniels dont il n'était même pas sûr que ce fussent des péchés. Le silence de l'abbé l'angoissa. Écoutait-il derrière sa planche percée de trous ? Quel piège était tendu, là, tout près, dans la nuit du confessionnal ? Et s'il n'y avait pas eu de prêtre dans cette armoire, mais une grande oreille assise sur le banc de bois, l'oreille de Dieu à l'ouïe si fine qu'elle pouvait entendre les pensées les plus secrètes.

— C'est tout ? Eh bien, ce n'est pas grand-chose. Ce ne sont pas là vraiment des péchés. Plutôt des faiblesses dont un garçon comme toi peut se corriger facilement. Tu réciteras deux *Ave* et deux *Pater*. Tu peux aller.

Jean quitta le confessionnal, mains jointes et tête baissée pour se diriger vers l'autel où il s'agenouilla et pria, le cœur alourdi par le remords de tromper un homme aussi bon et généreux que l'abbé Le Couec.

Antoinette l'attendait à La Sauveté dans la cuisine de Jeanne qui repassait du linge devant le fourneau où elle posait son fer. Dès qu'il entra, le regard de Jean croisa celui d'Antoinette et il sut qu'elle l'attendait pour s'assurer qu'il n'avait pas faibli. Il releva la tête et sourit.

— Alors, tu t'es bien confessé, mon petit ?

— Très bien, maman. L'abbé Le Couec a dit que mes péchés n'étaient pas des péchés.

Les yeux d'Antoinette brillèrent de plaisir. Elle embrassa Jeanne sur la joue, poussa Jean d'une bourrade et regagna La Sauveté. Quelques jours après, à l'occasion d'une promenade, elle lui montra ses seins qui étaient déjà deux petites choses charmantes et bien fermes. Jean fut comblé, heureux, et les remords d'avoir trompé le cher abbé s'effacèrent doucement. Il ne fut plus certain de l'absolu d'une religion qui ne perçait pas les secrets des âmes. On pouvait échapper à l'omniprésence de Dieu et tromper ses ministres sans que la terre s'entrouvrît sous ses pas. L'idée n'était pas encore claire dans l'esprit de Jean mais une lueur vacillait à l'horizon et, en marchant avec précaution, on devait arriver dans un monde moins chargé de menaces. Albert n'était-il pas incroyant ? Et pourtant, Jean n'imaginait pas qu'il existât un être meilleur que son père.

Si grande que fût l'emprise d'Antoinette, elle n'effaçait pas Chantal de Malemort qui régnait discrètement dans les pensées de Jean, petite fille à la beauté pâle et noire, aux lèvres roses, gracile et pudique. Le jour de l'An, Mme du Courseau emmena les enfants à un goûter chez les Malemort. Au cours d'une partie de cache-cache, Jean se trouva isolé avec Chantal dans la pièce des trophées au rez-de-chaussée. Des dizaines d'oiseaux naturalisés garnissaient les étagères et tout un mur portait les bois des cerfs chassés à courre en forêt d'Arques par trois générations de Malemort. La pièce était glaciale et sentait la poussière, une odeur morte et passée qui desséchait la gorge. Chantal souleva un rideau de brocart qui masquait une porte en renfoncement.

— Cache-toi là ! dit-elle.

— Et vous ? demanda-t-il éperdu car il l'admirait tant qu'il n'osait pas la tutoyer.

— Mais moi aussi, voyons !

Le lourd rideau retomba sur eux et ils restèrent un moment le dos appuyé à la porte, côte à côte, sans se toucher, jusqu'à ce que des cris retentissent dans le couloir. Michel les cherchait. Il entra dans la pièce, appela :

— Sortez de là, je vous ai vus !

Chantal esquissa un mouvement et Jean posa la main sur son bras. Ils retenaient leurs souffles, épaule contre épaule. Michel marchait dans la pièce, regardait sous la table, ouvrait des placards.

— Je vous donne trois secondes pour sortir ! criat-il.

Jean serra un peu plus fort le bras de Chantal qui ne bougea pas. Ils entendirent la porte se refermer, une galopade dans le couloir.

— Il est parti ! dit-elle.

— C'est un faux départ. Il va revenir sans bruit.

Deux minutes après, la porte grinça et Michel entra brutalement.

— Hou ! je vous ai vus.

Terrifiée, Chantal cacha son visage contre l'épaule

de Jean. Ce fut le bonheur. Longtemps après, pendant des années, il se souvint de cet élan qu'elle avait eu pour réclamer sa protection et de la fermeté avec laquelle il l'avait gardée près de lui, la couvrant de son bras, le nez dans sa chevelure délicieuse. Chantal de Malemort ne fut jamais plus à lui qu'en cette minute-là, enfant-femme.

Quand Michel, abandonnant ses recherches, sortit de la pièce, Chantal se dégagea, repoussa le rideau et tira Jean par la main. Ils coururent jusque dans le hall où le marquis de Malemort ôtait ses bottes crottées et son ciré trempé. Il venait de porter de l'avoine et du foin à son cheval et répandait une forte odeur d'écurie. Jean admira cet homme beau et solide, propriétaire d'un château, nimbé d'un titre comme on en trouve dans les contes de fées où les rois et les princes ont des filles plus belles que la rencontre du jour avec la nuit. Que ce personnage fût réel ne l'intimidait pas, bien au contraire. Il aimait sa présence forte et rude qui jurait avec les manières de Mme de Malemort et la douceur tendre de Chantal. Un lien unissait cette famille — le château, le nom —, lien dont Jean commençait seulement de percevoir l'importance, les ramifications souterraines à travers des lambeaux de phrase dont il ne comprenait pas toujours le sens mais qui semblaient l'exclure. Chantal appartenait à une caste qui la plaçait au-dessus des rêves, dans un empyrée quasi magique où elle avançait sur la pointe des pieds sans même effleurer le sol. Jean — timide encore — eût parfois douté de l'existence supérieure de Chantal si Marie-Thérèse du Courseau, née Mangepain, n'avait été là, confite en bienséances, avide de collectionner des titres dans sa conversation, de butiner, de gentil-hommière en gentilhommière, les miettes d'une société effritée, dont elle eût aimé faire partie quitte à se noyer. Son admiration — qui lui faisait perdre tout naturel — contribuait à donner existence à une tradition englou-tie plus encore par la crise en quelques années que par cent cinquante ans de révolutions. Si bienveillants que fussent les Malemort avec lui, Jean ne les voyait jamais sans un sentiment de culpabilité comme si sa place n'était pas parmi eux. Il était l'enfant d'Albert et de Jeanne, les gardiens de La Sauveté. L'oubliait-il un instant que Michel se chargeait de le lui rappeler d'un mot blessant. Jean en souffrait dans la mesure où, sans aimer Michel — comment l'eût-il pu ? —, il l'admirait sincèrement pour ses dons. Il eût donné n'importe quoi pour chanter comme lui à la messe, pour créer de ses mains les santons de la crèche, pour peindre les frais paysages qui avaient été exposés dans une galerie de Dieppe, puis de Rouen. Qu'avait-il, lui, Jean Arnaud, pour briller aux yeux des Malemort ? Rien, sinon sa force, son adresse physique, quelques secrets à lui confiés par M. Cliquet et le commandant Duclou, secrets incommunicables et dont Chantal n'aurait jamais l'usage : l'histoire des locomotives à travers les âges et comment prédire le temps.

Je sens que le lecteur a, autant que moi, envie d'arriver à l'âge d'homme de Jean Arnaud. Mais patience ! On n'est pas un adulte en quelques jours et rien ne serait clair (et romanesque) si je ne prenais pas soin d'éclairer de quelques anecdotes la période enfantine de notre héros. C'est durant cette période qu'il apprit la vie, ou, plus exactement, qu'il éprouva une gamme de sentiments, de répulsions, de ferveurs qui s'imprimèrent profondément en lui et dont il n'eut la clé que bien plus tard, vers la trentaine, quand il commença de voir clair. A l'époque dont je parle, il est encore un petit garçon et, en dehors de La Sauveté, le monde immense qui l'attend, avec ses tricheries et ses plaisirs, est bien loin. Autant dire que ce monde n'existe pas. Jean en eut cependant une idée grâce à une rencontre que je tiens à noter en priant le lecteur d'y prêter attention. Cela se passa sous le ministère Chautemps qui n'a d'ailleurs rien à y voir, je m'empresse de le dire, et qui dura quatre jours, record égalé seulement sous la IIIe République par Alexandre Ribot et battu par Édouard Herriot. Revenant d'une course à Dieppe, Jean montait la côte de Grangeville sous une pluie fine qu'arrêtait mal son caoutchouc tendu sur le guidon. Malgré un capuchon, l'eau pénétrait dans son cou, et ses pieds trempés barbotaient dans ses chaussures trop larges. Après un virage, il aperçut soudain une voiture arrêtée sur le bas-côté. Cette voiture frappait autant par ses dimensions — elle semblait avoir la taille d'un wagon — que par sa couleur jaune, ses garde-boue noirs et ses roues blanches. Un chauffeur en blouse et casquette bleu clair, accroupi devant la roue arrière gauche au pneu crevé, s'efforçait de la démonter. Un outil devait lui manquer car il héla Jean qui mit pied à terre et resta bouche bée : le chauffeur était noir. Son visage verni par la pluie luisait sous la casquette et quand il ouvrit la bouche, Jean fut frappé par la taille et la couleur jaunasse des dents.

— Y a-t-il un mécanicien par ici? demanda le chauffeur.

— Oui, en bas de la côte.

— C'est loin?

— Un kilomètre, peut-être.

— Vous ne pouvez pas aller le chercher?...

— C'est dur de remonter la côte. Je l'ai déjà montée une fois.

— Vous me prêtez votre bicyclette?

— Elle est petite pour vous.

— Je m'arrangerai.

Le chauffeur souleva sa casquette et frappa du doigt contre la glace arrière qui s'ouvrit en grinçant. Un visage apparut, au teint pâle marqué de cernes gris sous les yeux. Le cou disparaissait sous un cache-col de soie bleue étroitement serré. On n'aurait su dire s'il s'agissait d'un homme jeune ravagé par une maladie souterraine qui donnait à la peau des joues et du front une transparence de parchemin, ou d'un homme âgé dans lequel la mort allait bientôt exploser, déchirant une enveloppe tendue à l'extrême sur un squelette fragile.

— Monseigneur, dit le chauffeur, ce garçon me prête sa bicyclette pour aller chercher un mécanicien. Il y en a un au bas de la côte.

— Dépêchez-vous! Nous devons reprendre Madame à cinq heures.

La voix ressemblait au physique de cet homme : pâle et fragile. Jean fut ébloui : il avait entendu le chauffeur appeler Monseigneur le passager au foulard bleu qui le regarda avec sympathie et ajouta à son adresse :

— Tu ne vas pas attendre sous la pluie. Monte à côté de moi.

Le chauffeur ouvrit la porte et Jean, après avoir secoué sa pèlerine de caoutchouc, grimpa dans la berline où l'homme lui désigna un strapontin.

— Comment t'appelles-tu ? demanda-t-il aussitôt.

— Jean Arnaud.

— Et tu habites par ici ?

— A Grangeville.

— On dirait qu'il y pleut beaucoup.

— Oh ça dépend ! Il y a de belles journées.

Les yeux de Jean s'habituèrent à la demi-obscurité de la voiture dont le luxe lui parut fabuleux. Les coussins étaient en cuir noir brillant, le tapis en fourrure et une autre fourrure protégeait les genoux du voyageur engoncé dans un pardessus noir au col de loutre. Un téléphone en écaille le reliait au chauffeur séparé des passagers par une vitre. A côté du strapontin, s'ouvrait un tiroir en bois précieux, rempli de flacons de cristal et de gobelets en argent.

— Tu regardes tout ? dit l'homme.

— Oui... oui, Monseigneur.

— Je vois que tu es bien élevé. C'est une grande force dans la vie. Que font tes parents ?

— Mes parents sont gardiens de La Sauveté. Mon père est jardinier. Il a perdu une jambe à la guerre. Il ne veut pas que je sois soldat.

— Il a raison.

— Quelle est la marque de votre voiture ?

— Hispano-Suiza. Tu en as déjà vu de pareilles ?

— Jamais ! Elle est belle. Elle doit coûter cher.

— Je ne sais pas. On l'a achetée pour moi. Je suis un homme très paresseux. Je n'achète rien moi-même.

— Alors, on vous vole !

— Peut-être, mais tant pis. C'est le prix de ma tranquillité.

L'homme toussa dans son poing fermé. Il ôta un de ses gants de peau beige pour prendre dans un coffret à côté de lui une fiole dont il versa quelques gouttes sur un mouchoir. Une forte odeur médicamenteuse se répandit dans la voiture.

— Vous êtes malade, Monseigneur ?

Il opina de la tête, porta le mouchoir à son nez et aspira profondément avant de répondre.

— J'ai de l'asthme.

— Le docteur ne vous guérit pas ?

— Non.

— Comme c'est triste !

— Tu es un gentil petit garçon.

Jean le regarda intensément et l'homme lui sourit.

— Je peux vous poser une question ? dit Jean.

— Oui, mais ce n'est pas certain que je te répondrai.

— Comment est-ce qu'on devient un Monseigneur ?

— C'est une histoire très ancienne. Je ne suis pas devenu un « Monseigneur ». Mon père était déjà un prince. Et mon grand-père, mon arrière-grand-père. Il faut remonter loin dans l'Histoire pour trouver le premier de mes aïeux qui est devenu un prince, en l'an 318 de l'hégire, c'est-à-dire en 940 après Jésus-Christ, ce qui sera plus clair pour toi car je suppose que tu es un petit chrétien. En ce temps-là, régnait à

Bab el-Saud un roi extrêmement puissant, Salah el Mahdi. Il était bon mais insolent et avait pour grave défaut de ne jamais savoir quand on lui mentait. Quand je dis « un grave défaut », c'est presque de maladie qu'il faudrait parler tant il se trompait sur les hommes. Haroun, son vizir, qui réglait les affaires du royaume en compagnie d'une douzaine d'émirs à lui dévoués, en profitait pour bâtir une immense fortune en rançonnant les paysans, les marchands et en se servant de la flotte royale pour pirater en Méditerranée jusque sur les côtes de France. Le roi ne se doutait de rien. Il croyait prospères les finances de son royaume parce que le vizir ne lui refusait habilement aucun luxe. Quand le vizir lui offrait un cadeau somptueux, il ne se doutait pas que c'était le centième des pirateries dont la triste bande au pouvoir gardait les autres quatre-vingt-dix-neuf centièmes. Son harem était peuplé de belles créatures pâles, presque diaphanes, capturées sur des vaisseaux chrétiens, et que Haroun lui affirmait être des présents de rois étrangers éblouis par sa renommée, alors qu'il s'agissait de pauvres Grecques arrachées à leurs foyers ou de Siciliennes ardentes à la peau claire enlevées par les équipages des felouques pirates. Haroun et ses séides étaient si cupides qu'au bout de quelques années, ils considérèrent que ce qu'ils accordaient au roi était encore trop, que le centième du butin sacrifié à ses plaisirs serait aussi bien dans leurs coffres. Ils arrêtèrent Salah el Mahdi et l'auraient bien décapité si une prophétie connue de tous n'avait assuré que les rois décapités se transformaient la nuit en vampires et venaient sucer le sang de leurs bourreaux. Ils l'enfermèrent donc dans une forteresse où devait le garder une troupe de guerriers, les plus rudes du royaume, des montagnards incorruptibles commandés par un officier qui ne connaissait que son devoir. Le pauvre roi ne comprit rien à ce qui lui arrivait. Enfermé dans une cellule étroite où il pouvait à peine s'allonger, il ne se promenait que deux heures par nuit dans une cour, enchaîné à ses gardiens. Un trou dans le mur lui permettait d'apercevoir un coin de ciel et le sommet d'une montagne qu'il vit trois fois se couvrir de neige avant que le vizir, trouvant que c'était encore des frais de garder si sévèrement un roi déchu et trop indolent pour s'évader, supprimât la garde et le confiât à l'officier qui l'emmena dans sa tribu. Cet officier, Abderamane Saadi, ce qui veut dire le Vengeur du Juste, était mon aïeul. Il ne connaissait que les ordres et on l'avait persuadé que le roi était responsable de la grande misère du pays. Il le traîta comme un esclave, lui faisant nettoyer ses armes, lui imposant des corvées que d'ordinaire on réserve aux femmes. Le roi les accepta avec humilité. Ses années de captivité avaient mûri son esprit et il reconnaissait sa faute, capitale pour un souverain, de s'être entouré de fourbes, de flagorneurs et de ministres cupides. Il ne protesta jamais, subissant les sévices avec résignation. Or, il advint un jour qu'Abderamane Saadi découvrit que son prisonnier, bien qu'affamé, partageait sa misérable pitance avec un chien de meute qui, blessé au cours d'une chasse, ne pouvait se défendre des autres chiens. Il s'étonna qu'un être aussi vil, dont on lui avait dépeint la cruauté et la rapacité, eût un sentiment quelconque. Il le fit venir sous sa tente et ils parlèrent toute la nuit. A l'aube, Abderamane Saadi avait compris de quelle injustice on le faisait l'instrument. Il se prosterna devant Allah et jura de mériter son nom de « Vengeur du Juste », puis il demanda pardon au roi de l'avoir ainsi outragé. En quelques semaines, Abderamane leva une armée de montagnards, tous gens rudes et d'un courage extraordinaire. Cette petite armée ne représentait pas le dixième de l'armée du vizir, mais elle avait pour elle la foi et le sentiment de venger un roi que l'on avait trop facilement abusé. Abderamane décida d'agir par ruse au lieu d'affronter directement l'armée régulière. Il offrit à Haroun une grande fête aux portes de la capitale. Ses meilleures cavaliers devaient rivaliser d'adresse à un jeu qu'on appellera plus tard le polo. Flatté et heureux d'être amusé sans qu'il lui en coûtât un sou, le vizir accepta et un grand camp fut dressé dans un champ. Abderamane insista pour qu'Haroun y vînt avec sa garde personnelle qu'on masserait autour de la tribune. C'étaient tous des guerriers noirs de deux mètres de haut, choisis pour leur force colossale et leur adresse à la lance. Le jour dit, Haroun se présenta à la fête et assista au jeu, puis aux courses jusqu'à la tombée du jour où Abderamane lui annonça un concours d'archers. Montés sur des chevaux lancés au galop des guerriers, menés par un homme voilé, plantèrent leurs cent flèches sur une cible que tenait au centre de l'hippodrome un cavalier impassible. Enthousiasmé de leur adresse, le vizir demanda qu'on lui présentât ces tireurs d'élite. Conduits par l'homme voilé, ils se disposèrent en une ligne devant la tribune :

« — Qui es-tu ? demanda Haroun.

« — Tu veux vraiment le savoir ?

« — C'est un ordre. Qui es-tu ?

« — Ton roi ! » s'écria l'homme arrachant son bandeau et tirant aussitôt une flèche en plein cœur d'Haroun qui s'effondra tandis que les cent cavaliers visant la garde plantaient cent flèches dans les poitrines de bronze des Noirs. La nuit tombait et les cris d'effroi de la foule se transformèrent en panique quand on s'aperçut que la ville brûlait. Des espions d'Abderamane profitant de l'absence des dignitaires avaient mis le feu au palais et aux casernes. Le zèle des incendiaires fut certainement un peu trop grand car, dans l'espace d'un jour et d'une nuit, toute la capitale brûla. Ayant retrouvé son trône, mais pas de palais, Salah el Mahdi décida de vivre dans la montagne avec les guerriers qui lui avaient rendu son royaume. Il se bâtit une forteresse et confia l'administration du pays à mon aïeul dont il fit un prince pour qu'on n'entendît plus jamais le mot " vizir " dans le pays. Voilà, Jean Arnaud, comment on devient un prince.

— Eh bien, ce n'est pas facile !

— Non, évidemment, et il faut avouer qu'aujourd'hui les occasions manquent de devenir un prince.

— Oui, c'est triste ! dit Jean pensant à Chantal de Malemort qui n'hésiterait pas à l'épouser s'il devenait brusquement un prince.

On frappa contre la vitre brouillée par la pluie et Jean aperçut le visage flou du chauffeur qui riait. Le passager tourna la manivelle de la glace et le Noir retira sa casquette.

— Monseigneur, le mécanicien est là. Il finit son travail. Nous allons pouvoir repartir.

La glace remonta.

— C'est grâce à toi, mon petit Jean. Je te remercie.

Il entrouvrit son pardessus et sortit un portefeuille dont il tira deux billets de mille francs.

— J'espère que tu as une tirelire.

— Oui.

— Alors glisse ces deux billets dedans et écris ton nom et ton adresse sur ce carnet. Je t'enverrai un petit souvenir quand j'y penserai.

— Je ne peux pas accepter. Que dirait mon père ?

— Il ne dira rien.

— Jamais il ne croira que j'ai rencontré un prince sur la route. C'est trop rare.

— Parfois les choses les plus invraisemblables sont crues facilement.

Il glissa les billets dans la poche du caoutchouc de Jean.

— Voilà, c'est fait. N'en parlons plus. Au revoir, mon petit Jean.

Il paraissait très fatigué, prêt à fermer les yeux pour s'endormir. Jean descendit de la voiture. Le mécanicien achevait de boulonner la roue de secours et le chauffeur le regardait faire avec condescendance. Jean reprit sa bicyclette et grimpa le reste de la côte aussi vite qu'il put, pas assez cependant pour que l'Hispano ne le rejoignît et ne le dépassât. A sa grande surprise, il la retrouva arrêtée devant la poterne de La Sauveté. Le chauffeur, un parapluie à la main, attendait devant la portière. Une jeune femme en manteau de fourrure sortit de la maison, courut sous la pluie et se jeta dans l'Hispano qui démarra aussitôt.

— Tu en as mis du temps ! dit Jeanne quand il entra après avoir secoué son caoutchouc dans l'entrée. Tant pis pour toi, tu as manqué Mlle Geneviève. Je lui ai parlé de toi, elle aurait bien voulu te connaître.

— C'est elle qui sortait d'ici quand je suis arrivé ?

— Oui.

— Alors, j'ai parlé avec son mari.

— Son mari ? dit Jeanne.

— Oui, un Monseigneur.

— Qu'est-ce que tu racontes là ? Elle n'a pas épousé un évêque.

— Non, un autre Monseigneur. Un vrai. Un prince. Il m'a donné ça !

Il sortit un billet de mille francs de sa poche, conservant par un réflexe dont il ne comprit le sens que plus tard le second billet.

— Mille francs ! s'écria Jeanne. Mais c'est un fou !

— Je lui ai prêté ma bicyclette.

— Tu as prêté ta bicyclette à un prince ?

— Non. A son chauffeur, un Noir en blouse bleue.

— Je n'y comprends rien.

Il fallut s'expliquer une première fois et une seconde fois devant Albert qui, à l'étonnement de Jean, trouva de bonne prise le billet de mille francs et le glissa dans la tirelire de son fils. Oui, Geneviève était passée dans l'après-midi. Elle était venue directement à la maison des gardiens embrasser Jeanne avant de se rendre à La Sauveté pour voir ses parents, son frère et sa sœur.

— Elle n'a pas changé, cette petite, dit Jeanne qui s'efforçait toujours de relier l'inquiétant présent à un passé rassurant où tout avait été beau et généreux.

— Comment ? Elle a douze ans de plus et elle les paraît ! rétorqua Albert, homme tourné vers l'avenir.

— Je veux dire qu'elle a encore le cœur sur la main. Elle m'a donné une étole et un sac qui m'iront pour la messe du dimanche.

Après le dîner, Mme du Courseau apparut et on envoya Jean se coucher. En rechignant, il monta mais laissa entrouverte la porte de sa chambre. S'il n'entendit pas tout, il comprit que Marie-Thérèse venait pour savoir si Geneviève ne s'était pas plus confiée à Jeanne qu'à elle. Jeanne fut de pierre et répondit par monosyllabes jusqu'à ce qu'on entendît le ronronnement connu de la Bugatti qui sortait de son garage. Il s'agissait du type 47, la plus puissante cylindrée jamais sortie par Ettore Bugatti, une 5,35 l, montant sans peine à 150 à l'heure.

— Ce n'est pas une heure pour se promener, dit Mme du Courseau, d'une voix indignée.

L'émotion créée par la visite de Geneviève avait assoiffé Antoine d'espace. Depuis quelques jours il voulait essayer sur une longue distance le nouveau modèle, livré trois mois auparavant par les ateliers de Molsheim, mais, comme l'heure était tardive, il changea son itinéraire et prit la route de Paris où il arriva peu après minuit, s'arrêta pour boire un demi et manger un sandwich au jambon dans un café de la porte Maillot. N'étant pas passé par Paris depuis 1917, il trouva la ville changée. Il se souvenait de rues noires, d'avenues désertes où un peu de lumière bleue filtrait des masques posés sur les fenêtres, une ville de femmes souvent belles et dont il s'était méfié d'instinct à cette époque-là. Il erra à la recherche de souvenirs et n'en trouva pas, et comme on rencontre toujours ce qu'on aimerait éviter, place de l'Étoile il dépassa une Hispano-Suiza jaune conduite par un chauffeur noir. Il la laissa revenir sur lui et la suivit dans une contre-allée de l'avenue du Bois où elle s'arrêta devant un hôtel particulier. Le chauffeur ouvrit la portière et Geneviève descendit la première, attendit le prince qui prit son bras, grand, un peu voûté. Antoine accéléra pour ne pas être reconnu.

Il était déjà deux heures du matin et il ne trouva de vie qu'à Montmartre, place Pigalle où il abandonna sa voiture pour marcher quelques pas. Comme les filles qui l'abordaient l'ennuyaient et le dégoûtaient, il se faufila dans un groupe qui, descendu d'un autocar, se ruait dans une boîte de nuit dont l'entrée figurait la bouche énorme et rouge d'un diable. On parlait anglais autour de lui ou allemand, et un guide trilingue dirigea son monde, le plaça par petites tables, frappa dans ses mains pour appeler les garçons qui apportèrent du mousseux demi-sec dans des flûtes. Antoine se trouva placé entre une Américaine et une Allemande, face à un individu indéfinissable qui riait pour rien et qui, tout le temps que dura le spectacle (de jolies filles aux seins nus jouant avec des serpents), une main dans la poche de son pantalon, se fit des choses peu nommables, apparemment sans résultat définitif. Le numéro à peine terminé, le guide rassembla son troupeau et l'enfourna dans l'autocar. Antoine suivit. A cette heure avancée, on ne comptait plus les touristes du *gay Paris by night*, et, d'ailleurs, il était probable qu'on en avait perdu en route, trop soûls pour continuer ou subtilisés par quelques entraîneuses affamées. L'autocar descendit vers la Bastille où il fallut marcher d'un bon pas jusqu'à un bal de la rue de Lappe. L'arrivée de la troupe mit en marche l'orchestre musette. De mauvais garçons en chemise de lustrine noire et pantalons rayés dansèrent une java chaloupée avec des gigolettes aux jupes échancrées. Antoine se retrouva au côté d'un couple de Suédois qui déliraient de bonheur. Ils lui demandèrent de quel pays il était, et quand ils surent qu'ils avaient affaire à un Français, leur joie ne connut plus de bornes. La femme était assez jolie, avec de beaux seins qui tendaient l'étoffe de sa robe décolletée ; sa bouche se tordit quand Antoine, distraitement, caressa sa cuisse sous la table. Ils burent du vin blanc tiède et grignotèrent des rondelles d'un saucisson mou destiné à les mettre dans l'ambiance. Antoine allait s'amuser quand les faux Apaches et leurs gigolettes quittèrent la piste, mais personne n'osa se risquer après eux et le guide rassembla ses touristes. La tournée s'achevait. L'autocar débarqua les noctambules hagards et épuisés sur la place de l'Opéra déserte que lavaient à grands jets d'eau des autos balayeuses. La Suédoise chercha Antoine. Il était déjà loin, montant vers la Trinité, puis par la rue Blanche jusqu'à Pigalle, inquiet soudain de sa voiture laissée décapotée alors qu'une bruine douce tombait sur Paris, lustrant les rues désertes et sales jonchées de poubelles. Des filles sortant des boîtes qui fermaient couraient, les mains crispées sur le col de leurs manteaux. La Bugatti bleue était toujours là, ses beaux coussins de cuir trempés et son volant glissant. Antoine l'essuya avec un vieil imperméable et descendit lentement à la recherche de la porte d'Italie qu'un agent cycliste finit par lui indiquer. Le jour se levait. Il grelottait sur son siège encore mouillé, mais le moteur jouait de sa belle voix d'orgue avec un plaisir si évident qu'Antoine continua jusqu'à Fontainebleau, traversant la forêt givrée qui étincelait dans la lumière du matin. Sur la grand-place, il trouva une brasserie et commanda un bol de café en attendant l'ouverture d'un coiffeur et d'une chemiserie. Ce changement apporté à un itinéraire immuable depuis dix ans le grisait agréablement. Il regrettait un peu la Suédoise dont la peau, entre le bas et la culotte, lui avait paru aimable. Mais on ne peut pas tout posséder et, au bout de la Nationale 7, il y avait Marie-Dévote et la petite Toinette et à Roquebrune, Mireille Cece, la fille du pauvre Léon. C'était déjà beaucoup. Antoine n'avait plus vingt ans. Il en avouait même cinquante-six et, bien qu'il eût maigri à la demande expresse de Marie-Dévote — qui, elle, s'empâtait sans vergogne —, il ne pouvait plus prétendre à des exploits de jeune homme. Rasé, réveillé, il reprit la route et fila d'une traite jusqu'à Lyon où il dormit douze heures pour ouvrir les yeux en plein brouillard. Par la fenêtre était entrée une épaisse purée de pois collante et sale qui râpait la gorge. Il ne voyait même pas le pied de son lit. Les brouillards de la Saône et du Rhône mêlaient leurs humeurs. Antoine se souvint du surnom donné à Lyon par Henri Béraud : Mirelingue-la-brumeuse. Les Lyonnais habitués à cet éteignoir posé sur leur ville semblaient ne même pas s'en apercevoir. Antoine finit par trouver la route de Vienne et aussitôt le brouillard disparut, découvrant la belle vallée du Rhône verte et grise sous le soleil d'hiver.

A Aix, il s'arrêta devant le garage de Charles, à l'enseigne de *Chez Antoine*. Charles ne mettait plus la main à la pâte et surveillait ses équipes de mécaniciens d'une petite cage vitrée où il s'enfumait de tabac gris en lisant des livres sur la guerre. Il entendit le bruit du moteur et sortit aussitôt.

— Salut, mon capitaine ! Alors, c'est la nouvelle !

Il écarta les bras comme si la Bugatti allait lui sauter au cou. Le moteur tournait encore et il colla son oreille au capot pour écouter le ralenti.

— Terrible ! dit-il. Elle est terrible.

— Vingt-quatre soupapes, un seul arbre à cames. Une vraie horloge : 112 de moyenne entre Lyon et Aix. En octobre, j'aurai la 50, double arbre à cames et compresseur...

— Cent dieux !... Celle-là, elle tape au moins le 200 !

— Le 175 seulement, dit Antoine avec modestie.

Ils burent un pastis debout près de la voiture pendant qu'un mécanicien changeait les bougies et vidangeait le moteur. Charles insista pour que le capitaine dînât avec lui.

— Nous avons à parler affaire ! dit-il.

Antoine frémit. Il se souvenait des derniers avertissements du notaire de Dieppe et, comme on ne lui parlait jamais d'affaire qu'à sens unique, il se méfiait. Le garage était bien assez grand comme ça et il allait dire la même chose à Marie-Dévote qui projetait une nouvelle aile à son hôtel et à Mireille qui voulait ajouter à son restaurant une grande terrasse face au cap Martin et à la mer.

110

Charles ne supposant pas un seul instant qu'on pût le fuir, demanda, inquiet :

— Ça va la petite ? Il n'y a rien de grave ?

— Absolument rien. Elle est tout à fait guérie.

Le cœur d'Antoine battit. Il pensa à Toinette, la fille qu'il avait eue de Marie-Dévote, si fluette, si mince et qui venait d'échapper à la typhoïde. Charles, qui n'ignorait plus rien de la vie de son capitaine, ajouta :

— Et chez Mireille ?

— Elle n'écrit pas beaucoup. Elle préfère les visites.

— On la comprend.

La nuit tombait.

— J'ai encore un bon bout de route ! dit Antoine.

— Dommage ! Jeannette nous aurait préparé la soupe à la tomate.

— Une soupe à la tomate ? répéta Antoine saisi par une faiblesse.

— J'envoie un petit pour la prévenir.

— Non ! dit Antoine angoissé à l'idée de ces agapes qui lui coûtaient si cher. Une autre fois !

— C'est comme vous voudrez, mon capitaine.

La Bugatti était prête. Un mécanicien mit le moteur en marche, surveillant la jauge d'huile. Antoine serra la main de Charles et s'assit à son volant.

— A bientôt ! dit-il.

Charles se tourna vers le mécanicien qui serrait encore dans le creux de sa main le pourboire d'Antoine.

— Une belle petite ! dit-il en clignant de l'œil.

— Bien belle ! dit le mécanicien songeur. Il me faudrait deux ans de travail sans manger ni boire pour m'en acheter une pareille.

111

La Bugatti était déjà loin, laissant derrière elle une traînée bleuâtre à l'odeur de ricin. Antoine arriva deux heures plus tard à Saint-Tropez dans la nuit froide et limpide. L'hôtel avait pris de l'importance et on comptait maintenant un vingtaine de chambres, un salon, une grande salle à manger et une immense cuisine. Il n'y avait plus de saison morte et, pendant l'été, des Parisiens qui ne craignaient pas le soleil, et s'y exposaient même imprudemment, occupaient les chambres délaissées par les artistes qui préféraient les mois d'hiver baignés de lumière limpide.

La porte d'entrée s'ouvrit et Marie-Dévote apparut à contre-jour. Sa beauté méridionale s'accommodait d'un certain empâtement, d'une taille plus forte, d'une poitrine orgueilleuse, et Antoine fut heureux dans la minute même où il l'aperçut, où elle se précipita vers lui pour l'embrasser tendrement sur les deux joues, alors qu'il était encore assis devant son volant, moteur coupé.

— Antoine, je me languissais de toi ! Viens vite à l'intérieur, qu'il fait froid dehors.

Il la suivit dans la cuisine où, depuis la mort de la mère, régnait une tante de Théo, une énorme femme à l'odeur forte, championne de la soupe de poisson, de la tomate provençale et de la pissaladière. Il était glacé par la route, ayant voyagé capote baissée dans le vent, et on lui prépara aussitôt un dîner chaud qu'il mangea sur la table de cuisine.

— Quand j'aurai moins froid, je monterai embrasser Toinette. Comment va-t-elle ?

— Splendide. Et la première à l'école. Ce soir, elle a encore rapporté deux bons points.

— Théo dort déjà ?

— Théo est à Marseille. Il revient demain ou après-demain. Il s'achète un nouveau bateau pour promener les Parisiens à l'été.

Antoine fut content. Ce soir, il n'y aurait pas de complications, pas de ces sous-entendus qui l'agaçaient tellement. Du coup, il s'épanouit, remercia la tante Marie d'une tape sur les fesses, monta deux à deux les marches de l'escalier conduisant à la chambre de Toinette qui dormait dans un lit à baldaquin tendu de soie rose. Elle était bien sa fille : une peau claire, des cheveux blonds qui tournaient au châtain, de longues mains veinées de bleu. D'ailleurs les médecins avaient prévenu Théo qu'il ne pouvait pas avoir d'enfant. Antoine posa ses lèvres sur la tempe fragile et Toinette se retourna dans son lit en geignant. Il était si heureux qu'il passa la main sous la jupe de Marie-Dévote.

— Antoine, dit-elle avec reproche. Pas ici ! Tu as pas de morale !

Il eût pourtant beaucoup aimé. Mais comment lui expliquer ces choses-là ? Avec les années, elle devenait très bourgeoise. En un sens, cela rassurait, parce qu'avec tous ces artistes qui prenaient pension pendant l'hiver, elle aurait pu s'envoyer en l'air chaque soir. Elle le rejoignit dans sa chambre et ne le quitta qu'au matin, en le secouant vigoureusement :

— Antoine ! la petite...

— Quoi, la petite ?

— L'école, elle va être en retard...

Il y avait ainsi des rites. A chaque séjour, il conduisait leur fille à l'école primaire de Saint-Tropez.

Un ruban dans les cheveux, vêtue de couleurs pastels qui s'accordaient à son teint de Nordique, Antoinette faisait une arrivée dont on jasait pendant des semaines.

— Tonton Antoine, les filles, elle voudraient bien être à ma place.

— Tu crois ?

— Leurs oncles, ils ont pas des Bugatti.

— Moi, j'en ai toujours eu, alors ça ne me paraît pas extraordinaire.

— Tu viendras me chercher à midi ?

— Oui, si tu veux.

Il revint prendre son petit déjeuner à l'hôtel. Trois peintres étaient là. Il ne les connaissait pas et, réservé comme à son habitude, feignit de les ignorer. La salle à manger était garnie de tableaux dont quelques-uns rappelaient des notes impayées et d'autres le fruit des achats d'Antoine. Cela commençait à se savoir et on venait de loin admirer les Derain, les Dufy, les Dunoyer de Segonzac, les Vlaminck accrochés au mur. Théo s'inquiétait.

— Bientôt, il y aura plus de place... Qu'est-ce qu'on va faire de toutes ces croûtes ?

Marie-Dévote, plus intuitive, sensible à ce qu'en disaient les gens de passage, commençait à regarder cela comme un bon placement.

— Tu n'y connais rien. Un jour ils seront tous célèbres et tu te traîneras à leurs pieds pour qu'ils te fassent un dessin sur la nappe en papier.

— Tu me feras toujours rire.

114

A Saint-Tropez, pendant ses séjours, Antoine passait un vieux pantalon, un chandail à col roulé et marchait sur la plage en rêvant à sa vie. Il eût aimé en corriger deux grands événements : son mariage et la guerre, mais les détails lui plaisaient. Par exemple, il devait reconnaître que la complaisance ambiguë de Théo ajoutait du prix aux quelques nuits passées avec Marie-Dévote. Théo n'eût-il pas rechigné à la lui laisser plus longtemps, qu'elle aurait pris trop de pouvoir sur lui ou que la satiété serait peut-être venue. Il l'aimait sans qu'elle lui fût proche et personne d'ailleurs ne lui était proche, même pas ses enfants, Michel, Geneviève et les deux Antoinette. Tous l'intimidaient et, comme les timides, il avait des élans de tendresse qui ne rencontraient pas toujours d'écho. Trop lucide, il ne s'aveuglait pas sur l'amitié de Charles, l'amour de Marie-Dévote et de Mireille Cece. L'intérêt stimulait les sentiments. Mais l'argent servait à cela, à créer ces illusions d'un instant. Sans argent, il n'aurait rien connu. S'il venait à en manquer un jour, l'existence serait un désert et rien ne vaudrait plus la peine d'être vécu. Antoine quittait la plage et revenait par l'intérieur. Il aimait l'odeur des pinèdes et la pâleur argentée des oliviers. A Saint-Tropez, en attendant la sortie de l'école, il s'asseyait à la Ponche, à la terrasse d'un bistrot de pêcheurs. Les barques halées sur la grève de galets déversaient leurs rougets, leurs loups et leurs langoustes. Il buvait plusieurs pastis qui lui rendaient l'euphorie perdue. Ici, personne ne parlait de la guerre. Avait-elle jamais eu lieu ? Il aurait pu croire que douze années l'effaçaient déjà des mémoires et des cœurs, si des rêves affreux n'étaient

venus le troubler. Et il y avait eu aussi la mort de Léon
Cece, la grenade dégoupillée qu'il avait un matin
tenue contre son ventre pour exploser comme une
baudruche. D'autres êtres continuaient de souffrir,
mais, maintenant, ils se cachaient. Leurs songeries
morbides troublaient les plaisirs de la paix et la
digestion de la jeunesse. Léon Cece s'était tué pour ne
plus être un affreux reproche vivant. A la terrasse de la
Ponche, Antoine parlait avec n'importe qui. On forçait
l'accent pour l'amuser quand il offrait un verre. Il n'en
était pas dupe, mais cela aussi faisait partie de la
comédie que tout le monde se jouait et cette comédie
devenait, d'année en année, plus vraie que la vérité. A
la sortie de l'école communale, Antoinette courait vers
la Bugatti et s'installait à côté de lui :

— Tonton Antoine, tu m'emmènes faire un tour ?

Il l'emmenait jusqu'à Grasse acheter des fougasses
encore tièdes du four et qu'ils mangeaient avec des
barres de chocolat en revenant à petite allure vers
Saint-Tropez. Ils rapportaient du parfum pour Marie-
Dévote qui s'inondait d'eau de lavande.

— Comment est-ce que tu es mon oncle ? demandait Toinette. Tu n'es pas le frère de mon papa, ni de
ma maman, et, pourtant, tout le monde dit que je te
ressemble.

— Je suis ton oncle du cœur. Quand on aime
beaucoup une petite fille dès sa naissance, elle finit par
vous ressembler.

— C'est vrai ça ?

— Plus vrai que tout ! Je le jure.

Antoine partait avant de s'attendrir. A Roquebrune,
il s'arrêtait devant le restaurant de Léon baptisé *Chez*

Antoine depuis les agrandissements. Mireille l'accueillait par une scène bien calculée. Passé le flot des reproches, cet étrange petit sarment de vigne se nouait à lui. Et il arrivait qu'elle se donnât dans la cuisine après avoir fermé à clef la porte contre laquelle la serveuse tambourinait un moment, puis s'en allait en riant. Il restait là un jour ou deux, jamais plus, retenu par un plaisir sec et violent, mais chassé par le fantôme de Léon qui errait dans la maison avec sa gueule cassée, atroce, impossible à regarder. Le restaurant marchait bien et Mireille découvrait l'ambition depuis qu'on parlait d'elle dans les journaux, à la rubrique gastronomique. A l'arrivée d'Antoine, la mère s'effaçait. Assise sur une chaise au bord de la route, mains posées sur le tablier gris qui recouvrait en partie sa robe noire et ses bas de coton, elle posait sur les choses et les êtres un regard totalement vide comme ces fakirs qui s'évadent d'eux-mêmes. Ses rapports avec Antoine se bornaient à un signe de tête quand il arrivait ou partait. Mireille n'était pas à proprement parler belle de la beauté de Marie-Dévote, mais sa maigreur ascétique, le feu de ses yeux, les bandeaux de cheveux d'un noir bleu qui serraient son petit visage dans un étau pour en accentuer les traits aigus, la nervosité de son corps à la peau safranée, l'impression qu'elle donnait d'être toujours prête à s'enflammer à la moindre étincelle attiraient invinciblement Antoine. Il la quittait néanmoins sans regret. C'était trop pour sa nature et il craignait de se brûler. Au passage, il s'arrêtait quelques instants à Saint-Tropez, embrassait Marie-Dévote et Toinette, écoutait distraitement un nouveau projet de Théo, filait sur Aix où il retrouvait

Charles, mais, moins sensible au charme du garagiste, savait mieux lui résister qu'à l'aller et se contentait de l'écouter raconter, non plus la guerre — cette période était épuisée — mais ses spéculations fabuleuses sur l'avenir de la Provence.

Ah la belle route du retour! La Bugatti chantait. Antoine poussait le moteur dans la vallée du Rhône et comme si elle eût préféré les retours vers des climats frais où elle carburait avec plus d'allégresse elle avalait des kilomètres, bien collée à la route, sans crier dans les virages, pulvérisait les côtes, s'impatientait dans les descentes. Dans les garages, les mécaniciens la flattaient du doigt, osant à peine y toucher tant tout leur semblait parfait, l'œuvre d'un horloger angélique, d'un sorcier de la route. Des palefreniers n'eussent pas été plus impressionnés par les soins à donner au vainqueur du dernier Grand Prix.

Au retour du voyage de février 1930, Antoine eut la surprise de voir déjà commencés les travaux dans la partie du parc cédée à la fin de l'année précédente. Le nouveau propriétaire, un Parisien, M. Longuet, tenancier de deux claques à la mode dans le quartier Montparnasse, mais qui préférait prétendre s'être enrichi dans la quincaillerie parce qu'il pensait que cela faisait plus chic, construisait pour lui, sa femme et son fils, une villa de deux étages au mépris de l'accord passé lors de la vente. Du deuxième étage, on n'ignorerait rien de la vie à La Sauveté. Marie-Thérèse attendait le retour d'Antoine pour déclencher la guerre. Il n'était pas descendu de voiture qu'elle accourut :

— Vous avez vu! Une semaine! Il leur a fallu une

118

semaine pour dresser ces échafaudages. Nous avons juste le temps de faire arrêter la construction.

— Plantons des arbres !

— Ils mettront cinquante ans à pousser.

— Pas les pins, ni les eucalyptus.

— Ce ne sont pas des arbres d'ici.

— Alors résignons-nous.

Marie-Thérèse haussa les épaules, lui tourna le dos et partit houspiller la nouvelle Martiniquaise, une demoiselle Artémis Pompon, employée à la lingerie, les enfants étant devenus trop grands pour avoir une nurse. Artémis n'inspirait aucun sentiment à Antoine : une haridelle toujours pieds nus dans la maison, la poitrine pauvrette et la lippe tombante. Au demeurant, bonne fille à qui on avait raconté, avant qu'elle fût engagée, que le patron coucherait avec elle pour le même prix. Elle s'était présentée le premier matin, en gloussant, à la porte de la bibliothèque où Antoine, en robe de chambre, fumant le premier cigare de la journée, l'avait reçue avec étonnement :

— Artémis, vous vous méprenez. Je veux la paix chez moi. Allez vous coucher. Vous avez besoin de repos. Je sais que Madame abuse de vous, mais il n'y a rien à faire, c'est dans sa nature.

Satisfait — même parfois au-delà de ses possibilités — Antoine préférait consacrer ses heures matinales à la lecture, d'autant qu'un geste audacieux, peu dans sa nature conservatrice, lui avait fait acheter en solde dans une librairie de Dieppe un Alexandre Dumas complet dont il n'épuisait pas le plaisir.

Une cinquantaine de personnes massées sur le trottoir opposé attendaient devant les locaux de *La Vigie :* vieux retraités la casquette vissée horizontale, jeunes ouvriers la casquette basculée sur l'oreille, enfants. Pas une femme. Mais beaucoup de bicyclettes tenues à la main, une notamment, celle de Jean Arnaud, rouge, avec un dérailleur et un guidon de course enveloppé de gutta-percha. Quand un employé sortit par la porte vitrée et planta son échelle sous le tableau noir au-dessus du hall d'exposition, un « ah » de satisfaction s'éleva du groupe en attente. Posément, en ronde bien moulée, l'homme écrivit à la craie : « Étape : Nice-Gap. 1er André Leducq, 2e Bonduel, 3e Benoît Faure. » Au classement général, bien entendu, Leducq gardait le maillot jaune. La foule se dispersa, déçue, presque sans commentaires. Réveillé en 1930 par le retour au système des équipes nationales, le chauvinisme français se désintéressait d'une victoire sans émotion. Qu'un André Leducq, grand sprinter mais exécrable grimpeur, eût gagné une étape de montagne indiquait que les jeux étaient faits, sinon les dés pipés. Le tour 1932, à la différence du précédent marqué par la victoire du grand Antonin Magne et le sacrifice héroïque de son jeune équipier René Vietto au Lautaret, s'achevait dans l'ennui. Jean monta sur sa bicyclette et prit la route de Grangeville qu'il monta sans décoller de sa selle. Il se sentait vraiment en pleine forme depuis le début du tour, et sa bicyclette, une Peugeot, était digne d'un champion. Il l'avait achetée à Pâques avec ses économies augmentées de deux mandats du mystérieux prince. A presque treize ans, il en paraissait seize ou dix-sept, mesurant un mètre soixante-dix, les jambes longues, le torse bien développé par l'exercice. Jeanne l'habillait au rayon hommes des Nouvelles Galeries. Le dernier trimestre, il s'était affranchi de Mme du Courseau, en allant et venant seul à bicyclette au lycée de Dieppe, refusant d'être transporté avec Michel dans la nouvelle Ford V8 encore un peu haute sur pattes mais puissante et silencieuse. Jean préférait pédaler, si dure que fût, au retour, la montée de Grangeville. Sa taille lui valait souvent les sarcasmes (prudents) de ses camarades qui, eux, se tenaient sagement au-dessous de la moyenne. Jean goûtait sans plaisir à leur mesquinerie. Dans cette guérilla, il reconnaissait les entreprises sournoises de Michel qui, de la classe supérieure, préparait, dans l'anonymat, les mots d'ordre. Moins innocent, Jean commençait de compter les coups bas. Un jour, il mettrait un terme à ce petit jeu. Ses poings le démangeaient. En attendant, Michel bénéficiait encore de l'aura de sa famille. Il était le frère de la capiteuse Antoinette avec laquelle Jean prenait des plaisirs de plus en plus précis. Il était aussi le fils d'Antoine du Courseau et le pacte secret jouait toujours, bien que ce dernier fût souvent absent. Enfin, Jean eût profondément blessé ses parents en attentant à l'un des membres de cette famille qui, malgré les difficultés accumulées, gardait de sa superbe.

En arrivant à La Sauveté, Jean trouva sa mère assise toute droite sur une chaise de la cuisine, les larmes roulant de ses yeux, image d'une douleur trop grande pour s'exprimer. Elle sut quand même hoqueter :

— Ton père t'attend chez Madame.

Il pénétrait dans le hall quand Antoinette, entrouvrant la porte du boudoir, l'attrapa par le bras et chuchota impérieusement :

— Dis que c'est toi !

Elle referma aussitôt la porte et Jean entra dans le salon où son père, Marie-Thérèse et Antoine du Courseau l'attendaient. Il comprit qu'il s'agissait d'un tribunal et que ce tribunal, présidé par une femme flanquée de deux assesseurs n'envisageait pas de le prendre en pitié. Le visage d'Albert exprimait un vif courroux, celui d'Antoine était indifférent, presque absent. Quant à Marie-Thérèse, après plusieurs répétitions devant son miroir elle semblait prête à jouer son rôle avec la dignité qui s'imposait. Elle trouva les premiers mots, les plus bêtes bien sûr, ceux qui révélaient sa conception des rapports entre elle et les siens.

— Jean, il faut que nous te parlions sérieusement, comme à un homme puisque tu te conduis comme un homme, bien que tu aies juste treize ans. Reconnais-tu que nous t'avons jusqu'à ce jour traité comme notre enfant ?

— Mais oui, Madame.

Elle soupira, feignit de cacher son visage dans ses mains un instant avant de reprendre :

— Pour Michel, tu es un frère...

— Vous croyez ?

D'un geste, elle balaya ce doute :

— Oh, je sais... de petites jalousies de garçons. A l'âge d'homme, il n'y paraîtra plus. J'ajoute — ce qui est capital — que pour Antoinette, tu es aussi un frère...

— Mais oui ! s'exclama Jean dont les jambes fléchissaient.

— Petit salaud ! hurla Albert levant la main pour une claque qui eût été tout à fait déplacée à ce moment-là.

— Calmez-vous, Albert, dit Antoine.

— Mon capitaine, c'est un petit salaud.

— Mais qu'ai-je fait ? demanda Jean la voix étranglée.

Marie-Thérèse entendait mener l'instruction comme un juge.

— Où étais-tu cet après-midi ?

— A Dieppe. J'attendais les résultats du tour. Leducq a gagné l'étape.

Le sourire de Marie-Thérèse indiqua qu'elle attendait un alibi de ce genre.

— Avec qui, s'il te plaît ?

— Avec son équipe, bien sûr.

— Je ne te parle pas de ce grotesque Tour de France dont la vulgarité m'horripile, je te parle de toi. Avec qui étais-tu à Dieppe ?

— J'étais seul.

124

Le sourire s'élargit.

— Bien entendu ! Et tu n'as parlé à personne !

Jean hésita un moment, cherchant qui il aurait pu voir dans l'après-midi.

— Non. A personne.

Antoine le regardait intensément. Jean rencontra ses yeux fixés sur lui et reprit courage :

— De quoi m'accusez-vous ?

— Tu le sais très bien. Cet après-midi, tu n'étais pas à Dieppe. Tu étais sous les falaises, au bas de la valleuse, bien caché derrière les éboulis.

Jean pâlit. Il ne réfléchit pas qu'elle avait dit « cet après-midi » et se crut découvert. Des larmes montèrent à ses yeux.

— Bon ! dit Marie-Thérèse triomphante. Nous n'avons pas besoin de te faire un dessin. J'espère que tu te rends compte de la gravité de ta faute. Est-ce la première fois que vous faites ça aujourd'hui, Antoinette et toi ?

Jean comprit la méprise et se redressa.

— Aujourd'hui, j'étais à Dieppe.

— Ne mens pas ! cria Albert. Ou je te renie.

— Je ne mens pas.

Il ne mentait pas. Il ne mentait jamais. Tout juste péchait-il par omission à confesse avec l'abbé Le Couec, quand il « oubliait » les jeux avec Antoinette. Son cœur se serra et il se souvint de ce qu'elle lui avait chuchoté à l'oreille : « Dis que c'est toi ! » Il ne le dirait pas, mais un gouffre s'ouvrait sous ses pieds : avec qui était-elle cet après-midi au bas de la falaise ? Il eut envie de mourir. Le regard d'Antoine lui donna le

courage de faire face. Il voulut sauver Antoinette et se
tut, baissant la tête.

— C'est ignoble ce que tu as fait! dit Marie-
Thérèse. Tu n'es pas le seul coupable. Elle aussi. Je ne
te traiterai plus comme mon enfant.

— Ingrat! dit Albert.

— Allons, dit Antoine. Allons, effaçons ça et n'en
parlons plus jamais.

— Je lui confisque sa bicyclette pour tout l'été.
Jean regarda son père, soumis, malgré sa peine.

— Ce n'est pas ça qui réparera le mal! dit Marie-
Thérèse avec acidité.

— C'est fait, c'est fait! interrompit Antoine. Et que
ça n'arrive plus!

Il se leva pour interrompre le supplice de Jean qui
était aussi le sien. Albert emmena son fils en le tenant
par le bras comme s'il allait lui échapper. Il était lui-
même trop ému pour parler. Jean passa devant sa
mère qui fit semblant de récurer une casserole pour ne
pas le voir, et monta dans sa chambre. Par la fenêtre
ouverte, on apercevait la villa des Longuet qu'un
treillage couvert de lierre ne parvenait pas à cacher.
Jean leva le poing vers cette maison deux fois ennemie,
ferma les battants, tira les rideaux et se jeta sur son lit
pour sangloter. Fini, c'était fini. Il ne parlerait plus
jamais à Antoinette. Une salope, une vraie salope, plus
chienne que les chiennes. Et comment, désormais,
reverrait-il Chantal de Malemort? Jean pleura jusqu'à
minuit, finit par s'endormir et se réveilla en essayant
de croire qu'il avait vécu un mauvais rêve. Le jour
passait entre les fentes des volets et il retrouva le
serrement de cœur qui l'avait terrassé la veille. C'était

donc bien vrai : la trahison d'Antoinette, la victoire de Michel, la privation de vélo et, au-delà aussi, peut-être pire que tout : on ne l'emmènerait plus à Malemort, il ne verrait plus Chantal. La vie s'annonçait comme un désert. Il pleura un moment, puis se leva et, le regard encore brouillé, poussa les volets. Albert arrosait les œillets d'Inde le long du mur mitoyen. Derrière le mur se cachait son rival, ce grand boutonneux dessalé qui tournait ouvertement autour d'Antoinette depuis le début de l'été, Gontran Longuet. Comment pouvait-on s'appeler Gontran, surtout en étant le fils d'un patron de bordel ? Et rien de tout cela ne serait arrivé si René Mangepain, le frère de Mme du Courseau, n'avait rétabli les relations entre les deux familles en guerre. Albert, toujours aussi pur en politique, en avait été outré. Pour un peu, il se serait mis à lire *L'Action française* qui, tous les matins, étalait les turpitudes des politiciens de la majorité. Après avoir été un membre discret de la Chambre bleu horizon, René Mangepain avait viré au radicalisme bon teint. Il disait « mon parti » en gonflant son cou déjà énorme. La politique n'était pour lui qu'une affaire de miettes, mais à ces miettes il tenait avec un appétit féroce. De mémoire de député, on ne l'avait vu à la tribune et ses seules interventions écrites dans l'*Officiel* soulevaient l'hilarité même parmi les collègues de son parti. Quel lien suspect pouvait l'attacher à cet affreux Longuet dont Jean n'ignorait pas les sources d'enrichissement ? Et comme ils étaient habiles, ces vendeurs de chair humaine ! L'abbé Le Couec ne répétait-il pas à propos d'eux : « A tout péché miséricorde ! » depuis que Mme Longuet payait la réfection du toit de l'église ? Oui, la vie était ignoble. Jean irait casser la gueule de ce Gontran-de-mes-fesses. L'idée lui rendit le courage d'affronter la réprobation des adultes aveugles qui le condamnaient sans preuve. Et n'oublions pas Antoinette ! Elle ne la volerait pas, sa paire de claques, celle-là ! Jean prit une de ces décisions qu'on croit devoir toujours tenir, et qui s'envola au premier assaut de son amie. Si, dans les premiers jours, il l'évita farouchement, il était impossible que la situation durât sans une explication et un matin où Jeanne envoya Jean chercher du beurre chez l'épicier de Grangeville, il se trouva nez à nez avec Antoinette, arrêtée au détour du chemin, en jupette de tennis, cuisses nues, sa bicyclette à la main. La paire de claques promise ne partit pas. Antoinette en fut peut-être déçue. Elle s'attendait à un flot de reproches, ne soupçonnant pas que son apparition soudaine, un bandeau dans les cheveux, sa jeune poitrine libre sous le chandail blanc, troublerait à ce point Jean qu'il oublierait tout ce qu'il avait juré de lui dire. Ainsi fit-il très tôt, à l'âge de treize ans, connaissance avec ce pouvoir insensé qu'ont les femmes de nous désarmer par l'innocence dans la culpabilité.

— Bonjour, Jean. Tu es toujours fâché ?

Il dit « oui » au moment même où il comprit qu'il ne l'était plus, qu'Antoinette là, devant lui, dans la fraîcheur de ses dix-sept ans, un peu ronde, mais si lisse, parfumée comme un jeune fruit, gardait un pouvoir indicible dont il était trop inexpérimenté pour se détacher en un seul jour. Il lui devait la découverte de plaisirs exquis. Comment pouvait-elle les offrir à un autre, à d'autres ? Des larmes envahirent les yeux de Jean et il serra les poings pour maîtriser son émotion.

128

Antoinette devina et s'efforça de ne pas montrer trop vite sa joie.

— Tu viens te promener avec moi ? dit-elle.

— Nous n'avons pas le droit de nous voir.

— Je connais une grange...

— Avec qui y es-tu déjà allée ?

— Avec personne.

— Menteuse !

Le visage d'Antoinette se durcit et la panique saisit Jean. Et s'il allait la perdre ? Il ne le supporterait pas plus que de la garder avec son énorme tromperie.

— Je ne t'ai pas menti, dit-elle. A toi, je ne mens pas.

— Tu as pourtant prétendu que c'était avec moi que tu faisais tes saletés au bas de la falaise.

— Non, je n'ai pas dit ça.

— Qui l'a dit alors ?

— Tu le demandes ?

— Oui.

— Tu ne te vengeras pas ?

— Parle... invente n'importe quoi.

— Michel.

— Oh l'ordure ! Un jour, je le tuerai.

Antoinette sourit. Cette noble promesse l'enchantait.

— Pour une fois, tu aurais tort. Il a vraiment cru que c'était toi. Depuis le temps qu'il cherchait à nous pincer. Il t'a confondu avec Gontran.

— Il y a longtemps que vous faites ça ?

— C'était la première fois.

Il ne la crut pas mais il avait trop mal pour se mettre en colère et la convaincre de son effronterie. D'ailleurs, il ne pensait plus qu'à glisser la main dans le corsage d'Antoinette et lui caresser ses gentils seins de jeune fille, en sentir la pointe durcir dans sa paume. Un voile passa devant ses yeux et il baissa la tête.

— Viens vite, dit-elle. J'ai promis d'être de retour à six heures.

Jean prit à travers champs tandis qu'elle continuait à bicyclette. Ils se rejoignirent dans un chemin de halliers qui longeait une maison abandonnée. La grange était invisible de l'extérieur. Antoinette cacha sa bicyclette et ils enjambèrent la barrière de bois. Ils se caressèrent dans la paille, mais Jean ne put aller aussi loin que Gontran. Il maudit son inexpérience. Antoinette lui promit que ce serait pour plus tard.

— Tu n'as que treize ans ! dit-elle. Ça pourrait être mauvais pour toi et tu me ferais un enfant.

Jean, vaincu, accepta son plaisir de la main d'Antoinette. Après quoi, ils mirent un bon quart d'heure à se débarrasser en riant de la paille qui maculait leurs cheveux et leurs chandails. Antoinette repartit, allègre, rassurée, joyeuse. Jean courut jusqu'à l'épicerie et rapporta le beurre.

— Tu as été bien long, mon petit ! dit Jeanne occupée à repasser dans la cuisine.

— J'ai rencontré Antoinette ! avoua Jean tout à trac.

— Oh !

Jeanne approcha le fer de sa joue et le reposa sur le fourneau.

— Il vaudrait mieux qu'on le sache pas.

— Tu sais, maman... ce n'était pas moi avec elle, au bas de la falaise.

130

— Je te crois... mais pourquoi ne t'es-tu pas défendu ?

— A cause d'elle !

Le cœur de Jean battit follement. Le bon regard de sa mère le remplit de remords. Il savait très bien qu'il jouait sur les mots, que ce qu'il venait de faire ressemblait, à un détail près, à ce que Gontran faisait avec Antoinette. Mais enfin, il n'était pas l'imbécile qu'on surprend en flagrant délit.

— Ton père a eu beaucoup de peine. Il dit qu'il n'ose plus regarder les du Courseau en face. Nous avons pensé quitter la place, mais ce serait la misère : à cinquante-cinq ans, avec une jambe en moins, on ne trouve plus de travail.

Jean fut atterré de n'avoir pas un seul instant envisagé l'ampleur du drame.

— Je lui parlerai, dit-il.

— Essaie, mon enfant... mais il n'est pire sourd que celui qui ne veut pas entendre.

— Et je parlerai à M. du Courseau.

— Plutôt à Madame.

— Non, pas à elle.

Jeanne sourit avec indulgence.

— Tu lui dois beaucoup.

— A toi, à papa, je dois beaucoup. Pas à elle.

— Un jour, tu comprendras.

Jeanne cachait en elle tant de bonté qu'il suffisait de lui dire que le mal n'existait pas pour qu'elle le crût et que son âme pieuse et candide se réjouît de vivre dans un monde sans tache. Albert eût pu être pareil si les horreurs de la guerre et le sacrifice de sa jambe n'avaient développé en lui une autorité qui se prenait pour de l'intelligence. Il avait donc des idées : carrées, tranchées, et, dans une certaine mesure, définitives. Jean avait peu d'espoir de jamais le convaincre en l'affrontant. En revanche, quelque chose lui disait qu'Antoine du Courseau pouvait se montrer compréhensif. Il fallait oser lui parler, mais cet homme décourageait les entretiens qu'il n'avait pas provoqués. A la moindre difficulté, il prenait sa Bugatti et disparaissait quelques jours, revenant après qu'on avait résolu pour lui le problème posé. Jean aurait longtemps hésité, si la privation de bicyclette pendant tout l'été ne l'avait pas tant enragé. N'osant pas pénétrer dans le parc, il prit le biais d'une lettre, qu'il recommença dix fois jusqu'à ce qu'il fût sûr qu'elle était assez courte pour qu'Antoine daignât la lire sans la jeter à la corbeille.

Monsieur, je m'autorise de notre pacte très ancien, quand j'étais un petit garçon, pour vous demander un entretien. Je vous expliquerai que je ne suis pas coupable et pourquoi je laisse croire que je le suis. A vous je le dirai parce que vous êtes la seule personne dont le jugement m'importe. Votre Jean Arnaud.

Il posta la lettre à Grangeville, et le lendemain, la Bugatti après être sortie du parc prit le chemin qui passait devant la maison de garde. Aux aguets, Jean descendit en courant et sauta dans la voiture. Antoine démarra en trombe et rejoignit la route de Dieppe où ils gagnèrent les docks et s'arrêtèrent devant un troquet. On y mangeait à toute heure des crevettes chaudes arrosées d'un honnête cidre bouché.

— Merci, Monsieur ! dit Jean après qu'Antoine l'eut invité à commencer.

132

— Je me doutais que tu n'es pas coupable, mais, au fond, je te l'avoue à toi seulement, ça me serait égal. Antoinette a dix-sept ans... C'est de son âge. Elle a mon tempérament...

Jean ne savait pas au juste ce qu'est le tempérament, mais devina qu'il s'agissait de prédispositions aux plaisirs défendus et il souriait avec une telle gentillesse qu'Antoine lui rendit son sourire et dit :

— Que veux-tu faire quand tu seras un homme ?

— Mon oncle Duclou voudrait que je prépare la marine marchande, mais je ne suis pas très fort en maths... et mon oncle Cliquet me pousse à entrer dans les chemins de fer...

— Et ça t'ennuie !

— Oui, beaucoup.

— Alors, tu n'as pas une idée à toi ?

— Non. Tout ce que je sais c'est que je ne serai pas jardinier et que je voyagerai.

— Ah ! dit Antoine avec indifférence en beurrant une tartine de pain bis.

Jean, au bord des confidences, s'arrêta, surpris de l'intérêt si vite las d'Antoine.

— Je suppose, reprit M. du Courseau, que tu t'es laissé accuser pour éviter des ennuis à ma fille.

— Je l'aime bien. Parfois, je crois même que c'est ma sœur.

— Et Michel ?

Jean baissa la tête sans oser répondre.

— Je vois, dit Antoine. Moi c'est pareil avec lui ! Quelle drôle d'idée d'être allé raconter ce qu'il a surpris. Il a foutu la pagaille dans la maison. Nous sommes obligés de nous cacher pour parler et ma femme ne te pardonnera pas de sitôt.

— Je suis encore plus fâché que mon père ne me pardonne pas. Il est si droit et si bon. J'ai honte.

— J'essaierai d'arranger cela. Entre hommes, on peut tout se dire.

— Vous ne gronderez pas Antoinette?

— Gronder Antoinette! Ça ne m'est jamais arrivé. Et puis tu sais, mon petit Jean, je ne suis pas moi-même sans reproches. J'ai une autre vie... Loin d'ici...

Il s'interrompit pour suivre des yeux un couple d'Anglais qui entrait, une grande jeune femme mince et blonde, un homme en veste de tweed et pantalon gris. La jeune femme accapara son attention. Elle s'assit et tenta de déchiffrer la carte tendue par un garçon de bonne humeur. Son mari lui prit le menu des mains et commanda des moules et du vin blanc sans la consulter.

— Ce sont des étrangers! dit Antoine.

— Oui, des Anglais.

— Non, non, je veux dire qu'ils ne sont pas nés sur la même planète que nous. Comme les Chinois, les Peaux-Rouges, les Arabes ou les nègres. Notre planète, c'est la Normandie. Ils vont la quitter par la malle de midi et ce soir à six heures ils seront à Newhaven où ils boiront du thé et mangeront du jambon entre deux morceaux de mie de pain en caoutchouc.

— J'aimerais quand même bien aller en Angleterre.

— C'est une idée! Veux-tu y faire un tour? Gene-viève habite Londres en ce moment. Je peux lui écrire que tu arrives.

— Papa ne me laissera jamais partir!

134

— J'en fais mon affaire.

Antoine but d'un coup son dernier verre de cidre et appela le garçon pour lui demander l'addition. Quand il eut payé, il sortit, grimpa dans sa voiture et partit, oubliant Jean qui était allé chercher sa casquette restée accrochée à la patère. Jean, sans un centime en poche, ne pouvait même pas prendre l'autobus. Il regagna Grangeville à pied, en ce chaud après-midi d'août, enrageant chaque fois qu'un cycliste le dépassait. Il arrivait à La Sauveté quand il rencontra l'abbé Le Couec, immense, le visage rouge, marchant d'un grand pas.

— Jean ! c'est le ciel qui t'envoie !

— Monsieur l'abbé, vous me cherchiez !

— Oui, j'ai besoin de toi.

La main de fer du prêtre se referma sur le biceps du garçon qui, un instant, se crut prisonnier.

— Mes parents doivent croire que je les ai abandonnés...

— Il s'agit bien de ça ! Allons au presbytère, j'ai à te parler et à te faire connaître un héros.

— Ils vont me punir.

— J'arrangerai ça.

— Je suis déjà privé de bicyclette pour l'été.

— On te rendra ta bicyclette. Allons... le temps presse.

Nous appellerons Yann, pour plus de commodité, l'homme réfugié dans le presbytère de l'abbé Le Couec. Jean vit un grand Celte, aux cheveux blonds, bouclés, aux yeux d'un bleu limpide, aux joues creuses, qui lui tendit la main et le traita aussitôt comme un homme.

— Jean Arnaud, l'abbé m'a parlé de toi. Rien qu'à voir ta tête, je sais que je peux compter sur ta discrétion et ton cœur.

— Oui, monsieur.

— La police me cherche. Ne me demande pas pourquoi, mais une maladresse, un mot de trop m'enverraient en prison pour de longues années. Nous devons être sûrs de ton silence et de ta complicité.

— Oui, monsieur.

L'abbé sortit de son placard une bouteille avec une étiquette comme on en met sur les cahiers d'écolier : Calvados de M. Le Couec. Il en remplit deux verres et allait en remplir un troisième quand Jean l'arrêta :

— Monsieur l'abbé, je ne dois pas... la forme... vous savez... j'essaie de la conserver même sans avoir ma bicyclette.

— Tu auras ta bicyclette ce soir, foi de curé.

— Papa ne cédera pas si facilement.

— J'ai des arguments. Il faut qu'avant dîner tu ailles à Tôtes rencontrer quelqu'un dans un café.

— Cette fois, c'est maman qui ne me laissera pas aller si facilement. Elle ne veut pas que je fasse du vélo la nuit.

— Je m'en charge.

— Cet homme que tu rencontreras au café *Les Amis de Tôtes,* dit Yann, porte un œillet blanc à la boutonnière. Il boira du cidre et tu iras vers lui la main tendue en lui disant : « Bonsoir, monsieur Carnac », il te répondra — fais très attention c'est important : « Salut, mon fils. » Après avoir parlé un moment, vous partirez ensemble et tu le conduiras jusqu'ici. Cet homme doit avoir une voiture, une moto ou une bicyclette. Il est de petite taille, le visage rasé, les cheveux grisonnants. Tu ne sauras pas plus son nom que tu ne sauras le mien.

L'abbé vida son verre de calva d'un coup et des taches rouges apparurent sur sa nuque et son cou.

— Et maintenant je vois ton père, dit-il.

Albert, qui venait déjà d'essuyer un sermon d'Antoine du Courseau sur l'absolue nécessité de rendre à Jean sa bicyclette, crut à un complot quand l'abbé vint à son tour à la charge. Il s'irrita de ne pas comprendre et Jean fut bien près de voir sa bicyclette confisquée jusqu'à sa majorité. M. Le Couec devina tout, quitta le ton décidé qu'il avait cru bon de prendre et sut flatter Albert. Jean retrouva son cher vélo dont il huila aussitôt la chaîne et les moyeux, gonfla les pneus.

— Je l'emmène, dit l'abbé. Nous avons à parler. Il couchera ce soir au presbytère. Je vous le renverrai pour le café au lait du matin, car je n'ai rien à lui offrir.

— Conduis-toi bien ! implora Jeanne qui ne savait plus si son enfant était un monstre ou un homme déjà digne de l'intérêt d'un curé.

Sur la route conduisant au presbytère, l'abbé monologua pour Jean :

— Dieu est toute bonté. Il me pardonnera après pénitence d'avoir menti à tes parents. Des vies sont en jeu. Un jour, tout cela t'apparaîtra très clairement. Ce soir, je te demande seulement d'avoir confiance en moi, ton directeur de conscience et ton ami... Au fait,

puisque je suis ton confesseur, comment est-il possible
que je ne sache pas pourquoi tu as été sévèrement puni
par ton père?

Jean crut que les jambes lui manquaient. Le confessionnal se prêtait au mensonge par omission, mais là,
sur la route, face au curé qui le dévisageait avec une
rude tendresse, il était infiniment plus dur de s'en tirer.
Aussi eut-il un geste vague qui voulait tout dire et rien,
une façon de minimiser les choses comme si elles ne
valaient pas plus de quelques secondes d'attention.

— Oh, un rien, des histoires de filles!

— Ça n'est que ça! dit l'abbé. Il n'y a pas de quoi
pendre un catholique! Si tu savais ce que j'entends à
confesse! Mais tu es tout de même un peu jeune... Il
est vrai que tu fais bien plus que tes treize ans... Les
filles peuvent s'y tromper. Enfin, ça ne te tourne pas la
tête?

— Non, monsieur l'abbé.

— C'est l'essentiel. Nous en reparlerons. Pour l'instant, ce qui nous préoccupe c'est M. Carnac. Je l'ai
connu au séminaire, mais il n'a pas continué... une
fausse vocation... Il y en a... Je ne parle pas pour moi.
Quand je regarde ma vie, je me dis que je ne pouvais
être que curé. Eh bien, je suis curé et il n'y a pas eu un
jour où je n'ai été content de l'être, où je n'ai remercié
Dieu de m'avoir pris à son service, de m'avoir donné la
santé qu'exige mon ministère et la force — ou l'innocence si tu préfères — de n'être entamé par aucun
doute...

Ils arrivaient devant le presbytère. M. Le Couec
sortit une grosse clé de sa poche et ouvrit la porte
vitrée. Yann était assis à côté de la cuisinière de façon

qu'on ne pût l'apercevoir ni de la fenêtre ni de la porte.
Il posa un livre dont Jean lut le titre : une anthologie
de poètes. Comment un homme poursuivi par les
polices de France pouvait-il s'intéresser à la poésie ?
Yann surprit le regard du garçon :

— Lis-tu parfois des poèmes quand tu es seul ?
— Non, monsieur. Seulement en classe quand le
professeur nous en récite.
— Et que vous récite-t-il ?
— Jean de La Fontaine, Victor Hugo, Albert
Samain.
— La Fontaine, je comprends... de Victor Hugo, il
y a quelques beaux vers...

> *Sachez qu'hier, de ma lucarne,*
> *J'ai vu, j'ai couvert de clins d'yeux*
> *Une fille qui, dans la Marne,*
> *Lavait des torchons radieux.*

ou ceci encore qui n'est pas mal :

> *L'ange du soir rêveur qui flotte dans les vents*
> *Mêle, en les emportant sur ses ailes obscures,*
> *Les prières des morts aux baisers des vivants.*

Quant à Samain, laissons ça aux imbéciles...
Yann avait dit ces quelques vers avec un tel accent
que Jean en frissonna et regarda avec une attention
soutenue ce beau géant tout d'un coup transformé,
dont la voix soutenue et calme récitait Hugo avec une
impudeur presque gênante.

— C'est bien le moment de dire des vers, coupa

l'abbé. Le temps passe. Combien de temps mets-tu pour aller à Tôtes ?

— Trente kilomètres... sans forcer, je devrais y être dans une heure et demie.

— Parfait ! Avant la nuit. Et tu feras le chemin inverse avec M. Carnac dans le noir.

Yann se mit à marcher de long en large dans la pièce, le menton dans la main, l'air si absent que Jean et le curé le regardèrent un moment sans oser l'interrompre.

— Il faut qu'il parte ! dit enfin M. Le Couec.

— Je sais... Je pensais à quelque chose. Il y a toujours un danger. Si un policier se trouvait à la place de Carnac...

L'abbé se laissa choir dans un fauteuil à bascule qui manqua se renverser sous son poids.

— Joseph, Marie, Jésus ! s'écria-t-il. C'est la fin de tout. Mon petit Jean, je ne veux pas que tu coures ce risque.

— Monsieur l'abbé, ce craignez rien, je me tairai... On ne tirera pas un mot de moi.

— Non, dit Yann avec fermeté. Au contraire. Je ne t'envoie là-bas que si tu prends l'engagement de nous dénoncer au cas où un policier aurait pris la place de Carnac. C'est un mot d'ordre que je te donne. Nous te mettrons aussitôt hors de cause... Jure-le !

— Je ne peux pas jurer une chose pareille.

M. Le Couec se leva d'un bond, le visage menaçant :

— Jure-le !

Jean, qui commençait à avoir une certaine pratique

des restrictions mentales, croisa deux doigts derrière
son dos et murmura :

— Je le jure.

— Plus fort que ça !

— Je le jure.

— Bien, tu peux aller ! dit Yann.

Le curé embrassa Jean et, pour masquer son
émotion, ouvrit le placard et reprit la bouteille de
calvados dont il se servit une rasade.

Jean fut si heureux de retrouver sa bicyclette qu'il
parcourut la route sans réfléchir une seconde à l'importance de sa mission qui eût grisé tout autre que lui.
Il ne se demandait même pas à quoi elle répondait, du
moment que l'abbé apportait sa caution. Le mystère
avait bien le temps de s'éclaircir plus tard. La
bicyclette roulait divinement, sans un bruit, encore
que la chaîne fût peut-être légèrement trop tendue.
C'était une question de réglage, de même que pour les
boyaux durcis par l'immobilisation de ces dernières
semaines. Jean s'occupait à régler son souffle sur son
coup de pédale, à doser son effort progressivement.
Une bonne moyenne exige une bonne tactique, l'intelligence du terrain à utiliser, avait déclaré Georges
Speicher à un journaliste de *L'Auto*. On pédale avec
ses jambes, mais aussi avec sa tête. Il est vain de forcer
son cœur par des efforts désordonnés sur le plat, sinon
la moindre côte devient un calvaire. Jean, l'attention
fixée sur la roue avant, ne se laissa distraire par rien si
ce n'est qu'au passage devant la gentilhommière des
Malemort, il ralentit pour jeter un coup d'œil par le

porche ouvert : le marquis en bottes dessellait sa jument baie que Chantal tenait par une longe. Après Malemort, il s'amusa franchement dans une série de montagnes russes. La route plongeait avec les champs dans de jolis vallons où courait un ru, remontait vers des vergers de pommiers, une vieille église ou une ferme en brique rouge entourée de prés. Peu avant Tôtes, des nids de poule brisèrent sa cadence et il dut zigzaguer sur la route en réfection, rouler sur le bas-côté dans les graviers. Le jour déclinant adoucissait les couleurs de la campagne : des verts grisonnants, des bosquets sombres comme si, tout d'un coup, la vie allait s'arrêter, se figer pour la nuit et ne se réveiller qu'au petit matin dans l'haleine de la rosée, avec des couleurs de nouveau vives, un ciel opalin et des moutons à genoux broutant l'herbe brillante des prairies. Comme Jean approchait du bourg, il aperçut la Renault Primaquatre de la gendarmerie qui arrêtait une voiture. Un brigadier demanda les papiers du conducteur et des passagers. Jean ralentit et passa devant eux, relevé, mains sur le haut du guidon. Le café *Les Amis de Tôtes* dressait sa terrasse à un carrefour. Jean pénétra à l'intérieur, dédaignant les joueurs de belote et deux retraités qui paressaient au-dehors en comptant les voitures échangées par Dieppe et Rouen. Tout de suite, il aperçut l'œillet de M. Carnac, une tache blanche sur le revers de l'homme occupé à lire *L'Ouest-Éclair* dans un coin discret de la salle. Il se dirigea vers la table, prononça le mot de passe et reçut la réponse prévue.

— Tu bois quelque chose ? demanda M. Carnac.
— Un panaché, s'il vous plaît.

142

La serveuse panacha bière et limonade et apporta le bock mousseux dans lequel Jean trempa ses lèvres avec discrétion bien qu'il eût très soif.

— Comment vont tes parents ? dit M. Carnac.

Jean perdit pied tout de suite.

— Vous les connaissez ?

M. Carnac eut un regard courroucé comme si le monde entier avait été à l'écoute bien que la salle fût vide. La serveuse essuyait une table près de la porte, d'un torchon sale et ennuyé qui laissait des spirales sur l'ardoise.

— Comment vont tes parents ? répéta M. Carnac d'une voix affermie.

— Très bien, je vous remercie. Ils vous attendent ce soir.

— Bois ton bock, nous partons !

— Il y a des gendarmes qui arrêtent les voitures à la sortie de Tôtes.

— Je n'ai pas de voiture. J'ai « emprunté » une bicyclette à Rouen.

— Moi aussi j'ai une bicyclette.

— Combien de kilomètres ?

— Trente.

M. Carnac grimaça.

— Vous prendrez ma roue, dit Jean.

— Prendre ta roue ?

Visiblement M. Carnac ne connaissait pas le vocabulaire des cyclistes. Il devait même manquer du plus élémentaire entraînement. Jean s'expliqua et le trouva plutôt incrédule. Comment le fait de fixer une roue devant soi pouvait-il aider le malheureux qui pédalait derrière ?

143

— Enfin, dit M. Carnac, nous verrons bien. Si je m'essouffle, nous marquerons un temps.

Jean renonça à lui expliquer que les temps de repos, bien loin d'aider, coupaient les jarrets. Il fut surpris de voir l'inconnu saisir sur la chaise à côté un bidon de lait, un pain d'une livre et retirer son œillet blanc. Jean finit debout son bock et suivit l'homme qui hésita au bord du trottoir où plusieurs bicyclettes étaient garées.

— C'est très ennuyeux, je ne me souviens plus comment était le vélo emprunté à Rouen.

— Votre ami ne vous a pas dit la marque ?

— Je ne l'ai pas emprunté à un ami, à vrai dire, mais à quelqu'un que je ne connais pas et qui doit, à l'heure actuelle, battre toutes les rues de Rouen et pleurnicher dans le giron de la police.

— Vous l'avez volé ? dit Jean horrifié à l'idée de ce crime qui le touchait au vif, alors que les attaques de banques par des gangsters et les escroqueries des ministres du gouvernement dont Albert commentait la liste chaque soir le laissaient indifférent. Mais un voleur de bicyclettes était un homme sans âme et sans scrupules qui méritait les pires châtiments.

M. Carnac dut lire dans les yeux de Jean cette indignation et s'empressa de le rassurer :

— En échange, j'ai laissé une voiture dont la police connaît trop le numéro.

— Ah bon ! Je comprends.

Il n'y comprenait rien, mais peu importait, puisque l'abbé Le Couec était mêlé à cette histoire. En attendant, pour ne pas se tromper de bicyclette, il suffisait de déchiffrer les plaques d'identité obligatoires au-dessus du timbre fiscal. M. Carnac ignorait les règlements de circulation et Jean dut feindre de lacer sa chaussure pour inspecter les plaques. Il en trouva une de Rouen et M. Carnac enfourcha la bicyclette après avoir pendu le pot de lait au guidon et fixé le pain sur le porte-bagages avant. La nuit tombait quand ils sortirent de Tôtes et se trouvèrent arrêtés par le faisceau d'une lampe de poche.

— Où allez-vous ?

— Ben, à la maison, dit M. Carnac, avec un accent plus normand que les Normands.

Le brigadier s'approcha, éclaira le bidon de lait et le pain qui le rassurèrent.

— Bien, dit-il, passez.

La fraîcheur du soir stimulait l'énergie de Jean, mais il avait l'impression de traîner par un fil invisible un poids lourd. Derrière lui, M. Carnac ahanait, soufflait, crachait, lâchait des bordées de gros mots, menaçait à chaque instant de s'arrêter et de continuer à pied, mis en fureur par la moindre côte. Le trajet leur prit plus de deux heures et quand ils arrivèrent devant le presbytère ils aperçurent par la fenêtre éclairée l'abbé Le Couec qui passait et repassait, les mains derrière le dos. Il leur ouvrit la porte, lui-même si ému qu'il put à peine prononcer quelques mots, en serrant Jean dans ses bras :

— Jean, mon petit Jean, je craignais... je ne me le serais jamais pardonné.

M. Carnac entra, son bidon de lait et son pain à la main. Yann apparut et serra la main de son ami avant de prendre Jean par les épaules et, le regardant bien en face :

145

— Mon garçon, dit-il, un jour nous te revaudrons ça ! Je ne l'oublierai jamais.

— Et si nous commencions par cacher la bicyclette ? interrompit M. Carnac. Je l'ai volée à Rouen.

— Volée ? s'écria l'abbé.

Jean regarda M. Carnac avec inquiétude. C'était un petit homme aux cheveux drus, déjà grisonnants bien qu'il ne dût certainement pas dépasser la quarantaine. On le devinait soupe au lait, coléreux et violent, mais son visage tanné par le soleil, couturé de rides très mobiles, exprimait une détermination sans appel.

— Eh oui, volée ! Ça vaut bien la peau d'un homme.

L'abbé se signa et marmonna quelques mots à peine compréhensibles.

— Allons, mon cher curé, dit Yann, ne nous affolons pas... la cause justifie les moyens.

— Je voudrais en être toujours aussi certain que vous.

— Sinon, nous n'aurions pas mêlé notre jeune ami des poètes à cette histoire.

— Jeune ami des poètes ? dit M. Carnac en arquant le sourcil gauche comme s'il allait y enchâsser un monocle.

Cet œil implacable paralysa Jean.

— Et peut-on savoir quels poètes tu honores de ton amitié, mon cher enfant ?

— La Fontaine et Victor Hugo, répondit Jean, prompt à oublier Samain que Yann réservait aux imbéciles.

— Justement, dit Yann, je lui citais, il y a un instant ces si beaux vers du *Crépuscule* :

146

L'ange du soir rêveur qui flotte dans les vents,
Mêle, en les emportant sur ses ailes obscures,
Les prières des morts aux baisers des vivants.

M. Carnac éclata d'un rire sarcastique :

— Ah, elle est bonne, celle-là ! Vous oubliez — intentionnellement, j'imagine — le premier vers de ce quatrain, la rime à *obscures :*

Aimez-vous ! C'est le mois où les fraises sont mûres.

— Tous les poètes ont leurs faiblesses ! dit Yann vexé.

— Impardonnable ! Impardonnable !

L'abbé Le Couec manifesta quelque irritation. La question qui le tracassait n'était pas les faiblesses d'Hugo, mais la bicyclette volée. Qu'allait-on en faire ? M. Carnac proposa de la jeter dans la mer. Jean frémit. L'abbé voulait dédommager le propriétaire ou lui retourner son engin.

— Pas question de le retourner, dit Yann. Ce serait mettre les gendarmes sur la piste. Prenons le nom du type. Je lui enverrai un mandat d'une ville quelconque du nord de la France.

L'abbé offrit d'aller lui-même, en pleine nuit, balancer la bicyclette dans la mer.

— Détails, détails que tout cela ! dit M. Carnac. Pour l'instant j'ai une faim de loup.

Jean entrevit un espoir. Après cette randonnée, la faim aussi le tenaillait. Les crevettes chaudes du matin étaient loin. L'abbé ouvrit la porte grillagée de son garde-manger et se désespéra :

— Un morceau de pain, un pot de crème, du beurre... ah il est vrai que j'ai de la farine de sarrasin et du cidre bouché qui me restent de l'automne dernier, deux ou trois bouteilles.

— En avant pour des galettes, dit M. Carnac qui tomba la veste, alluma le feu et prépara la pâte.

— Je peux rentrer chez moi, suggéra Jean.

— Que non, mon petit, dit l'abbé : demain, à six heures, tu serviras la messe.

— Je ne me suis pas confessé.

— Je te donne l'absolution. Deux *Pater* et trois *Ave* avant de te coucher. Je dis « trois » *Ave* parce que c'est la Sainte Vierge qui est particulièrement chargée de nous protéger dans notre entreprise.

Ils mangèrent les crêpes debout, près du fourneau, avec les doigts, dans des assiettes ébréchées. Le cidre était imbuvable. L'abbé proposa du calvados qui fut refusé, ce qui l'obligea à remettre la bouteille sur l'étagère sans y toucher. Après quoi, il envoya Jean se coucher dans son lit, l'unique lit du presbytère.

— Mes amis et moi avons à nous parler.

Jean, bien qu'il eût aimé les écouter, se glissa dans les draps rugueux de l'abbé. Une forte odeur de cuir imprégnait la pièce et en passant le bras sous le lit, il découvrit une paire d'énormes brodequins rapiécés, les pompes du curé, ses bottes de sept lieues pour aller porter la bonne parole dans les paroisses sans prêtre ou se mesurer avec l'évêque de Rouen. Jean recru de fatigue s'endormit sans chercher à entendre ce que se disaient les trois hommes rassemblés dans la pièce voisine. M. Le Couec le réveilla peu avant six heures, au lever du soleil. Il avait dormi un petit moment dans un fauteuil après le départ de Yann et de M. Carnac.

— Ils n'entendront pas la messe ? demanda Jean déçu de ne pas revoir ces deux étranges personnages qui volaient des bicyclettes et échangeaient des vers d'Hugo avec désinvolture.

— En ce moment, il n'est pas question de messe pour eux. Ils se mettent à l'abri. Ce sont de bons chrétiens. Et courageux. Viens, nous prierons, toi et moi, pour qu'ils ne soient pas arrêtés.

— Ce ne sont pas de « vrais » voleurs ?

— Non. Ce sont des héros. Mais tu ne parleras jamais d'eux, même si les gendarmes te posent des questions.

— Jamais, je vous le promets.

— A personne ?

— A personne, monsieur l'abbé.

— C'est bien, tu es un homme.

Jean pensa que si M. Le Couec disait ces mots devant Antoinette, elle ne le considérerait plus comme un enfant et le laisserait prendre avec elle les mêmes libertés que ce salaud de Gontran. Mais cette pensée entachait son âme avant de communier et il la chassa vite. Il servit la messe de son mieux et suivit le curé dans la sacristie où il l'aida à retirer sa chasuble. Une voisine leur apporta deux bols de café au lait et des tartines de pain beurré qu'il dévorèrent sur la table de la sacristie.

— Maintenant, tu rentres chez toi, bouche cousue, mon fils. Je t'embrasse.

Il lui plaqua deux baisers sur les joues, deux baisers

à l'odeur de lait et de café. Au moment où Jean
franchissait la porte, le curé le rappela.

— Dis-moi, ces histoires de filles qui t'ont valu une
punition, ce n'était rien ?

— Oh rien, monsieur l'abbé... rien du tout.

En pédalant dans le matin glorieux, Jean se dit
qu'en effet ces histoires de filles, ce n'était rien du tout,
que la vraie vie appartenait aux héros de l'ombre
comme Yann et M. Carnac. Le reste était enfantilla-
ges, jeux de gamin avec des petites vicieuses. Gontran
pouvait se régaler d'Antoinette. Il ne la lui disputerait
pas. A La Sauveté, il trouva Jeanne et Albert attablés
devant leurs bols de café au lait.

— Déjà ! dit sa mère.

— J'ai servi la messe de six heures.

— Comme je suis contente !

Albert grommela qu'à ces heures-là un prêtre ne
dérangeait pas le bon Dieu. C'était de mauvais goût.

— N'écoute pas ton père ! dit Jeanne. Il a servi la
messe plus souvent qu'à son tour et maintenant il fait
le fort.

— Je suis pour la liberté des consciences, ce n'est
pas la même chose ! dit Albert en mordant dans sa
tartine de haricots rouges.

Pour la première fois, peut-être, Jean s'aperçut
que son père radotait et il en fut peiné comme on l'est
pour un être admiré qui subit une défaite honteuse. Antoine du Courseau le décevait pareillement : comment
pouvait-on être si absent de la vie, si distrait ?
Cela ressemblait à une démission au moment où des
hommes comme Yann et M. Carnac vivaient une
grande aventure. Un jour, lui, Jean Arnaud, défierait

les forces de police pour une noble cause qui restait encore à trouver mais que les événements graves annoncés par Albert se chargeraient de créer.

Jean ne sut jamais la raison qui obligeait Yann et M. Carnac à se cacher. Le secret est resté bien gardé. Toutefois, nous pourrions avancer une hypothèse en consultant les journaux de l'époque. Dans la nuit du 6 au 7 août, c'est-à-dire deux jours avant l'arrivée de M. Carnac à Tôtes, des inconnus avaient fait sauter le monument élevé à Rennes pour le 4ᵉ Centenaire de l'union de la Bretagne à la France. Des raisons esthétiques auraient pu justifier cet acte de vanda-lisme : œuvre d'un de ces sculpteurs chéris de la IIIᵉ République de Doumer et Lebrun, le monument symbolisait le triomphe du pompiérisme exacerbé. On y voyait la Bretagne à genoux devant le roi de France. Le mouvement clandestin « Gwenn ha Du » avait tenu à manifester avec éclat contre la visite d'Édouard Herriot et ce dernier avait répondu par un éclat plus modeste en refusant d'assister à la messe dite à Vannes par Mgr Duparc, évêque de Quimper et de Léon. Yann et M. Carnac comptaient-ils parmi les auteurs de cet attentat ? C'est possible et même probable, mais personne n'en sait encore rien aujourd'hui et nous laissons au lecteur toute liberté d'imaginer d'autres hypothèses justifiant l'attitude — singulière pour un prêtre — de l'abbé Le Couec. Ce qui est certain, c'est que Jean Arnaud mûrit, d'un coup, de quelques années lors de cette fameuse nuit, en apprenant qu'un prêtre pouvait comploter, que, sans être des voleurs ou des assassins, des hommes devaient se cacher de la police parce qu'ils défendaient une cause généreuse.

Le monde n'était pas composé de blocs sans faille, de bons et de méchants, de purs et d'impurs. Des divisions plus subtiles minaient la représentation qu'on lui avait faite jusqu'ici de la morale et du devoir. Pour un autre garçon que Jean, cette découverte aurait été dangereuse. Elle lui fut seulement utile parce que son innocence le préservait mieux des tentations que toutes les leçons apprises. Ainsi décida-t-il, les jours suivants, de ne pas casser la gueule de Gontran Longuet quand il le rencontrerait et de pardonner la méchante hargne de Michel du Courseau à son propre égard. Qu'avait donc fait Gontran, sinon profiter de ce qui s'offrait et qu'il eût été un héros spartiate de refuser ? Et si Michel détestait Jean, c'est qu'il devinait depuis longtemps, avec une intuition remarquable, qu'un jour Chantal de Malemort s'enfuirait avec son rival. Enfin, si Antoinette avait la cuisse légère, elle le tenait de son père sur qui le pays jasait assez pour que Jean en fût informé. En somme, il n'y avait pas que des coupables et, en cherchant bien, on trouvait une excuse à tout. Cette philosophie n'a pas de nom propre. Avec Arnaud, elle s'appelle philosophie Arnaud, avec Tartempion elle s'appelle philosophie Tartempion. Chacun se la forge, avec des variantes personnelles. C'est dans cet état d'esprit que Jean, muni d'un ticket aller et retour Dieppe-Newhaven-Dieppe et d'un billet de mille francs, offerts par Antoine du Courseau, s'embarqua pour Londres avec sa bicyclette à la fin du mois d'août 1932. Dans sa poche, il serrait aussi une carte de visite d'Antoine pour sa fille Geneviève avec ces quelques mots : « Voici Jean Arnaud dont je t'ai parlé dans ma lettre.

Quelques jours à Londres parachèveront son éducation. Sois gentille de l'héberger et de nous le renvoyer à la fin de la semaine. Je t'embrasse. Ton père affectionné. Antoine. »

Marie-Thérèse du Courseau, quand elle apprit le départ, présenta tous les symptômes d'une attaque, mais elle était de ces âmes fortes qui, dans les catastrophes, trouvent l'occasion de triompher encore par leur sang-froid.

5

Non, non, je n'ai pas oublié en chemin Mireille
Cece, Marie-Dévote et sa fille Toinette, Théo et
Charles. Avant de raconter l'expédition londonienne
de Jean Arnaud, il est peut-être bon, pour ne pas
déplaire au lecteur qui aurait pu s'intéresser à eux, de
donner de leurs nouvelles, même si ce n'est qu'en
quelques mots. Ils sont toujours là, mais éloignés du
théâtre de notre action qui se précise — l'adolescence
de Jean ; ils appartiennent à l'existence secrète d'Antoine du Courseau et nous ne pouvons forcer ce secret
qu'en suivant Antoine dans le Midi. En cette fin d'août
1932, Antoine ne quitte pas La Sauveté. La chaleur, la
cohue des baigneurs, les routes encombrées lui déplai-
sent. Il ne reconnaît plus le joli port tranquille où il a
découvert une guinguette au bord de la plage de sable.
Des hôtels ont poussé, les pêcheurs ne pêchent plus et
tout le monde pousse son accent du Midi pour amuser
le touriste, si bien qu'on croirait entendre des gens du
Nord jouant une pièce de Pagnol. Chez Marie-Dévote,
il y a de grands changements. Elle ne sert plus pieds
nus, elle n'est même plus à la réception où elle a

engagé un Suisse qui veille aux détails. Marie-Dévote a un bureau sur la porte duquel on lit : Direction. Il y a 80 chambres dans l'hôtel, un « parking » et la plage est plus ou moins réservée aux clients. Un maître baigneur y veille, un beau garçon qui roule les dorsaux et dont la main baladeuse fait roucouler les femmes mûres. Théo ne s'intéresse pas à l'hôtel. Il a acheté le « yote », un ancien chasseur de sous-marins avec deux puissants moteurs Diesel. Du début juin au début septembre, il se loue pour des croisières. Son grand plaisir est un lot de casquettes de yachtman. Il en a de tous les pays, avec des écussons dorés auxquels il n'a pas droit, mais il s'en fout, il est heureux. Toinette a huit ans et nous reparlerons surtout d'elle en 1939. J'ajoute que, dans son bureau directorial, Marie-Dévote saisie par l'embonpoint, a sur ses murs un Picasso et un Matisse. *Chez Antoine* est signalé dans les guides pour sa collection de tableaux. Aux premiers achats d'Antoine, sont venus s'ajouter des surréalistes : Dali, Tanguy, Magritte, Chirico, Max Ernst. Antoine n'y connaît toujours rien, mais il a la main heureuse et une galerie de Paris le conseille assez bien pour qu'il ne fasse guère d'erreurs. Tout cela est au nom de Marie-Dévote.

A Roquebrune, les choses ne vont plus comme avant et Antoine a brusquement cessé de s'y rendre le jour où, en arrivant à l'improviste, il a trouvé Mireille au lit avec un douanier. Elle s'est jetée au cou d'Antoine :

— Pourquoi as-tu tant tardé ? Cet homme m'a séduite. Il me bat. Défends-moi.

Le douanier (son pantalon était méticuleusement plié sur une chaise et son képi accroché à la patère) a ouvert des yeux ronds. Il aurait juré le contraire et découvrait soudain l'impudence de Mireille. Antoine a soupiré : il est toujours désagréable d'être cocu, mais avec Théo il en prenait l'habitude et cela ne le blessait plus autant. Un calcul sournois se fit vite jour dans son esprit tandis que Mireille, nue et accrochée à son cou, sanglotait et que le douanier ramassait par terre un caleçon long : rompre représentait des avantages, d'abord une économie, ensuite les exigences amoureuses de Mireille l'épuisaient. A cinquante-huit ans, il n'était quand même plus un jeune homme. Il prit donc un air digne et offensé, arrêta d'un geste le douanier qui attachait ses bretelles et le pria de rester dans la place. Mireille se déchaîna, Antoine fut de fer et, après l'avoir repoussée, sortit en claquant la porte. Il traversa la salle du restaurant où des clients achevaient de déjeuner. Un décorateur de Paris avait transformé le bistrot en une auberge plus que provençale. Le pauvre Léon n'aurait rien reconnu. Il avait bien fait de mourir.

Quant à Charles, il est représentant d'une grande marque de voitures, gérant de son garage, et il s'est lancé dans la politique : pour l'instant, il n'est encore que conseiller général radical-socialiste, mais l'avenir sent bon, du moins le croit-il.

Telle était la situation lorsque Jean s'embarqua au début de septembre 1932, avec un billet de mille francs en poche, son aller-retour Dieppe-Newhaven-Dieppe, l'adresse de Mlle Geneviève et celle d'un correspondant de M. Cliquet, un retraité des chemins de fer britanniques. Le commandant Duclou avait également prodigué des recommandations concernant la traversée qui, bien qu'elle durât à peine six heures, devait, sans doute possible, éveiller en Jean la vocation de marin. Le commandant du ferry était un ancien lieutenant de l'oncle et quand Jean eut garé sa bicyclette dans l'entrepont, un matelot le conduisit à la dunette où le commandant, après l'avoir contemplé d'un œil faussement sévère, lui désigna, à côté de l'homme de barre, une place qu'il ne devait quitter à aucun prix. C'est de là que, le cœur battant, Jean suivit la difficile manœuvre du ferry se détachant du quai et s'engageant dans le chenal conduisant à la sortie. Le bateau semblait à peine bouger bien qu'on sentît les vibrations des moteurs que le commandant retenait de la voix en postillonnant dans une sorte de grosse pipe en cuivre plantée à même le pont. A peine fut-on sorti que le commandant libéra ses moteurs. Jean eut l'impression que le ferry s'asseyait dans la houle, puis se ruait à l'assaut des longues vagues vertes. Je regrette pour l'intérêt de cette histoire, mais la traversée fut peut-être la plus banale de l'année. Parti à dix heures du matin, le bateau fut à quai à six heures de l'après-midi. Pas une seule fois on ne cria : « Un homme à la mer » et les passagers ne furent pas rassemblés sur le pont pour chanter *Plus près de toi mon Dieu* pendant que le navire coulait. Jean déjeuna à la table du commandant. Ce gros homme rond aux joues roses le déçut un peu. Il n'avait rien d'un loup de mer et on l'imaginait difficilement jeune lieutenant à bord d'un cargo mixte des Messageries maritimes franchissant le cap Horn en pleine tempête comme l'avait raconté l'oncle Duclou.

S'en souvenait-il seulement ? Jean se dit que les monotones traversées Dieppe-Newhaven dans ce tramway bourré de voitures avaient lentement effacé tout esprit d'aventure en cet homme qui entretenait deux canaris dans sa cabine et parlait des fleurs de son jardin. A Newhaven, le commandant confia Jean à un lieutenant qui le conduisit dans un bungalow à l'enseigne de « Bed and Breakfast ». Une vieille dame aux cheveux gris frisés ouvrit la porte sur une odeur de choux de Bruxelles. Oui, elle avait une chambre et, demain matin, elle lui servirait un copieux petit déjeuner avant de le mettre sur la route de Londres. Jean remercia le lieutenant et pénétra dans la vapeur de choux. Les quelques mots d'anglais qu'il avait retenus au lycée lui permirent de poser des questions dont il ne comprit pas la réponse. La dame avait d'ailleurs une prononciation perturbée par un mauvais dentier qui claquait dans sa bouche. Elle répandait, à chacun de ses mouvements, une odeur de poudre de riz bon marché vite écœurante. Jean, qui avait une si jolie chambre à La Sauveté, trouva celle qu'on lui offrait atroce. Tout y sentait le chou de Bruxelles refroidi. La fenêtre à guillotine donnait sur une cour où pourrissaient des carrioles à cheval. Comme le soir tombait, les maisons d'en face s'illuminèrent et Jean aperçut des femmes, des enfants réunis autour d'une table chargée de théières et d'assiettes de sandwiches. Une radio plus forte que les autres déversa dans la cour un flot de paroles inintelligibles. Drôle d'Angleterre avec ses maisons basses en brique, son ciel noirci par les fumées des bateaux qui entraient et sortaient du port. Elle ne ressemblait pas à ce qu'on lisait dans les livres de

159

classe. Jean se rassura : il n'avait encore rien vu. La vieille dame frappa et entra aussitôt sans attendre de réponse, pour bafouiller. Il comprit qu'elle disait *tea* et la suivit. Dans un salon en cretonne à fleurs, elle avait dressé sur une table basse une collation à base de sandwiches, de thé et de bonbons au chocolat. Elle souriait, elle était très contente de ce pensionnaire qui distrayait sa solitude. Du rouge à lèvres avait coulé dans les rides autour de ses lèvres minces. Jean ne comprenait toujours rien, trop fasciné par les mouvements du dentier dans la bouche et les fantastiques pieds qu'elle avançait, chaussés de vernis à barrettes. Elle lui montra, dans un cadre ovale, la photo d'un militaire aux moustaches effilées, coiffé d'un béret à rubans. Était-ce son mari, son père, son fils ? Pour ne pas la vexer, il dit :

— *Husband ?*

Elle opina de la tête et deux larmes roulèrent de ses yeux, dessinant une rigole dans le maquillage. Quand il eut fini, elle disparut un moment dans la cuisine, pour revenir coiffée d'un irrésistible tricorne, au bras un réticule en tapisserie verte. Elle lui sourit en montrant la porte. Jean était effaré. Quoi, elle s'en allait, le laissait seul dans la cretonne fleurie sous les yeux d'un militaire mort au champ d'honneur ?...

— *I come !* dit-il.

De plaisir le réticule tournoya au bras de la vieille dame. Elle savait très bien où elle allait et marchait d'un pas de gendarme, frayant son chemin dans la foule indifférente, le long des maisons de brique rouge. Il faisait exceptionnellement doux et des hommes en bras de chemise taillaient au ciseau les haies de buis de leurs minuscules jardins, tondaient de maigres gazons. Jean avait presque du mal à la suivre et se demandait où elle le menait avec tant d'allégresse, un sourire mystérieux au coin de ses lèvres dégoulinantes de rouge. Personne, dans son entourage, ne l'ayant mis au courant des mœurs bizarres de ce peuple exotique, il ne s'inquiétait pas et pensait que l'allure gymnastique de la logeuse était son exercice préféré avant d'aller se coucher. La nuit tombait et tout paraissait plus sombre. En enfilade, d'énormes yeux protubérants bordaient les rues, les bow-windows dont le reflet jaunâtre se réfléchissait sur la chaussée. On aurait cru avancer entre les bras d'un énorme poulpe assoupi, la ville qui s'écrasait dans l'ombre. Après dix bonnes minutes de cette marche intensive, la vieille dame tourna dans une rue mieux éclairée par des enseignes et des magasins. Jean n'eut que le temps de s'engouffrer derrière elle dans un pub enfumé où il ne vit d'abord que des hommes agglutinés autour du comptoir vers lequel ils tendaient une main chargée de monnaie. Derrière le comptoir, un serveur en gilet rayé, chauve et le visage orné d'une jolie moustache cirée, abaissait et redressait des leviers d'acier, tendait une chope de bière et encaissait aussitôt l'argent, sans un sourire ni un mot. La vieille dame ne parut pas du tout effrayée par la cohue et joua sans complexe des coudes pour atteindre le saint des saints d'où elle revint avec un verre de cidre pour Jean et un whisky pour elle-même. Ils burent debout, accotés à une colonne, en échangeant des sourires. Au troisième verre de cidre, Jean refusa et elle crut qu'il avait besoin d'un aparté car elle le conduisit vers une porte

161

battante où on lisait *gents*. Des hommes innombrables en sortaient en se rebraguettant. Par politesse, Jean fit comme eux. La dame entre-temps avait varié son menu : elle buvait alternativement de la bière et du cognac, une gorgée de l'un, une gorgée de l'autre. Tout le monde semblait la connaître. On la saluait d'un air amusé mais sans raillerie grossière. Jean apprit ainsi son nom : « Eliza » ou parfois « Mrs. Pickett ». Au train où elle allait il était manifeste qu'elle serait bientôt complètement cannée, mais elle tenait le coup, un peu rouge sous le fard qui craquelait dans la chaleur de la salle. Le coup de coude involontaire d'un géant dérangea son tricorne. Croyant le remettre en place, elle le posa de travers sans rien perdre de sa dignité. Vers onze heures le barman cessa de servir et Mrs. Pickett fit signe à Jean qu'il était convenable de rentrer. Elle lui avait parlé plusieurs fois sans qu'il pût répondre autrement que par des « yes », le seul mot anglais dont il fût à peu près sûr. Il se rassura : de toute façon, elle n'écoutait rien. Quand elle quitta l'appui de la colonne qui la retenait depuis le début de la soirée à chacun de ses retours du comptoir, la taverne tangua devant elle qui s'accrocha au bras de Jean. Ils firent quelques pas dans la rue, mais c'est à peine si elle pouvait marcher. Ses grands pieds butaient l'un dans l'autre, elle s'arrêta, retira ses chaussures à barrettes, les tendit à son compagnon et marcha d'un pas mieux assuré sur ses bas de coton. Jean qui la sentait vaciller lui offrit son bras. Dans les derniers cinq cents mètres, il dut la porter à demi. Elle ne pesait rien, un petit paquet d'os et de chair momifiée. Grâce à Jean, la clé tourna dans la serrure.

162

Mrs. Pickett lança son tricorne sur une patère, esquissa un pas de danse qui l'assit par terre où elle se mit à rire éperdument. Jean releva une vraie balle de son, sans force, la jeta sur le sofa du salon et entassa quelques coussins sur elle. Eliza Pickett ferma aussitôt les yeux mais, comme il allait éteindre et sortir, elle se releva et dit en français :

— Voulez-vous me donner un verre d'eau, mon cher ?

Jean rapporta de la cuisine un verre à pied et l'approcha des lèvres d'Eliza qui eut une moue de dégoût :

— Oh, non, quand même pas ! Cette eau pue !

Du pouce et de l'index, elle retira son dentier, le déposa dans l'eau et referma les yeux.

— Posez-le par terre ! dit-elle. Et maintenant bonne nuit.

Elle dormait déjà. Jean sortit sur la pointe des pieds et monta dans sa chambre. Il était tombé dans un monde étrange où les vieilles dames se soûlaient sans vergogne. Qu'en aurait pensé Chantal de Malemort ? A cette heure tardive, l'idée de Chantal si fragile et belle s'empara de lui dans l'obscurité. Comme il eût aimé qu'elle l'admirât d'avoir le même jour navigué en Manche, mis le pied en Grande-Bretagne et passé sa soirée dans un pub ! Il se sentait capable de l'étonner beaucoup plus encore, de traverser des mers plus grandes, de découvrir des terres inconnues et d'être aussi à l'aise parmi les Canaques que parmi les vieilles dames de Newhaven. Sa résolution était prise : il voyagerait pour conquérir l'estime de Chantal et de ses parents. Il reviendrait lourd de savoir auprès d'elle, ou peut-être même l'emmènerait-il loin, très loin de son manoir, de sa famille qui l'étouffait, des convoitises de Marie-Thérèse du Courseau. On n'est vraiment un homme que si l'on a, devant soi, le bonheur d'une femme à parfaire, une immense tâche qui vous remplit le cœur de joies et d'inquiétudes. Il se jura d'être à la hauteur et de ne plus céder à aucune faiblesse, de dédaigner Antoinette et ses basses pratiques. L'amour exigeait la pureté. Antoinette brouillait l'amour avec son odeur de péché, ses cuisses rondes et ses jolis seins roses. Oui, ils étaient très jolis les seins d'Antoinette, doux sous la pression des doigts, une peau d'un tendre qui inspirait le respect. Il ne fallait plus y penser, mais la nuit, quand le sommeil tardait à venir, les jeux de cette « fille » troublaient les résolutions les plus idéales. Et si Antoinette était le diable ? Jean, après plusieurs rebonds, chut dans un sommeil qui mêlait les yeux bleu clair de Chantal, son odeur d'amande douce et la chair blanche, parfumée au foin d'Antoinette du Courseau.

Des radios le réveillèrent. Il était seul au lit, dans une chambre inconnue, une ville inconnue, à la veille de découvrir Londres, la patrie de Scrooge et de Jack l'Éventreur. Un jour gris bouchait la fenêtre. Il se leva et descendit avec l'intention ferme de fuir Mrs. Pickett qui aurait sûrement honte de le revoir, mais dans l'escalier un bruit de friture l'accueillit et, quand il fut dans le hall, Eliza Pickett apparut en robe de chambre, fardée comme une poupée chinoise, l'œil vif, l'expression joyeuse. Le petit déjeuner attendait dans la cuisine. Il la remercia en français et elle s'étonna :

— *I don't understand french !*

Il tenta de lui expliquer que la veille elle s'était parfaitement expliquée en cette langue et elle répondit avec une charmante condescendance qu'il avait dû rêver. Le vocabulaire de Jean était trop pauvre pour qu'il pût protester et convaincre sa logeuse. Le petit déjeuner était là, il avait faim et avant de prendre la route, il fallait des forces. Il mangea sans trop d'écœurement un hareng frit, des choux de Bruxelles et des toasts couverts de marmelade d'orange pendant que Mrs. Pickett trouvait le temps de vider deux canettes de bière.

Une demi-heure après, il sortait de Newhaven et roulait sur la route de Londres, tenant bien sa gauche. Je ne raconterai pas cette longue pédalée dans la campagne et les petites villes de Sussex et du Surrey, pendant laquelle il s'efforça de maintenir une solide moyenne afin d'arriver avant la nuit dans la capitale. Les routes anglaises étaient faciles, bien goudronnées, parcourues par de nombreuses voitures hautes sur pattes qui se dandinaient dans les tournants comme la vieille Ford T de Mme du Courseau. En revanche, on rencontrait peu de cyclistes, sauf à l'entour des villages, et encore était-ce des jeunes filles perchées sur des vélocipèdes antédiluviens. Leurs selles trop élevées les obligeaient à montrer leurs jambes, ce qu'elles faisaient avec une impudeur charmante et, semblait-il, sans conséquence. En fin d'après-midi, il pénétra dans les premiers faubourgs de Londres et croyant que c'était déjà la ville, il fut horriblement déçu. Tout y était laid, d'une monotonie atroce. Il demanda Kings Road et on lui indiqua une ruelle sordide où des enfants jouaient dans les ordures. Non, Mlle Geneviève ne pouvait pas habiter là, elle qui arrivait à La Sauveté dans l'Hispano-Suiza d'un prince. Il rebroussa chemin et chercha un agent qu'il finit par trouver, très occupé, à un carrefour. L'agent prit l'adresse écrite par Antoine du Courseau, lut et marmonna quelque chose d'incompréhensible. Néanmoins, son geste indiquait qu'il fallait suivre les fils d'un trolleybus. Jean obéit et pédala sur une chaussée grasse et glissante jusqu'à ce qu'il lût des écriteaux indiquant Chelsea, Westminster, la Cité. Il faisait nuit quand il traversa la Tamise sur le pont de Battersea et découvrit enfin Kings Road et, dans Kings Road, une rue charmante bordée de jolies maisons bariolées rouges, blanches, vertes. Geneviève habitait le quartier des artistes à Chelsea.

Là, j'aimerais que l'on me permît une parenthèse, autour de Geneviève, personnage encore épisodique jusqu'ici, mais que l'on retrouvera plus tard. Si, malgré le désir que j'en ai eu plusieurs fois, je me suis efforcé de ne la présenter que quand elle apparaissait *réellement,* Geneviève n'en est pas moins une des clés de cette histoire. En 1932, elle a une trentaine d'années, et elle est au sommet de sa beauté, une beauté dont le type nous fait aujourd'hui sourire d'attendrissement : cheveux coupés à la garçonne, couverte de bijoux faux et vrais, l'œil fait dès le matin, la jupe courte, le chandail large sur un buste qui pourrait être de garçon. Elle parle le français, l'anglais, l'italien et à l'occasion jure en arabe. A Londres, elle pourrait habiter Eaton Square ou le joli quartier de Kensington, mais sait que nul ne lui en saurait gré parce qu'elle est une femme entretenue. Judicieuse, intelligente, vivant au diapason de son époque, elle a su s'entourer d'acteurs, de peintres, de musiciens, d'écrivains. Dans les quartiers chics, tout le monde l'aurait snobée pour sa prétention. A Chelsea, tout le monde court chez elle avec l'idée absurde de s'encanailler, de rencontrer enfin des artistes qui ont l'audace de dédaigner la « gentry » et ses dîners rasoirs. L'hôtel particulier de Chelsea témoignait pour l'époque 1930. On y voyait, curieusement accrochés aux cimaises, les mêmes peintres que ceux de *Chez Antoine* à Saint-Tropez, un salon tendu de fourrures noires et blanches, sans autre meuble qu'un Steinway laqué rouge et, sous des globes posés à même le tapis, des masques nègres. Les invités s'asseyaient à la turque par terre et Salah, l'Égyptien charbonneux en boubou noir et blanc, passait des cafés, des cigarettes, des sucreries, un narghilé.

On imagine le dépaysement de Jean Arnaud, son sac tyrolien sur le dos, quand un valet en habit et gants blancs lui ouvrit la porte. Cette caverne d'Ali-Baba ne ressemblait à rien de ce qu'il connaissait. Il débarquait sur une autre planète que celle où vivaient Jeanne et Albert, et même dans leur luxe antique les du Courseau et les Malemort. Ici, tout était nouveau, effrayant, y compris ce valet qui se révéla tout de suite être français. Oui, il attendait M. Arnaud mais Madame n'était pas à Londres. Elle avait téléphoné pour qu'on s'occupât de son jeune invité. Après un premier étonnement, Jean osa s'inquiéter de sa bicyclette. On ne pouvait pas la laisser devant la porte. Le valet prit la bicyclette avec une délicatesse infinie et la posa dans l'entrée entre deux statues de négrillons en bois polychrome portant des candélabres dorés.

167

— Les invités de Madame aimeront beaucoup cela, dit-il. Si Monsieur veut bien me donner son bagage et me suivre.

— Oh non, ce n'est pas la peine. Je le porterai moi-même.

— Alors, que Monsieur fasse attention en montant l'escalier où il y a des tableaux !

Jean prit son sac tyrolien à la main et gagna la petite chambre aux meubles cubiques laqués vert, aux murs surchargés de tableaux naïfs. La fenêtre donnait sur un ravissant jardin où le rayon d'un projecteur verdâtre éclairait une tête ronde sans yeux, le nez à peine marqué.

— Monsieur veut-il que je fasse couler son bain ?

Jean remercia avec une certaine honte. L'empressement de ce domestique à vouloir le laver était suspect, mais quand il se contempla dans le miroir de la salle de bains, Jean comprit qu'après plus de cent kilomètres de route dans la poussière, la chaleur et les fumées des camions, il n'était pas indécent de lui proposer un bain. Hélas, pour se changer ensuite, il n'avait qu'un pantalon froissé par le séjour dans le sac, une chemisette achetée par Jeanne aux soldes des Nouvelles Galeries à Dieppe, un chandail tricoté par elle. Il se lava consciencieusement après avoir joué avec les produits de beauté alignés sur une plaque de verre : sels de bain, shampooing, crème adoucissante, parfum pour homme. Une sonnerie de téléphone le sortit de sa baignoire et il courut saisir dans sa chambre un curieux appareil baroque composé de coquillages.

— Le dîner de Monsieur est servi.

Jean assura qu'il descendait immédiatement. Son

cœur battait. Mlle Geneviève était peut-être revenue de la campagne. Mais il fut déçu : le valet l'attendait dans le hall où la bicyclette reposait toujours parmi les sculptures vénitiennes et des objets métalliques informes. Il dîna seul dans une salle à manger éclairée aux bougies, pièce basse de plafond, sans autre décoration que l'argenterie de la table. Parce qu'il avait faim, Jean ne pouvait être intimidé. Il engloutit son dîner et se laissa servir comme si, sa vie entière, il avait eu un valet de pied derrière son dos. Il eut tout de même une pensée pour Chantal de Malemort : que n'était-elle là, à l'autre bout de la table, son doux visage éclairé par la lueur instable des candélabres ? Elle était faite pour ce luxe et, un jour, il le lui offrirait avec une vie brillante dans des pays étrangers. Ils n'auraient, à une absence de valet, qu'à tendre la main pour se toucher les doigts et se rassurer et se répéter qu'ils étaient seuls au monde. Le cœur de Jean se serra d'angoisse. Où était-elle maintenant ? Mme du Courseau serrait les mailles du filet. Michel pouvait voir Chantal tous les jours s'il le désirait...

Jean ne refusa pas la crème au chocolat. Le valet disparut et revint avec un téléphone :

— Madame désire parler à Monsieur.

Jean prit l'écouteur. Une voix mélodieuse et jeune, au débit un peu précipité, lui dit :

— Mon cher Jean, je me désole de ne pas être avec vous. J'espère qu'on vous traite bien.

— Oh oui, Madame.

— Je reviendrai demain de la campagne. Faites comme si vous étiez chez vous. Le matin, le chauffeur vous conduira à la Tour de Londres, à Wetsminster

Abbey, si vous voulez. Prenez un bateau-mouche et allez à Hampton Court. C'est ravissant et très reposant. Comment va mon père ?

— Très bien, Madame. Il est à La Sauveté.

— Et ma chère Jeanne, votre maman ?

— Elle m'a donné des confitures pour vous.

— Je la reconnais bien là. A demain, mon petit Jean. Je vous embrasse.

Elle raccrocha. Jean tenta d'écouter encore, mais le grésillement de la ligne coupée le séparait de la jolie voix mélodieuse. Le valet reprit l'appareil qui disparut de la pièce comme par enchantement. Tout semblait enchanté dans cette maison : les épaisses moquettes étouffaient les pas, et on n'était jamais sûr d'être seul, des objets placés sous une lumière vive tournaient dans des boules transparentes, des murs coulissants découvraient ou effaçaient des pièces tantôt nues, tantôt surchargées de tableaux. Jean n'avait encore vu que le valet de chambre. Était-il seul, assisté de robots, ou bien, derrière ces cloisons magiques, y avait-il un peuple magique assurant la marche magique de la maison ?

— Monsieur, commença Jean...

Le domestique l'interrompit avec condescendance :

— Je m'appelle Baptiste, Monsieur.

— Baptiste ? Tiens, c'est un nom qu'on n'entend plus souvent.

— Aussi, Monsieur, n'est-ce pas le mien. Baptiste est le nom donné par Madame à ses maîtres d'hôtel. J'ai accepté la place et le nom. Je reprendrai mon nom quand Madame n'aura plus besoin de moi.

Jean remonta dans sa chambre. Quelqu'un avait

ouvert le lit, préparé la couverture et disposé le pyjama
de gros coton rayé à côté de l'oreiller. Dans le jardin, le
projecteur éclairait toujours la tête dorée. Jean ouvrit
des tiroirs vides, une armoire où pendait une robe de
chambre en soie. Sur une étagère, il lut les titres de
quelques livres reliés : Daniel De Foe, Dickens,
Ruskin, Joyce, Pound et le *Londres* de Morand dédi-
cacé : « A Geneviève, Londres au temps de la £ à 28
francs, son ami, Paul. » Il ouvrit le bouquin et ne le
ferma que tard dans la nuit, les yeux papillotants.
Ainsi, c'était donc cela cette grande ville qui l'enserrait
de toutes parts et qu'il connaîtrait demain, avant
même d'avoir visité Paris ? Il éprouvait une vague
crainte devant l'ampleur de sa découverte, sa solitude,
son ignorance, mais la fatigue de la route aidant,
malgré l'excitation de la nouveauté, il s'endormit
comme une masse et ouvrit les yeux sur une silhouette
bleue et blanche, un visage rose au front surmonté
d'une coiffe amidonnée.

— Madame ! dit-il, croyant voir Geneviève.

— *I am Mary !* dit la jeune femme qui ouvrit les
rideaux, laissant entrer la mumière d'un soleil radieux,
et poussa vers son lit une table roulante.

Mary lui sourit, souleva le couvercle d'argent d'une
cloche, dévoilant des œufs frits au lard et une tomate
grillée. Elle était beaucoup plus jolie qu'Eliza Pickett
et en se baissant pour ramasser la chemise de Jean et la
poser avec soin sur le fauteuil, elle dévoila une jolie
saignée de genoux et des cuisses tendres. Il espéra
qu'elle ne buvait pas de la bière le matin comme la
seule Anglaise qu'il connût et qui — non, vraiment,

c'était impossible — ne pouvait pas être le parangon de toutes les autres Anglaises.

— Quel luxe ! s'écria-t-il quand elle fut sortie.

La journée commençait à peine. En descendant l'escalier, Jean aperçut avec joie sa bicyclette soigneusement astiquée. Il eut, vers elle, un élan du cœur et caressa la selle, le guidon et le cadre d'un rouge superbe. Il visiterait Londres en sa compagnie. Refusant l'aide de Baptiste, il la prit sous le bras et descendit les marches du perron pour tomber face à face avec le chauffeur noir qu'il reconnut et qui le reconnut aussitôt. Sous la pluie, dans la montée de Grangeville, ce même chauffeur lui avait emprunté sa bicyclette pour aller chercher un mécanicien. L'Hispano-Suiza jaune aux garde-boue noirs et aux roues blanches attendait, garée le long du trottoir. Dans la rue étroite, elle paraissait encore plus grande, démesurée, avec son long capot dont le bouchon de radiateur représentait une flèche en argent, peut-être la flèche en argent qui avait frappé en plein cœur Haroun, l'ennemi du roi. Ainsi, les choses s'éclairaient : le prince et Geneviève entretenaient des relations étroites, sans doute même très étroites.

— Bonjour ! dit Jean. Nous nous sommes déjà vus.

Le chauffeur rit et souleva sa casquette.

— Je m'appelle Salah et j'ai reçu des ordres pour vous faire visiter Londres.

— Et ma bicyclette ?

— Laissons-la ici.

— J'aurais bien aimé pédaler un peu dans Londres. Il paraît que c'est très plat.

Salah se gratta la tête.

— Nous pourrions la mettre dans le coffre et quand vous aurez envie de pédaler vous la prendrez et je vous suivrai.

A contrecœur, Jean accepta. La bicyclette n'entrait pas tout à fait dans le coffre et on dut se résigner à laisser dépasser une roue. Malgré les protestations de forme de Salah, Jean s'assit à côté de lui.

Dans la nuit tombante, il n'avait vu qu'une masse informe, grise, plutôt sale. Dans la lumière du matin, il découvrit une autre ville joyeusement colorée, blanche, rose, rouge, vert bronze, avec de ravissants balcons en fer forgé. Une ville très gaie, qui accrochait la moindre lumière, la retenait dans ses rues et brillait de plaisir. Naturellement, je ne vais pas raconter la visite de Londres, les surprises de Jean et son amitié foudroyante pour le chauffeur. Salah était égyptien. Il parlait le français et l'anglais. Il avait voyagé dans toute l'Europe et le Moyen-Orient avec le prince et souvent Madame. Il paraissait très attaché aux deux, mais il l'était sûrement plus encore à l'Hispano. Elle était sa chose, son bien, cette énorme masse dont le volume écrasait les affreuses voiturettes anglaises. Le jaune étincelant de sa carrosserie créait autour d'elle un vide respectueux. Silencieuse, mais prompte dans ses accélérations, elle consommait des quantités fabuleuses d'essence. Jean se garda bien de dire qu'au fond il préférait, et de loin, la Bugatti de M. du Courseau, un vrai jouet, bruyant et nerveux, qui s'envolait sur les routes.

Après la Tour de Londres, Jean insista pour qu'ils allassent à Hyde Park. Ils achetèrent des sandwiches spongieux et des bouteilles de limonade qu'ils mangèrent et burent assis sur un banc, face à la Serpentine qui coulait doucement entre deux rives de pelouses. A l'heure du déjeuner, les petites secrétaires quittaient leurs bureaux et venaient manger un paquet de biscuits, allongées dans l'herbe, picorées par les pigeons. Une centaine d'Eliza Pickett passèrent devant eux, en tricorne et souliers à barrettes. Salah expliqua que les Anglais aimaient par-dessus tout deux choses : d'abord le gazon et ensuite les animaux. En dehors de ça, rien ou presque rien. Il dit aussi que le prince était très fatigué depuis quelques mois et ne quittait guère sa maison de campagne dans l'Oxfordshire, que Madame ne tenait pas en place. Elle courait dans sa Bentley grand sport d'un château à l'autre, revenait dîner dans sa maison de Chelsea, repartait le lendemain à l'aube, toujours gaie et heureuse de vivre. Pourtant, on disait qu'elle avait été malade comme le prince et qu'ils s'étaient connus dans une maison de santé.

Deux tricornes s'arrêtèrent devant eux, les regardèrent avec étonnement et dirent quelque chose avant de repartir.

— Que racontent-elles ? demanda Jean.

— La première, expliqua Salah, a dit : « C'est un nègre » en parlant de moi évidemment, et la seconde a dit : « Je ne savais pas qu'on les autorisait à s'asseoir à côté d'un enfant dans Hyde Park. » Vous trouvez que j'aurais dû leur répondre quelque chose ?

— Oui, mais quoi ?

— Eh bien, par exemple, que je suis simplement bronzé par le soleil et que dans une génération la moitié de Londres sera noire de peau. Mais elles ne m'auraient pas cru.

— Ç'aurait été drôle.

— Oui, mais il faut se taire, rester à sa place. J'ai appris ça. Et aussi le mépris des méprises.

— Vous parlez rudement bien pour un chauffeur, Salah.

— Mon père est un bon Égyptien, un petit noble de province si vous voulez, le teint blanc, et je suis le fils d'une Soudanaise, une sorte d'esclave. On m'a mis à l'école chez les Frères des Écoles chrétiennes, mais je n'ai jamais eu qu'une pensée : m'évader de l'Égypte, voir le monde. Le prince m'a pris avec lui. Je le respecte parce qu'il me parle comme on parle à un être humain. Vous le verrez : c'est un homme immensément bon, une chose très rare parmi les Arabes et surtout les musulmans. Je dis ça bien que je sois musulman moi-même, que je ne mange jamais de porc, ne boive pas d'alcool et respecte le Ramadan.

— Vous êtes un vrai ami pour moi, dit Jean.

Salah sourit, entrouvrant de grosses lèvres ridées sur des dents jaunes. Un nez sémite hérité de son père détonnait dans ce visage noir aux cheveux frisés. Ses longues et belles mains reposaient sur ses genoux. Jean fut saisi de leur grâce, du soin avec lequel les ongles étaient entretenus. Il ne connaissait que les mains rugueuses d'Albert ou les lourdes paluches de l'abbé Le Couec et de M. du Courseau. En un sens, cela lui rappelait Chantal, de longs doigts fins aux ongles bombés frais et roses, comme si ces deux êtres si différents de peau, de mœurs, de ciel, de Dieu, avaient une mystérieuse origine commune.

En face d'eux, sur l'autre rive de la Serpentine, une jeune fille s'assit dans l'herbe, croisa les jambes et commença de lire un livre posé sur l'étoffe tendue de sa jupe. Des cheveux blond filasse encadraient une grosse figure plutôt ronde. Elle mordait dans une barre de chocolat, complètement indifférente — en réalité ou en apparence, impossible de le dire — au spectacle qu'elle offrait ainsi aux deux hommes en face d'elle : une ouverture sur ses dessous, de fortes cuisses d'un blanc sucré, une culotte d'un rose à hurler. Salah et Jean se turent, fascinés par cette impudeur. Ils avaient fini leurs sandwiches et leurs limonades. L'après-midi avançait et ils seraient restés là encore un moment à parler si cette apparition obscène n'avait pas dérangé l'amitié qui naissait soudain entre eux dans le calme après-midi anglais peuplé de cygnes, de vieilles dames aux chapeaux tricornes et de couples rêvassant, étendus dans l'herbe. Salah se secoua le premier. Debout, il recoiffa sa casquette de chauffeur, mit ses gants et s'inclina.

— Où Monsieur désire-t-il aller? demanda-t-il comiquement.

— Où vous voudrez, Salah.

L'Égyptien regarda sa montre.

— J'ai une suggestion : nous gardons la visite de Westminster Abbey pour demain et si cela ne vous ennuie pas, nous irons au British Museum où je vous abandonnerai un moment pour monter prendre ma leçon de français chez mon professeur qui habite tout près de là, à Soho.

— Mais vous n'avez aucun besoin de leçons, vous parlez très bien.

176

— Oui, je parle, malheureusement j'écris très mal. Une écriture phonétique. Si les chers Frères me lisaient, le rouge monterait à leur front. J'ai trouvé un excellent professeur, une grammairienne. Ses leçons ne durent pas plus d'une demi-heure et le soir je travaille chez moi, je fais les devoirs qu'elle me donne.

— Alors, bon pour le British Museum.

À Piccadilly, Jean demanda ce que représentait la statue en équilibre sur son piédestal.

— Éros ! dit Salah en riant. Il rôde par ici, il rôde partout.

Le Dieu de l'Amour ! Jean eut une pensée pour Chantal de Malemort. Leur premier voyage serait pour Londres et leur première visite pour la statue. L'Hispano s'engagea dans Shaftesbury qui ne ressemblait plus du tout au Londres propre et coquet de Chelsea ou de Kensington : le long des trottoirs crasseux s'alignaient les cinémas aux affiches criardes, les théâtres aux sonneries grelottantes, des gargotes italiennes dont les cuisiniers prenaient le frais sur le pas de porte, un cigare entre les dents. Régnait là une odeur de vanille et de poussière, de friture et d'essence, comme si tout eût été désespérément mélangé, brassé et finalement épuisé.

Les bâtiments du British Museum appartenaient à un autre quartier plus rassurant. Jean n'avait encore rien vu d'aussi imposant quand Salah le déposa devant le parvis.

— Je vous reprends dans une heure, dit-il. De toute façon, je ne vais pas loin. Odeon Street est à côté.

Jean n'était pas fou de musées. La peinture l'ennuyait vite, surtout la peinture officielle qui glorifiait les victoires anglaises au Portugal, en Espagne, à Trafalgar, à Waterloo. Ces diables britanniques avaient toujours tout gagné. Seul Guillaume le Conquérant leur avait donné une leçon et, en tant que Normand, Jean en était fier. Il tourna le dos à ces évocations déplaisantes et partit vers les salles de sculpture. L'histoire grecque, l'histoire romaine étaient encore fraîches à son esprit. Là, au moins, dans ces vastes halls, on pouvait rêver, même s'il était permis de douter du droit de lord Elgin à démantibuler le fronton du Parthénon pour enrichir sa patrie de sculptures incomparables. Comme il contemplait une frise, un homme d'une cinquantaine d'années, en costume noir et col blanc de clergyman, chauve et les lèvres rouges, s'approcha de lui :

— Êtes-vous français ?

— Oui, dit Jean surpris qu'on le devinât ainsi.

— Je m'en suis douté à votre air.

— A mon air ?

— Quelque chose qui ne trompe pas et qui est commun aux Français. J'ai vécu dans votre pays. La sculpture grecque vous intéresse ?

— Euh... oui, monsieur.

— Vous aimez l'histoire grecque ?

— Elle est très intéressante.

— Elle est mieux que cela ! dit le pasteur en levant un doigt. Elle est la seule.

Il parlait si près du visage de Jean que ce dernier recevait en plein nez une haleine de tabac froid. Le pasteur le regardait dans les yeux avec une insistance glaçante.

— La beauté grecque ! reprit-il. Elle est inimitable.

178

Elle a disparu à jamais, dévoyée par les Barbares. Regardez ce jeune athlète, son cou élancé, son torse où l'on peut suivre le jeu des muscles sous la peau et jusqu'à la saillie des veines dans l'effort...

La main de l'homme agrippa le bras de Jean et le serra avec une force inattendue comme pour l'empêcher de s'enfuir.

— Cependant... cependant! continua-t-il, cependant, on retrouve parfois, comme un don du ciel, oui je dis bien comme un don du ciel, sans blasphémer, des traces de la beauté grecque dans des individus isolés. Un germe a traversé les siècles mystérieusement, et la beauté renaît dans presque toute sa pureté, sans raison... Vous n'avez pas d'ascendants grecs, n'est-ce pas?

— Non, dit Jean, essayant de se dégager, d'éloigner de son visage cet autre visage au regard bleu d'une fixité qui devenait inquiétante.

— Je m'en doutais. Alors, venez voir cette coïncidence extraordinaire, un jeune athlète vieux de vingt-cinq siècles qui vous ressemble comme un frère.

Le pasteur entraîna Jean vers le fond de la salle. Un escalier tournant conduisait à une pièce obscure où des projecteurs éclairaient une suite de métopes alignées, les métopes du temple de Bassæ.

— Regardez! Regardez!

Jean ne voyait rien que des hauts-reliefs d'une grâce certaine mais dont les visages se ressemblaient et ne lui ressemblaient aucunement. En revanche, il sentit le bras du pasteur passer autour de sa taille, le serrer contre lui, et quand la bouche au souffle tabagique tenta de se presser contre la sienne, il eut un haut-le-cœur, se dégagea brutalement et se mit en garde :

— Sale type ! Vieux cochon !

— Taisez-vous ! Taisez-vous ! chuchota le pasteur écarlate.

Un couple apparaissait à l'entrée. Jean s'enfuit en courant, dévala l'escalier et gagna la sortie du musée. Ses joues le brûlaient. Il devait être aussi rouge que le pasteur. Jamais pareille chose ne lui était arrivée. Il n'en comprenait d'ailleurs pas le sens, n'en ayant entendu parler que grossièrement en classe par quelques assoiffés d'obscénités, mais il lui suffisait d'avoir éprouvé un violent haut-le-cœur pour être certain d'échapper à quelque chose d'horrible. Il aurait dû... ah oui, que n'aurait-il pas dû faire ! Écraser son poing sur le nez de ce vieux saligaud, appeler un gardien, faire arrêter le satyre. Il avait honte maintenant de sa fuite. N'était-ce pas l'autre qui aurait dû s'enfuir ? Si, au moins, Salah avait été là ! Mais Salah prenait sa leçon de français, il ne serait pas de retour avant une demi-heure. Des visiteurs entraient ou sortaient, dévisageant le grand garçon aux joues rouges, aux cheveux en bataille. Jean crut que l'on pouvait lire à livre ouvert sur son visage ce qui venait de se passer. Il avait vu la direction prise par l'Hispano et partit à pied vers Soho dont la frontière était proche. Odeon Street était difficile à trouver dans cet enchevêtrement de rues étroites bordées de pubs, de cabarets et de restaurants. Fort heureusement, et ce qu'il considéra comme une chose inouïe, une femme assez jeune, quoique le visage très peint, lui sourit. Il s'arrêta et demanda :

— Odeon Street, s'il vous plaît, madame.

Il s'attendait à ne pas comprendre un mot de la réponse et sursauta quand elle lui dit avec un bel accent toulousain :

— Mon petit gars, quel âge as-tu pour traîner par là ?

— Vous êtes française ! Oh, quelle chance. J'ai treize ans.

— Eh bien, à treize ans, on ne traîne pas dans Odeon Street. Fais-moi le plaisir de rentrer chez ta maman.

— Je cherche le chauffeur.

— Quel chauffeur ?

— Vous n'avez pas vu une grande Hispano jaune ?

— L'Hispano à Salah ?

— Vous le connaissez ?

— Si je le connais... un peu.

— C'est l'heure de sa leçon de français !

La dame fardée leva ses sourcils charbonneux.

— Oh, je vois, monsieur. Eh bien, prends la deuxième rue à gauche et tu apercevras son Hispano. Bonne chance, mon petit gars...

— Merci, madame !

Il pressa le pas et retrouva presque aussitôt la voiture arrêtée devant une maison assez minable. Sur la porte entrouverte on pouvait déchiffrer trois cartes imprimées :

Miss Selma Undset

Swedish massages

Massages suédois

Massagii suedese

1st floor, 1er étage, 1° piano.

En dessous, en caractères gothiques :

Fräulein Loretta Heindrich
Cours de diction. Oral seulement.
2nd floor.

Enfin la troisième devait être la bonne :

Mme Germaine
Professeur de français
très sévère
3rd floor, 3e étage.

L'immeuble était minable. Un escalier en colimaçon montait entre des murs mangés de salpêtre, mais au lieu de l'habituelle odeur de choux de Bruxelles qui suinte des murs dans ce genre de maison, régnait une écœurante senteur de poudre de riz et de désinfectant. Au troisième étage, il s'arrêta devant la porte de Mme Germaine. Un cordon de chanvre multicolore pendait au-dessus de la pancarte où l'on pouvait relire les mêmes mots, mais cette fois soulignés : *très sévère.* Pauvre Salah ! A qui se fiait-il pour apprendre un français parfait ? Jean s'attendait à des éclats de voix. Il ne perçut qu'un murmure encourageant et tira le cordon. Il y eut des chuchotements, des pas, puis un huis inattendu s'ouvrit en dessous de la pancarte et une voix de femme à l'accent méridional dit :

— Ce n'est pas l'heure, voyons !
— Oh je sais, mais il faut que je parle à Salah.
— Qui êtes-vous ?
— Jean, Jean Arnaud.

De l'autre côté de la porte, s'éleva la voix de Salah.

— Ouvre, ouvre, c'est un ami.

Une chaîne grinça et le loquet tourna deux fois. Quelle idée de s'enfermer pour une leçon de français ! Il est vrai que le quartier semblait louche, qu'on y croisait toutes les races et des créatures trop fardées. Enfin, la porte s'entrouvrit et une femme apparut dans l'entrebâillement, les cheveux noirs dénoués, le visage enduit de crème, les lèvres mauves. Elle semblait vêtue d'un peignoir ou d'une robe longue à gros pois dorés. Jean ne la vit pas en entier. Déjà Salah l'écartait et sortait sur le palier.

— Que se passe-t-il ? Il était entendu que je venais vous chercher au British Museum.

Jean lui raconta sa mésaventure devant les métopes de Bassæ. Salah parut consterné :

— Je n'aurais pas dû vous laisser, même si peu de temps. C'est ma faute.

— Mais non, voyons, Salah. Comment pouviez-vous prévoir ?

— Il faut tout prévoir. Voulez-vous que je le retrouve et que je lui casse la gueule ?

— Oh non, surtout pas de scandale ! J'ai envie de rentrer. Je vais reprendre ma bicyclette et vous roulerez devant moi pour me montrer le chemin. Avez-vous fini votre leçon de français ?

— La question n'est pas là. Partons.

La porte restait entrebâillée. Jean jeta un coup d'œil derrière Salah. Mme Germaine se brossait les cheveux devant un miroir autour duquel étaient accrochés des fouets et des chaînes. Leurs regards se croisèrent, celui de la femme réfléchi par le miroir, charbonneux,

velouté et chargé de menaces au point que Jean
éprouva un frisson dans le dos, très bref, car Salah tira
aussitôt la porte derrière lui après avoir crié « à
bientôt » à Mme Germaine. Descendant l'escalier, ils
croisèrent au second un homme qui baissa son chapeau mou sur ses yeux et se couvrit la bouche d'un
mouchoir. Il montait prendre une leçon de diction
chez Fräulein Loretta. Malgré ses airs mystérieux, sa
crasse et son odeur, c'était une maison sérieuse. Seule
la massagiste du premier détonnait dans cette
ambiance artistique et intellectuelle. Au passage, ils
entendirent une voix gutturale qui scandait des claques : one, two, three... one, two, three... sans pitié
pour la respiration rauque, haletante de son patient.
Salah entraîna Jean.

— C'est l'heure de sortie des bureaux, dit-il, nous
allons tomber dans des encombrements. Je crois qu'il
vaut mieux remettre à demain votre promenade,
d'autant que je dois être à la maison au cas où le prince
appellerait pour que j'aille le chercher.

Jean regretta, bien que ce fût seulement partie
remise. Il eût aimé rouler dans Londres où l'on ne
voyait pas d'autres vélos, se faufiler entre les taxis
corbillards et les autobus rouges qui vantaient les
mérites d'un bouillon et d'un dentifrice. Salah paraissait préoccupé.

— Je suis désolé, dit Jean, d'avoir interrompu votre
leçon avec Mme Germaine... Mais elle n'a pas l'air d'un
professeur. Est-ce vrai qu'elle est très sévère ?

— Oh... en un sens, oui, mais pas avec moi. Elle
sait aussi être indulgente. Avec les Anglais, elle

184

applique la méthode forte. Elle a d'ailleurs beaucoup de clients... Je veux dire d'élèves.

Jean eut une pensée pour le fouet et les chaînes. Comment cela se passait-il pour les mauvais élèves ? Quel étrange pays ! Il se souvint d'avoir lu dans un livre que les châtiments corporels étaient encore en usage dans les collèges. Mme Germaine se pliait sans doute aux coutumes anglaises... Salah conduisait son Hispano avec une dignité absolue et la certitude de dominer la cohue du soir. Il coupa la route d'une Rolls noire, comme si elle avait été une charrette traînée par un âne. Ils traversèrent Hyde Park gagné par les ombres et descendirent vers Kings Road par Sloane Street. Il était agréable de retrouver un quartier aéré aux couleurs de printemps, des femmes qui ne se fardaient pas outrageusement et une absence rigoureuse de pasteurs aux lèvres rouges, aux yeux fixes.

Baptiste ouvrit la porte et Salah monta le vélo qui reprit sa place dans le vestibule.

— Monsieur a-t-il bien roulé ? demanda le maître d'hôtel.

— Malheureusement non. Il y avait trop de voitures à cette heure du soir. Dans les vapeurs d'essence, on suffoque, le souffle se perd. Je crois que j'irai demain matin, à l'aube, faire le tour de Hyde Park, sinon je perdrai la forme.

— Madame a téléphoné. Elle est au grand regret de ne pas pouvoir venir ce soir mais elle s'efforcera d'être là pour rencontrer Monsieur.

On eût cru que Baptiste en rajoutait dans l'onction de la troisième personne. Jean se demanda si ce maître d'hôtel au visage couperosé et aux favoris gris mangeant sa joue n'était pas en train de se payer sa tête, à lui le fils d'un jardinier et d'une ménagère. Le sentiment d'être, sans doute, méprisé par ce larbin sentencieux le mit mal à l'aise. Il eût souhaité lui faire comprendre qu'il n'était pas aussi miteux qu'il en avait l'air, malgré son sac tyrolien, ses chemisettes usées au col et le chandail plusieurs fois reprisé au coude par Jeanne. Jean n'avait-il pas goûté dans des châteaux où ce larbin snob n'aurait été admis qu'à passer les petits fours ? C'eût été s'abaisser que de le lui dire. Jean apprit ce jour-là à cacher sa mauvaise humeur en acceptant de passer pour ce qu'il n'était pas. Ou ce qu'il était, car après tout le fils de Jeanne et d'Albert ne valait pas mieux que Baptiste. Il ignorait encore l'intuition infaillible des domestiques qui détectent aussitôt une personne déplacée dans un milieu qui n'est pas le sien. Disons qu'il manquait de lectures à cet âge et que la révélation serait pour plus tard quand il lirait les *Instructions aux domestiques* de Swift et saurait par cœur les conseils aux laquais : « Ne vous enorgueillissez point dans la prospérité : vous avez entendu que la fortune tourne sur une roue, si vous avez une bonne place, vous êtes au sommet de la roue. Rappelez-vous combien de fois on vous a fait mettre habit bas, et jeté à la porte, tous vos gages ayant été reçus à l'avance et dépensés en souliers à talons rouges, en toupets de seconde main, en manchettes de dentelle raccommodées, sans compter une dette énorme à la cabaretière et au marchand de liqueurs. »

Jean dîna donc seul comme la veille, servi par un Baptiste dont le respect affecté sentait de plus en plus l'insolence. Geneviève ne téléphona pas et il se dit

186

qu'elle devait être une curieuse personne, trop gâtée par la vie, ou plus exactement par le prince. Il se promit d'interroger Salah sur ce dernier. Derrière un voile de gentillesse et de générosité, le prince se cachait avec toute la majesté de son personnage. On ne le devinait qu'à travers le dévouement inspiré à Salah et le luxe offert à Geneviève. Jean eût aimé le remercier de vive voix des mandats qui avaient aidé à l'achat du vélo rouge, mais le prince s'en souvenait-il seulement ?

Le lendemain matin, une nouvelle femme de chambre fit son entrée, poussant devant elle la table roulante du petit déjeuner.

— Vous n'êtes pas Mary ! dit-il déçu.

— Non, jé souis Maria.

Elle parlait français avec ce que Jean supposa être un fort accent espagnol. Autant Mary était blonde et fraîche comme une cassate, autant Maria était noire de cheveux, avec un teint mat, un regard charbonneux. Dans un genre totalement différent, elle était aussi agréable à regarder. Sachant que, comme Mary, elle aurait à tirer le rideau, Jean lorgna ses jambes qu'à son goût il trouva un peu trop nerveuses et musclées, bien que certainement jolies, encore que, sur ce point, il n'eût pas d'idées très précises ni de définition sûre de la beauté des femmes. Maria était plus familière et s'assit au bout de son lit :

— Alors, tou t'amousé bien à Londré ? demanda-t-elle, découvrant de belles dents assez fortes.

— Très bien, mademoiselle.

Elle éclata de rire.

— Tou ne dois pas dire mademoissselle, tou dois dire : Maria. Jé souis la femme de sambre.

Il faut préciser qu'à La Sauveté les souillons enga-
gées à bas prix par Marie-Thérèse du Courseau
n'avaient jamais ce côté capiteux, du rouge aux lèvres
et des ongles peints. Le temps des négresses était passé
et Jean se souvenait à peine des deux dernières qui ne
valaient pas — et de loin — Joséphine Roudou et
Victoire Sanpeur.

— A quoi pensé-tou ?

— Que vous êtes très jolie pour une femme de
chambre.

— Voyez-vous ça !

Elle se leva, fit un tour complet sur la pointe des
pieds et le regarda en fronçant les sourcils.

— Tou commences bien jone !

Dès qu'il eut terminé son petit déjeuner, Jean
descendit dans le hall. Le cher vélo n'avait pas bougé,
mais Salah apparut, la casquette à la main :

— Je vous emmène à Westminster Abbey et après
nous verrons.

— Et mon vélo ?

— Laissons-le ici. Baptiste s'en occupera. Nous
allons dans un quartier qui n'est pas du tout favorable
à la bicyclette.

A regret, Jean consentit à l'abandon. L'Hispano
attendait devant la porte, si familière maintenant
qu'elle ne l'impressionnait plus. Jean eut froid à
Westminster. Il préférait l'église de Grangeville avec
ses odeurs de bougie et d'encens, et le gros pas de
l'abbé marchant entre les bancs. Le tour fut vite
terminé.

— Et maintenant, que voulez-vous voir ? demanda
Salah.

— Je ne sais pas. Où vont ces bateaux ?

De gros canots embarquaient des voyageurs au pont de Westminster.

— A Hampton Court. C'est assez loin. Il faut y déjeuner et revenir tard dans l'après-midi.

— Au fond, j'aimerais bien naviguer sur la Tamise.

Salah n'était pas très enthousiaste et Jean dut le persuader qu'il pouvait y aller seul. On ne rencontre pas tous les jours des pasteurs libidineux.

— S'il vous arrivait quelque chose, Madame ne me le pardonnerait pas.

— Au téléphone, elle m'a elle-même conseillé d'aller à Hampton Court. Il ne m'arrivera rien. Allez prendre une leçon de français.

Salah sourit et se laissa convaincre. Sur le bateau, Jean n'aperçut d'abord que des vieilles dames en robes à volants, des tasses de thé au lait à la main. Il y avait même trois tricornes et nombre de souliers à barrettes. Le début du parcours entre les docks était sinistre, mais les vieilles dames se montraient enchantées. Elles trouvaient ça « ravissant ». D'ailleurs, elles ne regardaient rien, toutes myopes et préoccupées de remplir leurs tasses de thé à un percolateur. Heureusement, pour sa distraction, il découvrit, à l'arrière du bateau, un couple singulier : un petit homme rond et chauve, au menton mussolinien, le chef coiffé d'un Borsalino, léchait littéralement le visage d'une mulâtresse aux cheveux décolorés mal décrêpés. Personne ne semblait prendre garde au manège de la fille qui gloussait et se trémoussait, croisant de jolies jambes gainées de bas à résilles, et de l'homme qui marquait une impatience grandissante. Leur charabia anglo-italien les emplissait d'aise. Fasciné, Jean les regardait depuis un moment quand l'homme l'aperçut et lui jeta un regard furieux. Le bateau glissait sur l'eau noire et nauséabonde, entre des rives d'usines et de terrains vagues. Peu avant Hampton Court, la campagne apparut enfin, douce et verte, vallonnée, semée de jolies maisons aux toits d'ardoise entourées de jardins fleuris. On les imaginait peuplées de majors aux joues couperosées, d'enfants en costumes de velours, de jolies joueuses de tennis sur gazon. Les vieilles dames du bord, excitées par leurs innombrables tasses de thé, faisaient de grands signaux de bras à tous ceux qu'elles apercevaient. Ayant déjà trouvé ravissants les docks, elles n'avaient plus de mots pour saluer la campagne anglaise. L'homme au Borsalino continuait de lécher la métisse qui daguait comme une chienne en chaleur. Sa langue pointue semblait trempée dans la confiture de framboise. Au débarcadère, les vieilles dames s'envolèrent comme de maladroits moineaux vers le château et le parc où Jean se promena un moment avant de revenir au bord de la Tamise. Des jeunes gens embarquaient dans des skiffs de bois vernissé, pointus comme des flèches. Ces jeunes gens, blancs de peau et roux ou blonds de cheveux, ramaient avec une application et un sérieux qu'il apprécia. Les avirons plongeaient d'un coup sans bavure dans l'eau sombre et le bateau, comme pris d'une inspiration subite, volait à la surface calme du fleuve. Les commandements secs du barreur rythmaient l'effort des hommes dressés comme des mécaniques. Jean se promit d'essayer un jour l'aviron, un sport noble qui avait sculpté de beaux athlètes, donné à des générations le sens de l'équipe.

S'il ne prospérait pas en France, c'est que, comme le répétait Albert, dans ses plus belles envolées philosophiques, les Français étaient tous de sales individualistes qui ne pensaient chacun qu'à tirer son épingle du jeu. Les joies de l'aviron se goûtaient sur des plans d'eau calme reflétant des paysages arrangés par l'homme, parcs de hêtres et de cèdres qui descendaient boire dans les fleuves et les lacs, châteaux aux tremblantes images ridées par le passage des vedettes et des péniches.

Le bateau repartait à deux heures. Jean regagna le bord en premier, suivi des vieilles dames qui se jetèrent sur le perlocateur pour remplir leurs tasses d'un thé âcre et brûlant. Ils allaient déhaler quand l'extravagante mulâtresse accourut, tirant par la main l'homme au Borsalino, essoufflé, à demi débraillé. Ils s'installèrent sur le banc de poupe et rirent comme des enfants, puis la femme mit la main dans la poche de son manteau et en brandit une culotte de dentelle bleuâtre qu'elle remit sans façon. Derrière quel buisson avaient-ils fait ça ? Jean resta perplexe et songea aux jeux proposés par Antoinette, aux doux enivrements de leurs plaisirs incomplets, au silence heureux qui s'ensuivait. Il y avait donc deux amours, l'un atroce, vulgaire, impudique, et l'autre secret, générateur de rêves et de plaisirs légers.

Salah attendait au débarcadère. Jean descendit derrière le couple lubrique et fut surpris de voir Salah saluer d'un sec « bonsoir » la mulâtresse qui cessa de rire et entraîna son compagnon. Les vieilles dames ramassèrent leurs grands sacs de tapisserie, des paniers de provisions et trottèrent vers un autobus.

— Vous vous êtes bien amusé ? demanda Salah.

— Amusé ? Non, pas vraiment ! Enfin j'ai vu des choses. Vous connaissez cette mulâtresse ?

— Un peu. Une Jamaïcaine, je crois.

Jean raconta l'histoire de la culotte retrouvée dans la poche et remise sans pudeur. Salah daigna rire.

— Une drôle de fille, dit-il. Pas très recommandable. Décidément, vous repartirez avec une curieuse idée de Londres... J'ai regretté que vous vous soyez embarqué pour la journée. Madame est venue déjeuner. Elle espérait vous voir.

— Je la verrai ce soir.

— Elle est repartie avec sa Bentley. Elle passe le week-end chez des amis dans le Kent. Il faut aussi que je vous dise quelque chose qui vous ennuiera peut-être... Elle est arrivée avec trois amis, un poète, un peintre et John Dudley le sculpteur. M. Dudley est très bizarre. Il fabrique des sculptures avec des choses extravagantes : une vieille cafetière qu'il soude à un fer à repasser, une pendule qu'il coiffe d'une casserole, n'importe quoi. Il paraît que ça se vend, que les amateurs d'art s'arrachent ses œuvres. En tout cas, quand il a vu votre bicyclette dans l'entrée, il a crié que c'était un objet sublime, qu'il en tirerait un chef-d'œuvre en l'écrasant sous sa presse hydraulique. Madame lui a permis de l'emporter...

— Quoi ? dit Jean, les larmes aux yeux.

— Mad me m'a chargé de vous en acheter une autre dès demain.

— Oh, Salah, ce n'est pas possible. Ma bicyclette... mais vous ne savez pas comme je l'aime. Allons la chercher tout de suite chez ce monsieur...

— Je crains que le mal soit fait.

Les larmes roulèrent sur ses joues. Il pouvait tout attendre de la vie, mais pas qu'un fou de sculpteur écrasât une bicyclette chérie par-dessus tout, son premier bien, une bicyclette parfaite comme il n'en connaissait pas d'autre et n'en connaîtrait jamais d'autre.

— Ne pleurez pas, voyons ! Vous êtes un homme et, demain, je vous emmène en acheter une autre.

— Un vélo anglais ! Vous plaisantez, Salah. Les Anglais n'ont jamais su fabriquer un vélo de course. Ils se promènent sur des machines qui datent de Louis XIV.

— Enfin, j'ai l'argent, je vous le donne, vous en rachèterez une en France.

— Jamais ce ne sera la même chose. Celle-là, c'était la mienne. La mienne, vous entendez. Et comment vais-je retourner à Newhaven ?

— Je vous reconduirai avec l'Hispano.

A peine arrivé à la maison de Geneviève, Jean grimpa les marches deux à deux et sonna, espérant encore que c'était un mauvais rêve, mais Baptiste ouvrit, le visage compassé :

— Monsieur a appris ! dit-il. Sa bicyclette est devenue un objet d'art : oui, d'ART !

Ce fut une triste soirée pour Jean malgré une lettre laissée par Geneviève :

Mon cher Jean, votre bicyclette a tellement enthousiasmé M. Dudley que je la lui ai laissé emporter. J'espère que cela ne vous contrarie pas. Salah vous conduira chez un marchand demain et vous en aurez une autre. Je me désole de ne pas vous voir aujourd'hui, mais je dois me rendre chez des amis et ne reviendrai que lundi. Amusez-vous bien pendant les trois jours qui vous restent. Salah est un excellent guide. Il connaît tout. Ce n'est pas seulement un chauffeur. C'est aussi un ami. Embrassez mes parents pour moi, et Antoinette et Michel, mais surtout votre maman, ma chère Jeanne qui a été si bonne pour moi quand j'étais une petite fille.

Votre

Geneviève du Courseau.

Le cœur n'y était plus. Jean refusa les bicyclettes qu'on lui proposait. Elles étaient toutes équipées de ces freins anglais à tige qui fonctionnent bien mais alourdissent les vélos. Quant au guidon de course, mieux valait n'en pas parler. Aucun vendeur ne savait de quoi il s'agissait. Salah remit l'argent de Geneviève à Jean qui faillit le refuser : c'était le prix d'au moins trois bicyclettes équipées du dernier dérailleur utilisé par Leducq lors du tour de France 1932. Il commença de rêver. Salah le déposait devant les musées et les parcs, le retrouvait à la sortie. Geneviève avait raison : le chauffeur était aussi un ami, prévenant, intelligent, discret. Mystérieux aussi par moments, sachant avec adresse ne pas répondre à une question embarrassante, comme celle que lui posa Jean le dernier jour. Tous les matins, il avait été réveillé par une femme de chambre différente et chacune s'appelait Mary, ou Maria, ou même Marie comme cette Française qu'il reconnut bien pour être la Toulousaine trop fardée qui, à Soho, lui avait indiqué Odeon Street où se trouvait l'Hispano. La maison n'était pas si grande qu'elle exigeât un tel personnel, d'autant que le prince n'y venait presque jamais et que Geneviève courait la campagne anglaise pour de longs week-ends. Même si, à ses passages, elle invitait à déjeuner ou à dîner une douzaine de ses amis, cela ne nécessitait pas un tel service. Et pourquoi ces femmes de chambre interchangeables s'appelaient-elles toutes Marie ? Et pourquoi étaient-elles sinon des beautés, du moins d'assez jolies filles ? Jean avait également fait une découverte troublante en descendant un soir vers minuit prendre un verre d'eau à la cuisine. Il était encore dans l'escalier quand la porte d'entrée s'était ouverte. Baptiste revenait d'une promenade dans le quartier suivi d'une femme que Jean reconnut immédiatement pour être la mulâtresse du bateau. Baptiste ne se conduisait pas aussi civilement avec elle qu'avec les invités de Geneviève. Jean s'étonna également de sa tenue : un petit costume vert très cintré, une cravate voyante ornée d'une perle et une casquette bien inclinée sur l'oreille. Il dit aussi à la fille qui fumait d'aller jeter sa cigarette dehors si elle ne voulait pas recevoir une paire de tartes. L'exubérante créature obéit sans mot dire et suivit Baptiste dans la cuisine. Jean remonta dans sa chambre sur la pointe des pieds et resta éveillé une partie de la nuit, cherchant ce que cela pouvait signifier. Salah, le lendemain, ne répondit pas à sa question.

Le samedi, l'Hispano emmena Jean à Newhaven. Comme la malle avait une heure de retard, il voulut revoir Mrs. Pickett et retrouva sans peine la petite maison avec son enseigne : « B. and B. » La vieille dame ouvrit, son chapeau sur la tête, en manteau. Elle sortait pour un petit tour. Oh pas loin ! Dans les environs. Jean fit un signe à Salah qui ouvrit la porte de la voiture où Mrs. Pickett monta sans être priée. Il lui semblait sans doute parfaitement naturel que Jean, arrivé sur une bicyclette rouge, revînt lui rendre visite dans une Hispano-Suiza jaune, conduite par un chauffeur noir. Ils s'arrêtèrent devant le pub favori de Mrs. Pickett où son arrivée causa quelque sensation sans qu'elle daignât s'en apercevoir. Salah refusa de l'alcool, ce qui la surprit un peu, et quand il lui expliqua qu'il était musulman, elle eut un sourire charmant et dit : « Ce n'est vraiment pas de chance, vous devriez vous convertir. » Ils la quittèrent, accotée à son pilier, déjà heureuse, après que Jean eut en vain essayé de lui parler français. Mais non. Elle ne connaissait pas cette langue barbare. Le mystère restait entier.

La malle accostait quand ils arrivèrent sur le quai. Salah contempla le bateau avec mélancolie :

— Il y a des jours où j'aimerais regagner l'Égypte, dit-il, ma Nubie où je suis né, Djebel Chams au bord du Nil. Mon père vieillit. Je risque de ne plus le revoir. Ce n'est pas qu'il ait été d'une extrême bonté avec moi. Il me trouvait trop noir de peau. J'ai deux demi-frères très blancs, presque comme des Anglais. Il en a toujours été plus fier que de moi, bien que ce soient deux crétins sans pareils qui vivent à ses crochets, sans rien faire. Bien entendu, il ne sait pas que je suis chauffeur. Je prétends avoir une situation dans une banque et comme je lui envoie régulièrement de l'argent, il me croit riche et il a des remords de n'avoir pas eu confiance en moi...

— J'aimerais bien aller en Égypte avec vous, dit Jean.

— Eh bien, c'est promis, je vous emmènerai. Nous

descendrons le Nil en bateau et nous arriverons chargés de cadeaux pour mon père...

— Et pour votre mère.

— Non, elle est morte, dit Salah. Je l'ai très peu connue. Ce n'était qu'une esclave dans la maison et ma belle-mère m'a élevé...

Jean aperçut le capitaine sur la passerelle. Ce visage familier dissipa un peu de la tristesse qui l'étreignait en quittant l'Angleterre et Salah. Quand reverrait-il Salah, son premier ami ? Ils se serrèrent la main. Sac au dos, Jean grimpa la passerelle et s'installa sur le pont pour apercevoir une dernière fois le chauffeur, sa belle Hispano brillante dans la lumière de cette fin d'après-midi, mais la voiture s'éloignait déjà, disparaissait derrière les docks, sans laisser de traces dans les rues et sur le front de mer de cette ville noire de fumée et rouge de briques. La porte de l'Angleterre se refermait sur des questions sans réponses. Le temps expliquerait certaines choses. Pas tout. Et Jean en tirerait la conviction qu'il valait mieux ne pas savoir exactement pourquoi Mrs. Pickett parlait français la nuit lorsqu'elle était soûle, ni pourquoi, dans une élégante maison de Chelsea, les femmes de chambre s'appelaient Marie et changeaient chaque matin. Après tout, qu'importait ? Sa vision du monde s'était élargie. Il ne vivrait plus entre les murs de La Sauveté comme il avait vécu jusque-là.

6

En ce chaud après-midi de fin d'été, des nuages
gracieux couraient dans le ciel : gazelles, agneaux ou
fondants bonshommes de neige. La poussière montait
des allées de La Sauveté au passage des camionnettes
ou des chars à bancs chargés de mobilier. Le commissaire-priseur, Me Prioré, venu de Rouen en costume et
cravate noirs, s'épongeait le front avec un mouchoir de
batiste et buvait de grands verres d'eau relevés d'une
goutte de grenadine. Il ne s'amusait plus. Son entrain
tombait avec l'indécision ou la timidité des derniers
acheteurs. Le portemanteau fut enlevé pour trente
francs et la hotte à parapluies ne trouva acquéreur
qu'à dix. Pourtant, les gens ne s'en allaient pas. Respectueux au début, ils entraient maintenant dans
la maison vide où les tableaux avaient laissé de
grandes taches ovales et rectangulaires plus claires sur
les murs aux papiers défraîchis. D'autres se promenaient dans le parc et, de sa fenêtre, Albert en avait
aperçu qui cueillaient des fleurs ou s'asseyaient sur le
gazon sacré. Il n'avait pas bougé quand un inconnu
avait volé le tuyau d'arrosage et une femme un pot

199

rempli de géranium-lierre. Après avoir pleuré depuis le matin, Jeanne restait hébétée, assise sur une chaise de la cuisine, ses grandes mains pâlies par les lessives posées sur les genoux, sans mouvements. Albert alluma une pipe et l'odeur du tabac gris se répandit dans la cuisine. Il aperçut M. Le Couec qui, d'un air faussement indifférent, se promenait dans la foule, adressait un mot à ceux qu'il connaissait, dévisageait avec surprise ceux qui partaient avec quelque chose dans les bras : un broc, une cuvette, une boîte ou un cache-pot en cuivre. Peut-être se laissait-il aller à quelque reproche, incompris de son interlocuteur. Le commissaire-priseur se pencha vers un de ses aides qui fit non de la tête. Il n'y avait plus rien à vendre. La Sauveté avait été vidée en un après-midi par une invasion de fourmis qui ne laissaient à la maison que ses vieux rideaux de percale et des tapis trop usés pour tenter qui que ce fût. Un silence s'installa, puis les murmures reprirent le dessus. Le comptable s'amusait avec des additions dans son grand cahier recouvert de lustrine noire. Avec un rien à boire, on aurait pu faire de cette vente une fête, mais tout s'en était mêlé : la chaleur, l'absence des du Courseau, la timidité des acquéreurs et la gêne, pour les gens du pays au moins, de dépouiller cette maison dont, longtemps, le rayonnement avait contribué à la fortune du village. On se répétait que les nouveaux propriétaires, encore connus du seul notaire, étaient M. et Mme Longuet. Les ragots s'amplifiaient vite : ils allaient détruire le mur mitoyen, raser La Sauveté ou peut-être la convertir en une de ces maisons accueillantes qui asseyaient leur fortune. M. Le Couec en serait l'aumônier. Ne montrait-il pas un faible pour Mme Longuet qui, Alsacienne, le ravitaillait en alcool blanc : framboise ou prune selon la saison ? On n'avait pas vu les Longuet pendant le bazardage général, mais un antiquaire de Rouen passait pour leur homme de paille. Cet antiquaire avait acheté les portraits de famille. Ce ne pouvait être que pour des gens qui cherchaient à s'inventer une ascendance. En revanche, une absence était favorablement commentée : celle des Malemort. Ils ne participaient pas aux curées, sauf aux chasses à courre en forêt d'Arques. Marie-Thérèse du Courseau habitait chez eux avec Michel et Antoinette, en attendant que fût terminée la villa qu'elle se faisait construire sur la falaise à la sortie de Grangeville. Les uns vantaient sa dignité dans la ruine, les autres affirmaient que cette ruine n'étant pas la sienne, mais celle de son mari, elle aurait pu d'un geste l'enrayer. Quant à Antoine, on ne l'avait pas vu. Et pour cause. Il avait passé l'après-midi au *Café des tribunaux* à Dieppe devant un jeu de dames en compagnie de Jean Arnaud. Jean menait par 5 parties à 4 quand arriva le commissaire-priseur qui avait troqué son costume noir pour une veste de sport et un pantalon gris. Ce n'était plus le même homme, au volant d'un roadster Alfa-Romeo rouge.

— Nous pouvons être assez satisfaits, dit-il. La journée a été meilleure que je ne l'espérais.

— Que prenez-vous ? demanda Antoine.

— Pour moi ce sera un scotch !

— Un scotch ? Je ne sais même pas s'il y en a ici. Antoine médisait du *Café des tribunaux*. Il y avait du scotch pour les originaux, les Anglais n'en demandant jamais, adonnés dès leur débarquement au vin blanc.

— Vous me ferez le plaisir de dîner avec nous, dit Me Prioré, intrigué par l'indifférence olympienne d'Antoine. Je veux dire avec mon comptable et moi. Et monsieur aussi, n'est-ce pas ?

Jean ne recevait pas souvent du « monsieur », et il leva la tête vers l'homme qui venait de troubler leur jeu.

— Je te ramènerai après dîner, dit Antoine.

Jean accepta. Le commissaire-priseur demanda un menu et le maître d'hôtel. Il voulait des soles. Il était venu à Dieppe pour manger des soles, mais avant de décider si elles seraient au gratin ou meunière, il tenait à les voir. On en apporta un choix embarrassant parce qu'elles étaient de tailles très différentes.

— Avez-vous une préférence ? demanda le commissaire-priseur par pure politesse, persuadé qu'Antoine s'en foutait comme du reste.

— Oui, petites, deux cent cinquante grammes au plus, parce que je les aime meunière.

— Ah ça, meunière vous les aurez si vous voulez, mais prenez plutôt cette sole énorme. Il n'y a vraiment qu'ici qu'on en voit de pareilles.

— Non, aussi à Oléron, dit Antoine, mais si grosses qu'elles ne sont bonnes qu'au gratin, avec la peau. Petites, on les dépouille, elles sont d'un goût plus fin. Moyennes, on les mange farcies, ce qui n'est pas mon genre. Je n'aime pas les échalotes, ni les crevettes épluchées. La farce tue le parfum de la sole. Naturellement, j'exclus les préparations avec des tomates ou des champignons. Laissons ça aux gens qui s'ennuient

202

dans la vie. Ce n'est pas mon cas et j'espère que ce n'est pas non plus le vôtre.

— Non, évidemment non. Eh bien, suivons vos conseils.

Le comptable protesta timidement. Il voulait une salade et un jambon. Personne ne l'écouta. Sur le choix du vin, Antoine fut aussi catégorique : il n'y aurait pas de vin. Le patron conservait quelques bouteilles d'un cidre bouché personnel qui survivaient à l'été grâce à une cave fraîche et remarquablement isolée.

— Je me remets entièrement entre vos mains ! dit Me Prioré. Vous êtes un homme de table.

— Parfois, mais de plus en plus rarement. En voyage, je me contente de saucisson sec et de vin rouge.

— Vous voyagez beaucoup pour vos affaires, je crois.

— Je me déplace. Ce n'est pas la même chose. Quant aux affaires, je n'y entends rien et ne veux rien y entendre. D'ailleurs, vous ne seriez pas ici ce soir si j'avais su me défendre.

— Vous ne m'avez même pas demandé à combien s'élevait la vente aux enchères de cet après-midi ?

— Non, c'est vrai, et pourtant le chèque que vous me donnerez représentera tout ce qui me reste...

Abandonnant sa sole qu'il trifouillait maladroitement, le comptable saisit le livre noir posé sur la banquette à côté de lui.

— Nous avons tout le temps, dit Antoine.

Le commissaire-priseur eut un geste agacé pour son comptable. Antoine du Courseau le surprenait et il désespérait de savoir qui était réellement cet homme tranquille, détaché de sa fortune effondrée. Il essaya de la politique.

— Le Front populaire a ruiné la France en trois mois.

— Vous croyez ? demanda Antoine en se versant du cidre. Pas moi ! L'argent change de main, c'est tout, et même je pense que c'est bien.

— On m'a dit que les grèves de l'armement ont acculé à la faillite nombre de petites sociétés...

— Nous étions anachroniques. D'autres prendront notre place.

— Malgré tout, vous ne nierez pas que si les choses continuent ainsi, nous n'aurons plus le cœur de travailler pour nos enfants. Grâce au travail de mon père, j'ai pu acquérir ma charge, et si je ne me trompe pas votre société a été fondée par monsieur votre père.

— Je n'ai pas su garder ce qu'il a laissé. Il s'est donné du mal pour rien.

— Dommage pour votre fils ! N'est-ce pas, jeune homme ?

— Je ne suis pas le fils de M. du Courseau, dit Jean.

Me Prioré se sentit mal à l'aise. Rondeurs et lieux communs réussissaient d'ordinaire mieux avec ce genre d'hommes. Il avait visé trop bas, croyant avoir affaire à un épais Normand ruiné par sa propre bêtise, et découvrait qu'Antoine cachait, sous les apparences d'un rustre, une énorme dose de mépris. C'était même vexant et il ne voyait pas très bien comment revenir en arrière et se montrer lui-même ce qu'il croyait être (et était, réellement, avec une légère surestimation bien naturelle chez un beau parleur) : un connaisseur au goût sûr, peut-être le meilleur expert en mobilier anglais et grand collectionneur d'émaux. Il est toujours difficile de passer à un autre ton quand on s'est trompé. La seule solution est la fuite. Il n'y a rien de tel que d'abandonner derrière soi ses erreurs. Elles pourrissent seules, oubliées.

— Nous nous voyons demain ? demanda-t-il.

— Est-ce vraiment nécessaire ? Je pense prendre la route de bonne heure. Je voudrais dîner à Saint-Tropez demain soir.

— Vous n'avez pas de temps à perdre : 1 100 kilomètres.

— Oh, l'affaire de dix heures.

— Avec une Alfa-Romeo, sûrement ?

— Non, surtout pas. J'ai une 57 S.

— Une Bugatti ?

— Qui vous a jamais dit que la 57 S était autre chose qu'une Bugatti ?

— Oui, en effet, pardon. Mais quel modèle ?

— Atalante.

Cet homme intelligent, cultivé, à l'aise dans la vie avec tout le monde, s'effondra. On pouvait le critiquer sur son goût, ses collections, ses lectures, mais pas sur les voitures. Il eût préféré être cocu, arrêté pour abus de confiance, violé en plein désert par un méhariste, que pris en dérision pour sa voiture.

— Vous vous accrochez à Bugatti ! dit-il avec un rictus. Il est fini depuis quatre ou cinq ans.

— Ah vraiment ! J'ignorais. Voyons, nous sommes en 1936 : cela voudrait dire que depuis 1932 Bugatti n'a rien gagné.

— De petites courses, monsieur.

— Achille Varzi a ridiculisé Tazio Nuvolari en 1933 au Grand Prix de Monaco.

— Un incident mécanique !

— C'est ça... dans le virage des gazomètres, il lui a passé sous le nez comme aucun conducteur ne pouvait le faire avec une autre voiture.

— Nuvolari l'a doublé ensuite dans la côte du Casino.

— ... et sa voiture a cramé. Il a fini le dernier tour en la poussant. Quel autre constructeur a remporté cinq fois de suite la Targa Florio ? L'an dernier la première voiture européenne à gagner les 500 miles de Brookland a été la Bugatti d'Earl Howe. A part ça, et le grand prix de l'A.C.F. cette année, Bugatti est, en effet, un constructeur fini.

— Je n'ai pas du tout voulu dire ça, cher monsieur, mais Alfa-Romeo, Maserati, Mercedes et Auto-Union l'emportent partout ailleurs.

— Toute l'Italie, toute l'Allemagne sont derrière ces voitures. Bugatti est seul. C'est un génie. En France, les génies sont condamnés à la solitude. Cela dit, je vous prends demain matin sur le parcours Dieppe-Saint-Tropez. Départ huit heures. Le premier arrivé gagne un pari à discrétion.

— Demain, c'est hélas impossible. Pourquoi pas dimanche ?

— Je ne pourrirai pas ici jusqu'à dimanche. Mille regrets ! Mais ne me parlez plus d'Alfa-Romeo. Cela m'agace. Bonsoir, maître.

Le ton n'était pas décidé, mais juste ennuyé. Le commissaire-priseur montra de la mauvaise humeur.

— Vous croyez tout savoir !

— Je ne sais rien ! dit Antoine. Et personne ne sait rien. Simplement, on ne compare pas une Rolls-Royce à une bicyclette.

Il se leva et fit signe à Jean. Le jeu de dames les attendait sur une table voisine.

— Je vous signe votre chèque ? demanda Mᵉ Prioré.

— S'il vous plaît.

Il l'empocha sans le regarder et poussa un pion sur le damier.

— Bonsoir, dit Mᵉ Prioré.

— Bonsoir.

Jean gagna la partie. Ils étaient 6 à 4 et décidèrent de s'arrêter plutôt que de chercher éperdument un match nul. Antoine but un cognac et Jean une limonade. Quelques couples s'attardaient, de vieux Anglais, une fille de vingt ans et un homme d'une cinquantaine dont elle paraissait amoureuse. Antoine pensa à Marie-Dévote. Encore vingt-quatre heures et il serait auprès d'elle. Il lui caresserait les seins qu'elle avait encore très beaux quoique trop gros. Allongé à côté d'elle, il connaissait la paix. Les shrapnells cessaient d'éclater et Marie-Thérèse de crier.

— Je te ramène, dit-il à Jean.

— Mais où allez-vous coucher, monsieur ?

— A La Sauveté.

— Il n'y a plus rien.

— Je n'ai besoin de rien.

Il n'y avait de lumière que dans la maison des gardiens. Antoine fit le tour du parc et s'arrêta devant sa porte. Elle n'était même pas fermée à clé. Qu'aurait-on pu voler ? Ils entrèrent et se promenèrent dans les pièces vides où régnait encore l'odeur forte des déménageurs. Par les fenêtres aux volets ouverts, la pleine lune dessinait sur les moquettes et les tapis des taches jaunes étirées. Antoine gagna sa chambre où il s'assit par terre, le dos à la fenêtre, après avoir tiré de sa poche revolver une gourde plate en argent dont il but une longue gorgée.

— Tu ne bois toujours pas ?

— Non. Je crois que j'aimerais bien, mais plus tard. Je rame dimanche.

— Regarde comme elle est jolie, mon Atalante, la nuit au clair de lune.

La Bugatti étirait son ombre bleuâtre sur les graviers. Les chromes de son radiateur en coupe-vent étincelaient dans la fantasque lumière de la lune. Elle demeurait là, silencieuse, paisible, sûre de sa force. Jean la trouva aussi belle qu'un skiff.

— Tu te souviens de cette chambre ? demanda Antoine. Tu n'étais qu'un petit garçon.

— L'histoire du tuyau crevé ! je n'ai pas oublié.

— Tu m'as plu ce jour-là ! Il me semble que, depuis, nous nous sommes bien entendus... Sauf une petite ombre...

— Oui, l'histoire d'Antoinette... je jure que ce n'était pas moi.

— Nous ne jurons pas entre nous. Nous ne disons que la vérité. Qui était-ce ?

— Gontran Longuet.

— Ce morveux ! Pauvre chère Antoinette, comme elle a dû se sentir seule pour en être réduite à ce type-là. Il faudra que je lui parle, à ma fille, et que je lui dise combien je l'aime... Et pourquoi Michel a-t-il prétendu que c'était toi ?

— Il l'a sans doute cru.

— Il te déteste.

— C'est beaucoup dire.

— Non, je crois que c'est vrai.

Antoine but encore de sa gourde.

— On est vraiment bien, n'est-ce pas ? Sans meu-bles, une maison est elle-même. Je suis né ici. Gene-viève, Antoinette et Michel sont nés ici. Et toi, tu es né à côté.

— Je ne le crois plus, dit Jean.

— Allons voyons, qu'est-ce qui se passe dans ta tête ?

— Michel me l'a jeté à la figure l'an dernier : je suis un enfant trouvé.

Antoine se leva et arpenta plusieurs fois la pièce, passant de l'ombre aux taches de lumière sur lesquel-les sa silhouette s'allongeait brusquement, déformée, imposante et grotesque.

— Nous avons décidé de ne jamais nous mentir.

— Oui, monsieur.

— Alors, je te dirai la vérité : il est exact que tu es un enfant trouvé, déposé dans un panier devant la porte d'Albert et de Jeanne. Ils t'ont adopté. Ce sont donc tes parents.

— Je les aime et les respecte. Je ne pouvais pas en rencontrer de meilleurs, mais je me sens... différent d'eux. Papa ne me comprend pas. Il monte tout de suite sur ses grands chevaux.

— C'est un homme en or. Tout ce qui n'est pas en or l'irrite.

— En ce moment, il est très irrité.

— Il l'a toujours été. Tu t'en apercevais moins

quand tu étais enfant. Mon père aussi était toujours irrité. Je le craignais. Le résultat n'est pas parfait, comme tu t'en rends compte. Tout ce qu'il m'a laissé s'est envolé en fumée. Il n'y a pas de quoi être fier. Cette maison, je l'ai aimée...

Jean perçut un tressaillement dans la voix qui s'éteignit en un murmure. Antoine ouvrit la porte donnant sur le palier. Nulle Marie-Thérèse n'écoutait, l'oreille collée au trou de la serrure.

— Suis-moi, dit-il. Quand on est deux, les ombres ont peur.

Ils se promenèrent dans la maison silencieuse et dévastée. Les parquets craquaient, les portes grinçaient. Partout, la clarté de la lune découpait les fenêtres sur les murs noircis. Antoine ouvrait et fermait les rideaux, essayait un robinet et l'arrêtait aussitôt. Dans la cuisine, ils trouvèrent au fond d'un placard des bouteilles sans étiquette.

— On a dû les oublier. Voyons... ah oui, du calva. Je les emporte, elles sont à moi. Adieu la Normandie. Je vais vivre au soleil. Sais-tu ce que sont les femmes du Midi ?

— Non, dit Jean. A part le voyage à Londres que vous m'avez offert il y a quatre ans, je n'ai pas bougé d'ici.

— Pourquoi bouger, si tu comprends tout ?

— Je donnerai n'importe quoi pour connaître vraiment une grande ville, voir la Méditerranée, le Pacifique, les îles de la Sonde et la Terre de Feu.

— Quel ennui ! Sur notre planète, seules les femmes présentent quelque intérêt.

— A Grangeville, elles ne viendront pas à moi. Je dois aller vers elles.

Antoine but au goulot et passa dans l'office où deux tabourets avaient échappé à la vente. Il tendit l'un à Jean et prit l'autre :

— Cassons-les !

Les tabourets s'écrasèrent contre le mur. Un pied fit voler en éclats le carreau de la fenêtre. Une tête sombre s'encadra dans le trou et la voix de l'abbé retentit dans la cuisine :

— Qu'est-ce qui vous prend ?

— Nous cassons ce dont même les rats n'ont pas voulu.

— Et les rats ont tout bu ?

— Non, dit Antoine. Venez, l'abbé. Nous n'allons pas laisser passer une occasion pareille.

La tête se retira. On entendit un grand fracas. M. le curé de Grangeville, de dos, achevait les carreaux de la fenêtre et pénétrait dans la cuisine.

— Vous n'avez pas mal, monsieur l'abbé ?

— Non, Jean. Moi aussi je suis transparent.

Il se tint debout un instant sur le carrelage, ombre énorme qui réveillait la maison.

— Je me demandais où vous étiez.

— Nous parlions. Nous disions adieu à tout.

— Adieu est un mot que j'aime, quand on le prononce correctement, à Dieu.

— Allons, allons, l'abbé, par de prosélytisme dans une maison vide. Nous sommes entre hommes. Je n'ai pas de verre. Buvez au goulot.

M. Le Couec but une gorgée.

211

— Infect! Je suppose qu'on le gardait à la cuisine pour flamber les bécasses.

— Qu'importe le flacon...

— Oh là, oh là! Je vous arrête, Antoine du Courseau. Le calva n'a pas été inventé pour les imbéciles...

Jean rit ouvertement.

— Non, monsieur l'abbé, il a été inventé pour vous.

— Mon petit garçon, ferme ta gueule. Le sport, c'est très joli, mais ne cherche pas à convertir tout le monde.

— Jean ne bois pas, dit Antoine. Il prépare l'avenir, cette planète incertaine sur laquelle je n'ai aucune envie d'atterrir. Je ne t'ai jamais tenté, n'est-ce pas, Jean?

— Oh si, vous m'avez tenté, monsieur, mais sans le savoir.

— A partir d'aujourd'hui, appelle-moi Antoine. Ça emmerdera ma femme. J'aurais dû y penser plus tôt.

— Merci, Antoine.

— Voyons, dit l'abbé, il n'y a plus rien pour s'asseoir. J'ai mal aux pieds. Tout ceci ressemble à une déroute.

Ils s'assirent par terre, à même le carreau jonché de sciure par les déménageurs. L'abbé était en forme :

— Il s'agirait de faire le point. Occasion unique. L'endroit n'est pas solennel. Grâce à la lune, nous nous voyons un peu. Pas trop. D'ailleurs, nous connaissons bien nos têtes : la mienne est plutôt une trogne, celle d'Antoine a pris des couleurs aussi avec l'âge et l'entraînement, celle de Jean est belle. J'en profite, mon petit, pour te préciser que, dans l'existence, une belle gueule est un handicap à surmonter. Tu vas soulever de sérieuses haines. En compensation, les filles te tomberont dans les bras comme la volupté sur le pauvre monde. Prends garde à toi. C'est le conseil d'un vieux curé. Cela dit, où en sommes-nous ? Qui a acheté cette maison ?

— Les Longuet, dit Antoine.

L'abbé but une gorgée à la bouteille. Il n'aimait pas les situations embarrassantes. Celle-là insultait à son sens de la tradition et il hésitait sur l'attitude à prendre. Mme Longuet n'était peut-être pas une aussi sainte femme qu'il se plaisait à le répéter, mais, à son égard du moins, elle se comportait avec une rare générosité. En son for intérieur, il croyait même qu'elle était une fidèle sincère, muette sur le passé et tout entière occupée du rachat des âmes. Certes, M. Longuet n'inspirait pas confiance et quant au jeune Gontran, c'est de la graine de crapule, malgré le bon exemple de sa mère.

— Eh bien, monsieur l'abbé, qu'en pensez-vous ? demanda Jean, ravi de voir le curé sur la défensive.

— Rien, mon enfant. Je n'en pense strictement rien. Les gens font ce qu'ils veulent de leur argent. Les Longuet en ont. Ce n'est pas plus un crime d'en avoir que de ne pas en avoir. Je crois qu'ils respecteront La Sauveté.

— Et mes parents ?

— Ton père a eu des mots avec le père et le fils. Il aurait dû montrer plus de patience...

— Je me demande si l'on a vidé aussi la cave, dit Antoine qui se foutait complètement des Longuet. Il est vrai qu'il n'y a plus grand-chose. Une cave est

213

l'œuvre d'une vie. J'ai bu celle de mon père et je n'en laisse pas à mon fils. J'ai bien raison, d'ailleurs. Il ne boit que de l'eau.

— Antoinette, elle, aurait apprécié ! osa dire Jean.

— Antoinette ? tu crois...

— Allons voir, dit l'abbé que l'idée intéressait.

L'aube les trouva dehors, sur un banc, deux bouteilles vides à leurs pieds. Jean dormait. Le curé de Grangeville était un peu pâle, mais ferme dans ses propos. Antoine sentait la fatigue l'envahir et calculait que la prudence conseillait de prendre la route plus tard. Une silhouette les tira de leur somnolence. Albert arrosait les fleurs. Antoine l'interpella :

— Pour qui arrosez-vous ?

— Pour l'honneur, mon capitaine.

— Il n'y a plus d'honneur.

— Vous ne me le ferez jamais croire. Et Jean serait mieux dans son lit. J'espère qu'il n'a pas bu.

— Ne vous en faites pas. C'est un homme, et sérieux.

Jean ouvrit les yeux sur un monde nouveau. La Sauveté vidée de ses meubles ne symbolisait plus rien, et malgré son insistance, il n'avait pu tirer de l'abbé ou de M. du Courseau un renseignement sur sa naissance. Il se sentait las et courbatu, le contraire de la forme à garder pour les épreuves du dimanche.

— Eh bien, mon garçon, on a dormi ! dit l'abbé qui relaçait ses brodequins avant de prendre le chemin du presbytère.

— Pas assez ! Je ne me sens pas bien du tout.

— Ces sportifs, quelles mazettes! Moi, à ton âge...

— A mon âge, monsieur l'abbé, vous ne faisiez pas d'aviron.

— Pas d'aviron! Et la godille, c'est quoi?

— Nous ne parlons pas de la même chose.

Jean éprouvait à l'égard de l'abbé une rancœur de plus en plus certaine. L'excellent homme savait... Mais doit-on se croire lié par le secret de la confession dans un cas pareil?

— Va te coucher! dit Albert d'un ton qui voulait être sans réplique.

Un jour très pur et rose montait derrière les arbres. Antoine embrassa Jean :

— Nous nous reverrons. Je ne t'oublierai pas.

— Comment saurai-je où vous êtes?

— On n'a pas besoin d'adresse. Tu me retrouveras, c'est tout.

L'abbé, debout, étirait ses bras. On eût dit d'un épouvantail. Une forte odeur montait de sa soutane élimée.

— J'ai une messe à sept heures.

— A bientôt, monsieur l'abbé, dit Jean.

— A bientôt, mon petit.

Jean passa devant Albert qui feignit de ne pas le voir. Antoine caressait le capot de la Bugatti humide de rosée :

— Nous allons raccompagner le curé chez lui et prendre la direction du Sud! souffla-t-il à sa voiture.

— Je vais à pied, dit l'abbé. Le footing, c'est la santé.

— Je ne savais pas que vous parliez anglais.

— Moi non plus!

— Adieu, Albert. Ne m'en veuillez pas !

— Je ne vous en veux pas, mon capitaine. C'est Jeanne qui a pleuré toute la nuit.

— Ma famille à moi n'a pas pleuré.

— Ce n'est pas la même chose.

Antoine n'approfondit pas et monta dans son coupé Atalante. Le démarreur grinça une fois avant le doux ronronnement du moteur. Antoine sourit. Il fit un signe joyeux de la main au jardinier et au curé qui le regardaient tête nue, et n'eut pas un coup d'œil pour la maison qu'il laissait derrière lui. Elle ne lui était plus rien. Il pensait déjà aux seins de Marie-Dévote et aux bras frais de Toinette accrochée à son cou. En passant le portail, il se dit qu'il ne reverrait jamais cette maison ni sans doute ses propres enfants. La vie avait passé très vite et de la grisaille n'émergeaient que les belles images du golfe de Saint-Tropez comme on le découvrait en descendant de Grimaud sur les pentes embaumées de la montagne, et Marie-Dévote, jeune fille, la jupe relevée sur ses longues jambes à la peau mate, lavant le poisson évidé dans les vaguelettes qui mouraient sur la plage. Il fut tenté de gagner le Midi d'une traite, mais, à une légère erreur dans un virage, comprit sa fatigue et décida de dormir peu après Rouen. Après dîner, reposé, il fonça vers Lyon dans la nuit. Les 33 l de la 57 S montaient sans peine à 150 et, dans les lignes droites, le compteur se bloquait à 200.

Abandonnons pour le moment Antoine du Courseau. Allégé de ce qui la veille lui pesait encore, il court à la seule vie qu'il aime, en poche un chèque qui représente ses dernières ressources, mais il n'est pas homme à craindre l'avenir. L'avenir n'existe pas pour lui quand il est près de Marie-Dévote. Rien d'autre ne compte. Nous sommes, comme on l'a deviné, en 1936. Léon Blum est président du Conseil depuis le mois de juin. Un Belge, Sylvère Maes, a gagné le Tour de France, et, aux Jeux Olympiques, l'Allemagne aux quarante-neuf victoires est devenue la nation n° 1 du monde sportif. Nous n'avons pu nous consoler qu'avec les médailles d'or de Despeaux et Michelot en boxe, de Charpentier en cyclisme, de Fourcade et Tapié en deux barré, et Chauvagne, Cosmat et les frères Vandernot en quatre barré. Mais le vélo ne fascine plus Jean. Même la victoire d'Antonin Magne au Championnat du monde ne l'a pas transporté. Il a abandonné le guidon de course, les jantes en bois et les boyaux, pour une bicyclette de cyclotouriste à pneus ballons. L'aviron a fixé sa passion depuis le jour où il a vu à Hampton Court les jeunes Anglais ramer sur la Tamise. Avec l'argent de Geneviève et un nouveau mandat du prince, il s'est acheté un skiff et s'entraîne régulièrement en bassin le samedi et le dimanche. Il a participé à quelques compétitions, encore sans succès, mais on l'a remarqué et, à l'Aviron dieppois, les moniteurs voudraient le mettre en équipe sur un outrigger en couple. Il hésite, il aime la rame seul, trouver son souffle exact car il a un départ un peu lent et termine toujours plus vite que ses adversaires, sans arriver à combler son retard. L'aviron satisfait sa conception du sport. Il exige une énergie totale, une adresse consommée et une intelligence tactique sans cesse en éveil. C'est aussi la forme la plus complète de l'athlétisme, qui développe les dorsaux, les biceps, les muscles du ventre et les jambes. A dix-sept ans, Jean est un superbe garçon d'un mètre quatre-vingts, aux épaules larges, aux jambes longues et nerveuses, peu bavard, même plutôt silencieux comme s'il craignait de gaspiller ses forces ou dédaignait la vaine agitation verbale du milieu qui l'entoure. Après les compétitions, il ne se mêle pas à ses camarades, gagne le vestiaire et se douche soigneusement. Il observe une hygiène rigoureuse, tant physique qu'alimentaire. Enfin, au mois de juin, il a passé son bachot de philo avec la mention « bien ». Jeanne a été d'autant plus fière qu'elle ne sait pas ce qu'est la philosophie et estime, avec modestie, qu'il est trop tard pour elle d'en demander une explication à M. le curé. Albert, qui paraît plus renseigné, a grommelé quelque chose comme « la philosophie ne nourrit pas son homme ». Il vieillit, Albert, et son pacifisme est battu en brèche par les événements. Il a voté socialiste par fidélité plus que par crédulité et ne croit plus à la formule : « Le socialisme, c'est la paix. » L'Allemagne est de nouveau là : unie, terrifiante. Même si elle n'est pas encore armée, elle représente une énorme masse de chair dans laquelle personne n'ose tirer le premier. Elle est humiliante de jeunesse et d'enthousiasme dans une Europe lamentable et veule. Albert ne sait plus ce qu'il faut penser. Il voudrait mourir pour ne pas voir ce qui va se passer. Pour être fier de Jean, il faudrait oublier que ce beau garçon, sain et intelligent, n'est pas son fils. Il ne le peut pas. Jean est si différent ! Et de mois en mois, le fossé se creuse entre eux, encore que le garçon n'ait jamais l'ombre d'une méfiance ou une parole blessante à l'égard de ses parents adoptifs. Sait-il ? se demande Albert. Trop de gens savent autour d'eux. Il est impossible que la vérité n'ait pas transpiré.

Le soir du bachot, Antoinette, après une longue série d'escarmouches, a consenti à recevoir Jean en elle. Cela s'est passé à La Sauveté, en l'absence de Marie-Thérèse du Courseau partie conduire Michel en Suisse. Antoinette a bien fait les choses et la cérémonie s'est déroulée selon des rites qu'elle avait imaginés depuis longtemps : ils ont d'abord bu une bouteille de champagne dans la cuisine et elle a dit :

— Mon soutien-gorge me serre.

— Eh bien, retire-le.

Il ne sait pas comment elle s'y est prise pour s'en défaire sans ouvrir son chemisier, mais en une minute le soutien-gorge s'est trouvé sur la table et il a pu le toucher, un linge de jeune fille honnête, avec, pour simple fantaisie, une petite rose en satin entre les deux bonnets. Il l'a respiré : l'odeur même d'Antoinette. Elle a souri en baissant la tête. Le chemisier était transparent et Jean s'est émerveillé de la gentillesse et de l'aisance des seins de son amie. Il ne l'écoutait déjà plus tandis qu'elle racontait une histoire absurde ou inintéressante comme si elle cherchait à masquer son propre trouble, égal à celui du garçon qui savait enfin le moment venu. Tout ce qu'il avait souffert d'attendre, d'être devancé, ne comptait plus. Elle était là, en face de lui, défendue à peine par la largeur de la table de bois blanc dans lequel le couteau de la cuisinière avait marqué des entailles brunes qui dansaient sous ses yeux comme des signes cabalistiques. Le moment approchait et, après l'avoir tant désiré, il devenait délicieux de le retarder avec des gestes audacieux et des pudeurs feintes. Dans l'escalier, en montant, elle a dégrafé sa jupe plissée, découvrant ses agréables fesses bien rondes serrées dans une culotte blanche encore enfantine. Sur le palier, elle a ôté son chemisier. Il se sont embrassés longuement debout, appuyés contre la rampe, caressés avec amitié, puis Antoinette a attiré Jean dans la chambre de sa mère, sur un lit à baldaquin dominé par un lourd crucifix. Elle l'a déshabillé avec une tendresse charmante et des baisers furtifs. Antoinette n'était pas plus jolie qu'avant, avec un assez vilain nez (celui de son père) et des cheveux d'un blond fade (ceux de sa mère) mais son corps laiteux, charnu, aux cuisses rondes et heureuses, ses seins ravissants, libres et souples sous la pression des doigts, le parfum de son cou inspiraient la faim. Elle était de ces créatures qu'on a plus envie de manger que de pénétrer, comme si leur peau, sous la dent, devait satisfaire une gourmandise inavouée. Quelle erreur d'entrer en elle ! Il eût aimé le contraire, qu'elle se fondît en lui, disparût dans sa poitrine, son ventre, ses jambes et ses bras pour qu'ils ne fussent plus qu'un même et seul être, tirant son plaisir de lui-même. Bien entendu, Jean avait été maladroit la première fois. Il avait tant envie d'elle, tant rêvé à cette seconde précise où elle le serrerait entre ses cuisses, qu'il n'avait pu l'attendre. Antoinette lui avait caressé la nuque pour le consoler avant de l'emmener dans la chambre de son père où il n'y avait pas de crucifix, seulement des gravures représentant la bataille d'Hastings. Il y avait été déjà moins maladroit et quand ils recommencèrent dans la chambre de Michel, il avait su être attentif à la montée du plaisir qui faisait trembler les lèvres roses d'Antoinette. Elle l'avait attiré enfin dans son lit où ils étaient restés jusqu'à l'aube, reprenant sans respirer leurs caresses, puis une dernière fois, par terre, dans le vestibule où elle l'avait accompagné pour refermer la porte derrière lui.

Voilà, c'est fait, s'était-il dit, en regagnant la maison de garde où Albert allait bientôt se lever, lacer sa jambe mécanique et chauffer un café avant de recommencer son premier arrosage matinal. Jean avait le corps en feu, la peau meurtrie, il était à bout de forces. Dans quelques jours, il aurait dix-sept ans. Ce n'était ni trop tôt, ni trop tard. Il fallait remercier Bergson et l'évolution créatrice de lui avoir permis une composition de philo si brillante qu'Antoinette avait enfin accordée la récompense convoitée. Merci, merci, Bergson ! La vie s'ouvrait à Jean en ce début d'été. Ensuite toutes les femmes seraient pareilles, à cela près que leurs peaux n'auraient pas souvent le même goût frais et laiteux, et que leurs lits ne seraient pas une aussi jolie bravade. Cette nuit, ils avaient exorcisé La Sauveté, bafoué Marie-Thérèse et Michel, et si Jean regrettait un peu d'avoir utilisé le lit d'Antoine, il se souviendrait toujours de leur dernière possession dans le vestibule, sur le dur tapis élimé, râpeux.

Jean avait dormi, repris des forces et eu de nouveau envie d'Antoinette, mais elle était restée invisible. Il s'était cru délivré le lendemain, prisonnier le surlendemain, de nouveau libre quand il avait aperçu son amie dans la voiture de Gontran Longuet, une Georges Irat deux places, décapotable, copie sans talent des fameuses Morgan anglaises. Comment la fille d'un bugattiste osait-elle poser ses fesses dans ces fausses voitures de sport ? Il avait eu pitié pour elle qui n'appréciait pas l'abîme séparant les deux engins. Questionné sans honte, le moniteur de Jean à l'Aviron dieppois avait répondu :

— Mon cher Jean, l'amour physique est un exercice gymnastique comme un autre. Certes, il fatigue et il vaut mieux l'éviter la veille d'une compétition, cependant je ne suis pas aussi rigoriste que beaucoup d'autres : il y a des dépenses musculaires indispensables. En revanche, ce qui est catastrophique, c'est l'amour, je veux dire : aimer. J'ai vu des colosses transformés en mazettes parce qu'une midinette leur posait des lapins. Tout ce qui ne dépasse pas la hauteur de la ceinture est sain. Tout ce qui attaque la concentration d'esprit d'un athlète est malsain. J'espère que tu m'as compris.

— Oui, monsieur.

Comment, dès lors, penser à Chantal de Malemort ? Mais Jean avait réflechi qu'elle ne l'avait jamais tourmenté ni leurré d'espoirs, que lorsqu'ils se rencontraient en cachette dans la forêt d'Arques, ils se parlaient comme des amis avec une sincérité réelle, bien qu'elle le grisât un peu. Ces rencontres avaient pris de plus en plus d'importance au cours de l'été 1936. Le matin de bonne heure, Jean enfourchait sa bicyclette et pédalait vers la forêt où il chaussait des pointes et commençait son entraînement en direction d'un carrefour de grands hêtres superbes. Il était rare qu'elle n'y arrivât pas en même temps, sur sa jeune jument bai-brun. Lui au pas gymnastique, elle au trot,

222

ils s'enfonçaient dans les sous-bois pendant une demi-heure avant de revenir au carrefour où ils s'asseyaient enfin sur une souche morte, reprenaient leur souffle et se parlaient. Chantal ne trahissait pas les espérances de son enfance : elle restait la même jolie créature d'apparence frêle. Je dis : d'apparence, car il suffisait de la voir monter à cheval pour juger de son énergie et de sa force. Ses cheveux étaient plus noirs et la vie saine qu'elle menait à Malemort, tantôt à cheval, tantôt sur les tracteurs de son père, colorait son teint. La voix n'était plus timide, ce qui, à son âge — celui de Jean —, aurait été de la mièvrerie.

De quoi parlaient-ils ? On sera surpris d'apprendre que deux êtres aussi jeunes, ressentant l'un pour l'autre une inclination plus que certaine, ne se confiaient jamais ce qui les troublait dès qu'ils se séparaient. Le sujet demeurait interdit. Une barrière invisible les séparait, dont ils n'avaient même pas conscience. Pourtant, plus ils croyaient parler de riens, plus ils se confiaient.

— Avez-vous remarqué, disait Chantal, que l'été est une saison triste ? Les jours raccourcissent, on va plonger dans la nuit. Il fait beau, mais c'est un trompe-l'œil. J'aime l'hiver avec les arbres sans feuilles, les forêts squelettiques et les jours qui allongent. On croirait sortir d'un tunnel.

— Je ne sais plus, j'hésite. Il me semble que j'aimerais vivre sous les tropiques : six mois de pluie, six mois de sécheresse. On sait exactement où on va. Le printemps et l'automne sont des saisons absurdes, bâtardes.

Ou bien encore :

223

— Qu'allez-vous faire après le bachot ? demandait-elle. Mon père dit que les études ne servent à rien, qu'il faut, très tôt, se colleter avec la vie. Il paraît que le monde est peuplé de spécialistes et qu'on ne trouve personne qui sache tout faire : moissonner le blé, conduire un tracteur, acheter un cheval, cuisiner, barrer un bateau, accoucher une femme dans une île déserte ou réparer un robinet.

— Là, je serais tout à fait de l'avis de votre père, mais le mien est autodidacte et le savoir lui inspire autant de méfiance que de secrète envie. Il a espéré faire de moi un jardinier, mais les fleurs m'ennuient. Alors, maintenant, il est décidé à ce que je sois, comme il dit, un « savant ». Vous comprenez ce que c'est : un rêve de compensation.

— Mais quel savant ? Vous n'entendez pas grand-chose aux mathématiques.

— Croyez-vous que mon père fasse une différence entre les mathématiques et les lettres ?

— Tout de même...

— Eh bien, non !

Ayant pris son courage depuis la veille, il dit tout à trac :

— Je ne suis pas le fils d'Albert et de Jeanne Arnaud. Je suis un enfant trouvé qu'ils ont adopté.

— Je le savais.

— Tout le monde le sait ?

— Tout le monde ? Non. Des gens.

— Ainsi j'ai été le dernier à l'apprendre.

— En êtes-vous triste ?

— Non. Simplement, je me pose des questions. Et

j'aimerais connaître le secret de ma naissance. Qui me le dira ?

— Vous ne devriez pas y penser.

— Impossible.

Parfois, ils aimaient parler de leur sport favori.

— N'avez-vous pas envie de monter à cheval ? disait-elle.

— Non. J'aime les pieds sur terre. Ou des roues. Ou encore un skiff. Avec un skiff, je vole sur l'eau. La vitesse n'est pas tout puisqu'il y a de plus grandes vitesses, mais sur un skiff je perds le sentiment de la pesanteur. Les rames frisent l'eau. C'est un exercice dont vous n'imaginez pas la délicatesse. L'attaque, la plongée, la sortie se mesurent au centimètre près. La machine, c'est moi. Et j'en suis fier.

— Vous manquez un plaisir. Celui de dominer. Je domine un cheval et, du cheval, je domine les endroits où je me promène, comme si j'étais une géante.

— Je craindrais d'épouser une géante.

Elle se tut un instant parce qu'il venait d'enfreindre leurs conventions. Oh, à peine, mais suffisamment pour qu'elle en fût gênée.

— Il y a des géantes qui plient les genoux, dit-elle enfin.

— C'est rassurant.

Un jour, il fit une allusion à Michel.

— Vous ne devriez rien dire contre lui, répliqua-t-elle. Non seulement il ne dit rien contre vous, mais il vous admire.

— Il m'admire ? Vous vous moquez. Il me hait, depuis l'enfance.

— Peut-être vous envie-t-il.

225

— Il a tout. Je n'ai rien. Il dessine admirablement. Il sera peut-être un grand peintre. Il s'appelle Michel du Courseau et sa mère est prête à tout lui offrir.

— Pourquoi croyez-vous qu'il fait sans cesse votre portrait ?

— J'ignorais ce détail. Il prend plutôt pour modèle le fils des voisins qui est très beau, ou Élias, le jeune jardinier des Longuet.

— Sa mère nous a montré plein de dessins vous représentant. Il paraît que les murs de sa chambre en sont couverts.

Jean essaya de se souvenir de la nuit où il avait fait l'amour avec Antoinette sur le lit de Michel. Non, il n'avait rien regardé autour de lui, rien regardé que le corps blanc d'Antoinette.

— Cette idée me déplaît, dit-il. Et pourquoi sa mère le pousse-t-elle toujours près de vous ?

— Oui, c'est assez risible ! Au début, je le croyais timide, puis j'ai pensé que ce pouvait être de l'aversion. Maintenant, je ne crains plus rien de lui. Il me semble que nous pourrions être amis. Mais il est si étrange...

Elle remontait à cheval et s'en allait au petit trot dans l'allée déserte que le soleil criblait de rais de lumière à travers le feuillage. Jean attendait qu'elle eût disparu avant de rejoindre au pas de course sa bicyclette restée à l'orée du bois.

Pendant les deux premiers mois de l'été 36, il avait trouvé une place de vendeur dans une librairie de Dieppe. Le libraire était un jeune homme nouvellement installé, qui abordait son métier avec enthousiasme. Jean l'avait rencontré à l'Aviron dieppois où ils ramaient ensemble le dimanche matin. Joseph, au vestiaire, s'étonna de l'absence de Jean depuis trois semaines :

— Tu as tort de ne pas t'entraîner régulièrement. C'est la régularité qui compte.

— Je passais mon bachot de philo.

— Et tu as réussi ?

— Oui.

— Avec quelle mention ?

— Mention « bien ».

Joseph regarda Jean d'un autre œil, le questionna, s'aperçut qu'il était intelligent mais d'une ignorance incroyable. Joseph expliqua à Jean que le sport pour le sport était une imbécillité aussi grande que la littérature pour la littérature... Le jeune libraire était un bel athlète, agile et musclé, arborant un collier de barbe bien noir et fumant la bouffarde. Il aimait la littérature d'autant d'amour que le sport et s'approchait des écrivains avec suspicion jusqu'à ce qu'il connût leur idée sur la question. Pour une page excellente sur la boxe, il avait entrepris la lecture entière de Maeterlinck. Il prisait Giraudoux, ancien champion universitaire du 400 mètres, Morand qui conduisait des Bugatti de course et chassait le renard à courre, Montherlant parce qu'il avait écrit *Le XI devant la porte dorée*, Hemingway pour sa nouvelle *50 000 dollars*, Byron parce qu'il avait traversé à la nage la baie de La Spezia en partant de Portovenere, Maupassant parce qu'il aimait la voile. On conviendra que, si ce n'est pas tout, ce n'est déjà pas si mal et qu'il y a des biais moins sûrs pour s'intéresser à la littérature. L'ignorance de Jean tenait à ce qu'il vivait dans une maison sans livres. Certes, on l'a vu lire un soir, dans la cuisine, pendant une de ces réunions familiales dont il préférait s'abstraire. Le lycée prêtait des livres, mais il fallait attendre son tour. Albert et Jeanne n'avaient jamais lu un livre de leur vie. Albert assurait que cela usait bien inutilement les yeux, et Jeanne qu'une fois lu un livre n'était plus qu'un nid à poussière. Quant à Marie-Thérèse du Courseau, après avoir offert à Noël quelques Jules Verne dans la collection Hetzel, elle s'était arrêtée depuis le faux incident avec Antoinette. Le commandant Duclou donnait aux étrennes un livre de géographie et M. Cliquet un ouvrage sur les chemins de fer. Le programme de l'enseignement secondaire se méfiait fort de la littérature et n'en distillait que des textes choisis pour leurs exemples grammaticaux. *Le Lac* de Lamartine en était la pièce de résistance. Avec sa passion, Joseph Outen bouleversa cette torpeur. Il avait pensé écrire et s'était vite résigné à ne pas égaler ses grands modèles, mais à les servir auprès d'un public affolé par tant de hardiesse et de diversité. Il guiderait ces timides qui entraient dans une librairie sous prétexte d'acheter une enveloppe et jetaient des regards furtifs vers les fruits défendus, les livres neufs sur les rayons. Pratiquée comme un apostolat, la librairie est un métier de philanthrope. Joseph Outen entreprit de convertir son coéquipier de l'Aviron dieppois devenu vendeur et trouva aussitôt un terrain si fertile qu'ils prirent le parti de fermer boutique dès cinq heures du soir pour se livrer éperdument à la lecture. Jean fut bouleversé. Il n'avait imaginé les

228

écrivains que figés dans la gloire. Or, voilà qu'un homme aussi célèbre que Stendhal avouait sa jeunesse, ne cachait rien des naïvetés de ses premiers élans et en offrait le récit aux lecteurs avec une ingénuité parfaite. Il n'y avait donc pas de honte à être jeune comme tentaient de le faire croire les adultes qui, au moindre mot qu'on avançait, avaient toujours à la bouche : « Attends un peu de grandir. Nous avons " fait " Verdun. Quand tu en auras fait autant, tu pourras parler. » Ce n'était donc pas un crime, d'après Stendhal, que de se tromper, de céder à des enthousiasmes, d'être heureux ou malheureux parce qu'une jeune fille vous faisait souffrir. Des hommes dont la littérature conservait la mémoire dévoilaient sans fard leur jeunesse.

Au début de septembre, Joseph Outen dut confesser à Jean que les affaires marchaient mal. Face au bouleversement économique et social qui submergeait la France de 1936 depuis trois mois, les gens réagissaient tous de la même façon : ils ne se privaient pas d'un litre de vin ou d'un bidon d'essence, mais d'un livre. Le marasme traversé par l'édition atteignait la librairie.

— Je te mets à la porte, dit Joseph. Sans indemnité, sans rien. Comme tu n'es pas syndiqué, n'espère pas me traîner devant les prud'hommes...

— Je reste. Pour zéro sou, zéro centime.

— Ce serait de l'exploitation capitaliste. Non. Quittons-nous. Je t'ai inoculé un vice. Tant pis pour toi. Soigne-le comme tu pourras. Voici ton mois. Prends ton vélo et file n'importe où.

— N'importe où n'existe pas. Je veux savoir.

— Eh bien... va chercher Stendhal en Italie.

— Où exactement ?

— Sur sa tombe on peut lire : « Arrigo Beyle, Milanese. » Pars pour Milan. Cherche. Tu trouveras.

— A Parme ?

— C'est le seul endroit où il n'est pas. Plus loin.

— Alors j'irai aussi à Civitavecchia.

— Comme tu veux. Ça ne me regarde pas. Envoie des cartes postales. Au revoir, mon vieux.

Joseph Outen savait être bourru au moment nécessaire. Il continuerait seul la harassante besogne de convertir à la bonne littérature les âmes esseulées et perdues. Jean l'aurait bien embrassé comme un frère, mais entre sportifs il n'en était pas question.

— Je n'oublierai pas ! dit-il.

— On verra ça.

Nous retrouverons plus tard Joseph Outen dans un nouveau destin. Il lui reste encore à faire faillite, à entreprendre et abandonner mille choses, à partir pour la guerre de 1939 dans l'infanterie de forteresse et à répondre à l'appel dans un camp de prisonniers. Mais ne devançons pas l'histoire.

Le même jour, Jean entreprit de convertir son père à l'idée de ce voyage. Albert en fut tellement estomaqué qu'il ne sut même pas quoi répondre. Il avait consenti à Londres quatre ans auparavant parce qu'Antoine du Courseau était l'ordonnateur de cette escapade. Mais l'Italie ! Dans ce pays de fascistes, tout était à craindre. On y assassinait les dirigeants socialistes comme Matteotti, et on purgeait les opposants à l'huile de ricin après les avoir baignés dans les fontaines de Rome. Enfin au Vatican régnait le chef de l'obscurantisme. Jeanne protesta au nom du Saint-Père. Si son fils pouvait recevoir la bénédiction du dimanche, de la fenêtre de Saint-Pierre de Rome, elle serait aussi heureuse que si elle avait fait elle-même le pèlerinage. Jean exploita cette idée. Quant au fascisme, il en ignorait tout. Il voulait voir des palais, des monuments, des sculptures. Il ne mentionna pas Stendhal dont le nom n'aurait rien dit à ses parents. Albert assura qu'il y avait bien assez de monuments et de châteaux en France pour qu'on ne se donnât pas la peine d'aller en voir en Italie. La discussion aurait pu s'éterniser sans l'intervention de l'abbé qui prit le parti de Jean. Il était allé à Rome dans sa jeunesse et en conservait un souvenir ébloui, bien que dans un hôtel pour ecclésiastiques on lui eût volé deux caleçons et un missel. Albert céda avec l'obscur pressentiment qu'il perdait définitivement son fils. Et pouvait-il dire « son fils » ? Chaque fois qu'il y pensait, cette idée paralysait son autorité. Enfin, Jean avait gagné l'argent de son voyage. On ne pouvait pas, en toute justice, lui refuser de s'en servir comme il l'entendait.

Dix jours après la vente de La Sauveté, Jean prenait place dans le train pour Paris. Il n'avait jamais vu la capitale mais ne s'y arrêta pas. Un taxi le conduisit avec son vélo à la gare de Lyon. La bicyclette fut confiée au fourgon et le train partit pour Milan. Mais ceci est un autre chapitre.

7

*Sûrs de nous quitter demain, nous nous hâtons,
mon colonel et moi, de nous dire, en peu de mots, tout
ce que nous avons de plus intéressant.*

Stendhal.

Était-ce vraiment la ville qu'Henri Beyle avait tant
aimée ? On aurait pu en douter. Les tramways ferrail-
laient dans les rues étroites, faisant trembler les vitres
toujours closes, les voitures pourchassaient les piétons
jusque sur les trottoirs, les gens marchaient d'un pas
pressé avec des visages fermés aux joues bleues, le ciel
bas et cotonneux écrasait Milan sous ses fumées
d'usine, les propriétaires des palais se barricadaient
derrière des portes cloutées gardées par des cerbères en
gants blancs, la Scala était fermée. Certes, sous la
Galleria débouchant place du Dôme, on retrouvait un
peu de l'atmosphère nonchalante qui plaisait à Stendhal : les *disoccupati* en sandales roulaient des cigarettes
de tabac noir, les couples de filles qui se tenaient par le
bras s'arrêtaient devant les vitrines pour épier le reflet
de leurs suiveurs, les marchands de glace lançaient le

233

cri monotone des *gelati* répercuté par la verrière, un homme en discussion avec un autre esquissait un bras d'honneur et un aveugle offrait des billets de loterie sous l'œil inquiet d'une paire de carabiniers dont la buffleterie blanche, les pantalons à bande rouge détonnaient dans la grisaille d'une foule nourrie de cafés express et de graines de pastèque.

Jean découvrit son impuissance à soulever le voile de cette ville inconnue où ne lui adressaient la parole que ceux qui avaient quelque chose à lui vendre, de sourire que des putes fardées comme pour la messe. Il écrivit à Joseph Outen une carte postale : « Arrigo n'était pas au rendez-vous. Je pousse plus loin. » Plus loin, c'était Parme, cent cinquante kilomètres qu'il parcourut en deux jours à une allure de cyclotouriste, couchant dans une grange et se lavant dans une fontaine où une vieille femme l'aspergea d'un grand seau d'eau en riant. Le temps était idéal pour cette belle pédalée le long d'une route bien entretenue entre deux rives de champs que bordaient de jeunes peupliers. Sans les voitures qui le dépassaient en le rasant à une allure effrayante, il eût éprouvé un plaisir total à se laisser glisser jusqu'au Sud sur sa confortable bicyclette. Mais qu'avaient donc les Italiens avec les automobiles ? Ils circulaient dans des Fiat ou des Lancia rafistolées, à l'échappement libre, et se prenaient tous pour le squelettique Tazio Nuvolari, le champion en chemisette jaune qui raflait tous les prix sur Alfa-Roméo, le gros Campari avec sa casquette à carreaux ou le fonceur Ascari. Jean nota qu'en revanche, peu d'Italiens se promenaient à vélo. Le cyclisme subissait une éclipse depuis la victoire de Bottecchia en

234

1925 au Tour de France. Le pays se cherchait un champion. On parlait déjà d'un jeune homme pieux et athlétique : Gino Bartali. L'absence de grandes victoires internationales n'avait pas remis la bicyclette à la mode, tandis que le succès des Alfa et des Maserati luttant roue à roue avec les Bugatti, les Mercedes-Benz et les Auto-Union excitait jusqu'à la fièvre la folie mécanique des Italiens. Une véritable hystérie de pétarade et de vitesse secouait le pays. Aussi Jean fut-il enchanté quand, après sa toilette à la fontaine, il vit arriver sur une bicyclette noire à haut guidon un jeune garçon de son âge, les cheveux paille, le teint rouge, en culottes de cuir avec des bretelles sur ses épaules et son torse nu. Des sandows attachaient à son porte-bagages un sac de couchage et une grosse musette. Il parlait très bien le français, avec un fort accent allemand, et tout de suite donna son prénom : Ernst.

Ernst est appelé à jouer un rôle dans ce chapitre. Je prie que l'on m'en excuse. La bonne règle aurait été de parler de lui dès la première page ainsi que de Constantin Palfy qui apparaîtra bientôt. Mais je n'écris pas un roman. Il s'agit seulement de la vie de Jean Arnaud et il est fatal qu'au fur et à mesure du récit, cet enfant trouvé dans un panier voie entrer dans son existence nombre de personnages : les uns survivront, les autres se détacheront comme les premières branches d'un arbre. Ainsi, je le dis dès maintenant bien que nous soyons encore à quatre ans de 1940, reverrons-nous Yann et M. Carnac, et bientôt le prince et Salah. Geneviève, l'invisible, apparaîtra au moment qu'elle a choisi. Nous remettrons un instant la main sur Antoine du Courseau. Quant à Marie-Thérèse,

Antoinette et Michel, ils ne sont pas personnages à se laisser jeter dehors. Mireille Cece n'est pas loin. Marie-Dévote, Théo et Toinette se feront attendre, mais leur retour sera plein d'imprévu. Hélas, il faut déplorer l'effacement de certains visages. Le commandant Duclou se fait vieux. Il mourra le jour où les Allemands creuseront son jardin sur la falaise pour y construire une des casemates du mur de l'Atlantique, descendront la girouette gréée dans le plus grand bradier et enlèveront le baromètre anéroïde jugé suspect. Il se fera enterrer avec la girouette et l'anéroïde dans son cercueil. M. Cliquet ne va pas mieux : obsédé par les grèves perlées de 1936, il calcule des horaires impossibles pour se rendre à Nice, à Lille ou à Istanbul, bien qu'il n'ait pas bougé de Grangeville depuis plus de quinze ans. Ses retards, tout fictifs qu'ils soient, le démoralisent au point qu'on se demande s'il n'est pas en train de devenir maboul. Je raconterai plus tard sa fin absurde. Le plus triste est certainement le sort d'Albert et de Jeanne. Nous en reparlerons au fur et à mesure. Qu'on n'accuse pas déjà l'ingratitude de Jean. Il aime tendrement ses parents adoptifs et leur sera fidèle jusqu'au bout, mais il est d'un autre sang qu'eux et maintenant qu'il a dépassé leur univers si limité, en allant une fois à Londres, en couchant avec Antoinette, en lisant les livres prêtés par Joseph Outen, et maintenant en pédalant avec Ernst, sur les routes d'Italie, il ne reviendra plus en arrière.

Notre jeune Allemand est donc un personnage épisodique. Certes, il serait amusant d'imaginer qu'au cours du grand bouleversement qui va réduire en fin de compte l'Europe à une peau de chagrin, il rencontrera au détour d'un chemin, ou même au fond d'un trou d'obus, son ami français de l'été 36. Quelle belle page on pourrait écrire en racontant leurs retrouvailles en uniformes ennemis ! Je les vois déjà se serrant la main au lieu de s'étriper comme l'ordonne la loi de la guerre, et se rappelant l'un à l'autre les heures heureuses dans la plaine lombarde, la montée du col de la Futa entre Bologne et Florence, l'arrivée à Rome beurrée par le soleil. Malheureusement, la guerre, si fertile en hasards, ne leur offrira pas cette chance et chacun d'eux poursuivra son destin sans influencer l'autre. Je puis même tout de suite dire le sort d'Ernst dans la grande tourmente : chasseur de char en septembre 1939, pour l'entrée en Pologne, sergent pendant la campagne de France où il poussera jusqu'à Bordeaux avec son unité, il est lieutenant au printemps de 41 quand les Panzerdivisions faucheront les blés de l'Union soviétique. Officier interprète de la Légion des Volontaires français, il verra, avec ces mercenaires postés aux avant-postes par Hitler en souvenir de Napoléon, l'écriteau : Moscou, 12 kilomètres, puis retraitera avec ses camarades et deviendra capitaine devant Stalingrad. En 1943, nous le retrouverons en Italie où, chasseur sans char, il combattra à pied les goumiers du général Juin devant le mont Cassin, puis les partisans dans les Abruzzes. En 1945, il a vingt-cinq ans et il est commandant, décoré de la Croix de fer de première classe, blessé trois fois sans gravité, et il rentre chez lui à pied, bottes trouées, uniforme en loques, pour découvrir que sa maison de Cologne n'existe plus, que son père, sa mère et sa sœur sont morts au cours d'un bombardement. Il se suicidera en croquant une ampoule de cyanure quand deux hommes de la Military Police viendront l'arrêter dans la cave où il a élu domicile avec des rats.

Cet écrasant avenir de feu, de sang, de gloire et de misère ne pesait pas sur le jeune homme qui posa sa bicyclette à côté de celle de Jean et plongea sa tête blonde dans l'eau de la fontaine. Quand il se redressa, cils collés et cheveux plaqués soudain moins blonds, il éclata de rire :

— Vous êtes français ? demanda-t-il.

— Oui. Comment le savez-vous ?

Ernst éclata de rire une seconde fois et montra du doigt la marque du vélo de Jean.

— Je sais tout ! dit-il. Sauf si vous allez vers le nord ou vers le sud.

— Vers le sud.

— Comme moi. Voulez-vous que nous pédalions ensemble ?

— Avec joie. J'aimerais m'arrêter à Parme cet après-midi.

— Il n'y a rien à voir à Parme, dit Ernst.

— Si, des Corrèges, et surtout à la bibliothèque une Madone bénie par Jésus, fresque qui touchait Stendhal aux larmes.

— Stendhal ? Voyons... on dirait un nom allemand.

— Non, c'est un Dauphinois. En réalité, il s'appelait Henri Beyle.

— C'est votre dieu ?

— Je n'ai pas encore de dieu. En vérité, je suis d'une ignorance que je découvre tous les jours. Il y a trois mois, je ne connaissais même pas le nom de Stendhal.

— Et moi, je ne le connaissais pas il y a deux minutes.

— Vous avez des excuses. Comment t'appelles-tu ?

— Ernst. En français, ça se dit Ernest. Et toi ?

— Jean. Comment ça se dit en allemand ?

— Hans. Si tu veux, je t'appellerai Hans et tu m'appelleras Ernest.

— D'accord ! On roule ?

C'était un plaisir de rouler avec Ernst. Il maintenait une allure régulière, sans le moindre effort et sans cesser de parler. Bientôt, Jean sut que le père d'Ernst était professeur de philosophie à Cologne et qu'au départ il avait joué un tour pendable à son fils :

— Figure-toi que j'avais mis dans ma musette un exemplaire de *Mein Kampf*...

— Qu'est-ce que c'est, *Mein Kampf* ?

— Comment, tu ne sais pas ! Alors c'est vrai que tu es un ignorant. As-tu déjà entendu parler d'Adolf Hitler ?

— Oui, un peu... Mon père dit que c'est un belliciste et que selon Léon Blum aux prochaines élections les socialistes le dégonfleront comme une baudruche.

Ernst éclata de nouveau de rire. Il aimait rire et sa bonne humeur restait inaltérable.

— Ton père est socialiste ? demanda-t-il.

— Oui, socialiste pacifiste. Il a fait la guerre de 14-18 et il y a perdu une jambe.

— Ça c'est fantastique ! Mon père a aussi fait la guerre de 14-18, il est social-démocrate et il a perdu le bras gauche en Argonne. Peut-être qu'ils se sont tirés dessus tous les deux ? Qui sait ?

— Oui, qui sait ? Et alors, ton *Mein Kampf* ?

— Dans un livre écrit en prison, Hitler a annoncé tout son programme point par point, comment il annexera l'Autriche, reprendra Dantzig, modifiera les frontières de Pologne et rassemblera dans le Grand Reich les minorités allemandes opprimées depuis le traité de Versailles. Et il le fera, je te le garantis. Ton Léon Blum n'a pas dû lire *Mein Kampf*.

— Je te prierai de remarquer que ton Hitler n'a pas encore réalisé son programme.

— Si. Le premier point. Et cette année même, Français à la mémoire courte, il a remilitarisé la Rhénanie.

— C'est vrai, j'oubliais. Bon, attendons la suite. Il n'y a pas de quoi pavoiser, personne ne s'y est opposé. Et alors ce *Mein Kampf* ?

— Eh bien, figure-toi que j'étais sûr de l'avoir dans ma musette. Mon père l'a retiré et à la place il a glissé le *Voyage en Italie* de Goethe. J'étais fou de rage. J'ai failli revenir à Cologne, mais sur la page de garde, papa avait écrit : « A mon petit garçon, pour qu'il rêve un peu. » Alors, je me suis dit : bon, ce sont les vacances en Italie. Quand je reviendrai, il sera temps d'étudier *Mein Kampf* le soir aux réunions de la Hitler-Jugend...

— Parce que tu es nazi !

— Oui, bien sûr, comme tous les garçons de mon âge. Et toi ?

— Moi ? Je ne suis rien. Je m'en fous et je ne comprends pas leur satanée politique. Je passe mes examens et quand j'ai quelques heures de libres, je rame avec l'Aviron dieppois.

— L'aviron ? Ça me plairait. Je n'ai jamais essayé. Mais dis donc, les Français n'ont pas été très brillants cette année, aux Jeux Olympiques. Qu'est-ce qui vous prend ?

— Je ne sais pas ce qu'il te faut : en cyclisme il n'y en a eu que pour nous : route, poursuite par équipes sur route et sur piste, 1 000 mètres arrêté, vitesse et tandem.

— Bon, ça va, je n'ai rien dit. Ne te vexe pas, Hans. La bicyclette est un grand sport. Et en aviron ?

— Oh, deux médailles de bronze seulement...

Au milieu de la journée, ils s'arrêtèrent dans une petite trattoria d'un village endormi au bord de la grand-route. Trois marches descendaient dans une salle basse, voûtée, envahie de mouches. Des ouvriers, le menton en avant, suçaient de grosses fourchettes enrobées de spaghetti à la sauce tomate. Ils s'essuyaient la bouche avec de la mie de pain qu'ils mâchaient longuement ensuite, le regard rêveur.

— Regarde bien comme ils font ! chuchota Ernst. C'est toute une technique. Quand nous saurons, nous pourrons en commander aussi. Ce n'est pas cher et ça nourrit bien. En attendant, on pourrait goûter à la polenta. Ça cale bien, et moi j'ai faim.

Ils dévorèrent deux portions de polenta chacun. Jean crut étouffer et demanda du vin. On apporta un bardolino rouge, épais comme du cirage. Ils sortirent en titubant et parcoururent quelques kilomètres en zigzaguant avant de s'arrêter au bord d'un champ.

— Si nous dormions ! dit Ernst.

— Je crois que c'est préférable. J'ai les jambes en coton.

Ils s'assoupirent à l'ombre d'une haie et furent réveillés par un vieux paysan et son chien qui les injuriait. Ernst ne sut que rire. L'homme avait un bâton qu'il leva. Ce fut Jean qui le lui arracha et le jeta par-dessus la haie. Le vieillard saisit une pierre. Le chien se mit à aboyer. Ernst sortit un couteau à cran d'arrêt.

— Non ! dit Jean. Il vaut mieux filer.

— Quel imbécile ! Je vais lui apprendre à vivre.

— Non ! Partons.

Ils enfourchèrent leurs bicyclettes poursuivis par les malédictions du vieux. Des jeunes gens accouraient d'un champ voisin, armés de bâtons.

— C'est la première fois que je vois ça en Italie, dit Ernst. Ils sont d'habitude si accueillants.

— Nous n'avons pas de chance.

— Tant pis ! Dans une heure, nous serons à Parme.

Ils arrivèrent à Parme en fin d'après-midi. Hélas, la bibliothèque était fermée. Pas de fresques du Corrège !

— Es-tu certain que ton ami Stendhal les ait vues ?

— Je crois qu'il était un peu mythomane, mais qu'importe.

A la sortie de Parme, ils trouvèrent un bosquet charmant où courait un ruisseau.

— Arrêtons-nous ! dit Ernst. Nous pourrons dormir et dîner ici.

— Mais je n'ai pas de tente, ni même de sac de couchage.

— On n'en a pas besoin. Il fait beau.

Ernst alluma un feu sur lequel ils grillèrent du pain

blanc vite arrosé d'huile et de sardines. Jean tira des pommes et du sucre de son havresac. Il les fit cuire dans la cendre.

— C'est délicieux, dit Ernst. Seuls les Français savent manger.

— Qui prétend le contraire ?

— Mon père. Il n'y a de discussion entre ma mère et lui que sur ce sujet. Il faut avouer qu'elle est alsacienne, c'est-à-dire un peu française sur les bords.

— Comment « un peu française » ! Tout à fait française, même si elle est née avant 14.

— Bien sûr qu'elle est née avant 14, en terre allemande, à Strasbourg.

— Ernst, tu me chatouilles les oreilles !

— Chatouille les oreilles ? Je ne comprends pas !

— Tu m'emmerdes ! As-tu compris, cette fois ?

Ernst se tordit de rire :

— J'ai compris. J'ai l'habitude. Écoute-moi bien...

— Non. La question est réglée pour l'Alsace, terre française.

— Dans *Mein Kampf*...

— Je me fous de *Mein Kampf*. Hitler est une baudruche. Il suffira de taper du pied pour qu'il se dégonfle.

— Tape du pied, puisque tu y es.

Jean feignit de taper du pied.

— Voilà, c'est fini. Plus d'Hitler...

— Bravo ! cria Ernst. La paix est faite.

— Il n'y a même pas eu la guerre. Tu veux une autre pomme cuite ?

— Non, merci. Nous allons dormir. On va pouvoir se laver dans le ruisseau.

243

Ernst avait la manie de se laver chaque fois qu'il rencontrait une mare. Il savonnait son corps rouge et blanc et se rinçait dans l'eau froide en sifflotant le *Horst-Wessel Lied.* Jean l'imita. La nuit tombait. A une centaine de mètres d'eux, les voitures vrombissaient sur la route de Modène. Ils entretinrent le feu qui chassait les moustiques et s'allongèrent côte à côte, à même la terre, partageant sous leurs têtes le sac de couchage. Entre les arbres, on apercevait des morceaux du ciel noir constellé.

— Je suis heureux, dit Ernst. Nous vivons de grandes heures. Le monde est à nous. Il faut défendre notre bien, mais nous allons le faire en chantant et si nous devons mourir, nous mourrons pour que nos enfants vivent un âge d'or.

— Je te ferai observer que nous n'avons pas encore, toi et moi, d'enfants, et que personne ne nous attaque.

— Espèce de sale sceptique de Français ! Tu es bien nourri, tu n'appartiens pas à un peuple opprimé, tu ne sais pas ce que c'est que d'avoir des frères enchaînés qui t'appellent au secours quand tu as les mains vides et qu'on t'a désarmé.

— Écoute, Ernst, nous parlerons de tout ça demain. Ce soir, je tombe de fatigue. Tu me casses les pieds avec tes frères opprimés. Dors !

A midi, le lendemain, ils arrivèrent au centre de Bologne. Pour l'un comme pour l'autre, c'était la première grande ville d'art italienne. Ernst s'arrêta dans un square pour ouvrir son Goethe : « Vieille ville vénérable et docte... » Il voulut grimper dans un clocher pour voir les toits de tuile vantés par le poète. « L'humidité et la mousse ne les atteignent pas. »

— Quelle drôle d'idée il a, ton Goethe! Je me demande qui peut s'intéresser encore à des détails pareils.

— Goethe est un homme universel. Rien ne lui a été étranger. Que dit ton Stendhal?

Jean ouvrit son petit guide beylien :

— Oh quelques lignes seulement sur Bologne. Il a entendu ici deux concerts. On l'a présenté à des savants : « Quels sots! écrit-il. En Italie, ou des génies bruts qui étonnent par leur profondeur et leur inculture, ou des pédants sans la plus petite idée. »

— C'est tout?

— Absolument tout.

Ernst parut accablé. La légèreté des Français était incurable. Il entreprit de le démontrer à Jean qui n'écoutait pas, rêvant à demi au gros jeune homme qui courait la poste pour entendre chanter des cantatrices de dix-huit ans et discuter sans fin avec des mélomanes, tandis que Goethe à Bologne, poussé par une inspiration subite, s'enfermait pour noircir des pages sur Iphigénie à Delphes.

Le soir, ils se promenèrent sous les arcades, mêlés à une foule beaucoup plus calme que celle de Milan. Les filles qu'ils croisaient se tenaient par bandes de quatre ou cinq. On voyait luire leurs dents quand elles riaient. Elles sentaient bon le savon et leurs corps jeunes et riches semblaient heureux de vivre dans la fraîcheur retrouvée à la nuit.

— Elles sont jolies, dit Jean.

— Pas très fermes! remarqua Ernst. On ne les voit pas courir un cent mètres.

— Qui leur demande ça?

245

— Moi ! Toi, tu as une conception rétrograde des femmes, comme si elles étaient là pour le plaisir, la jouissance du jouisseur. En Allemagne, elles sont nos égales. Leur ventre est l'avenir du pays.

— Ernst, tu es un pauvre type... J'imagine que ton Goethe n'a rien écrit sur les femmes italiennes.

Ernst se tut. Goethe n'en parlait pas. Il ne prenait pas de risques comme Stendhal. Ce n'est pas lui qui mourrait d'une vieille blennorragie mal soignée. Les idées, la poésie avant tout ! Et la santé ! Les marchands de glace et d'amuse-gueules récitaient leur complainte au coin des rues, mais on ne voyait pas de mendiants. Ils étaient interdits. Les Bolognais se promenaient pour goûter à l'un des derniers grands soirs de l'été, abandonnant leurs maisons étouffantes aux volets clos sur des rues étroites qui vibraient odieusement au passage des tramways. Derrière les bourgeois, de petites bonnes malingres, venues de leur campagne émilienne, nu-tête, la robe noire ceinte d'un tablier blanc, essayaient de retenir les enfants qui criaient et se chamaillaient. De ce spectacle, Jean tirait quelques remarques : les Italiens vivent dans la rue où ils ont la voix haute et le geste ample, ils se connaissent tous et se donnent magnifiquement du Signor, Signora, parfois même du Commendatore. Ils sont satisfaits. Les affaires marchent bien. Un ordre règne dont ils sont fiers. En Éthiopie, les légions ont reconquis un Empire. Beaucoup se récitent le poème de Gabriele D'Annunzio : *Mare nostrum*. En Lombardie, ils sont froids et compassés, mais à mesure qu'on descend vers des latitudes plus humaines, ils sont chaleureux, hospitaliers et curieux des étrangers. En revanche, Ernst s'inquiétait de leur verbalisme, de ce laisser-aller débonnaire, de cette nation qui chantait bien individuellement et si mal en chœur. La Hitler-Jugend avait essayé de nouer des relations plus étroites, idéologiques et militaires, avec les Balillas fascistes. En vain. Les chefs des Balillas considéraient les nazis comme les ouvriers de la vingt-cinquième heure, des néophytes du fascisme.

Vers minuit, Ernst et Jean reprirent leurs bicyclettes confiées à un garage et s'élancèrent vers la Toscane. Comme la route était dure, ils s'arrêtèrent dans un village, dormirent dans une grange et repartirent de bonne heure pour escalader les cols. Seul, chacun d'eux eût mis trois jours à franchir ces montagnes. A deux, se relayant pour couper le vent, ils gagnèrent en un jour les frontières de la Toscane. La fin d'après-midi plongeait dans le silence un paysage propre et ordonné comme un jardin tracé dans une épaisse terre d'un bel ocre foncé sur laquelle se détachaient des arbres entourés d'une collerette blanche. En approchant, ils reconnurent des oliviers que des femmes gaulaient avec des perches. Dans les draps tendus en dessous, les enfants recueillaient les olives emportées ensuite à dos d'homme dans de lourds paniers de vannerie. On les interpella pour leur offrir du pain arrosé d'huile, des tomates, des oignons et un vin blanc léger, gracieux, qui sentait la fleur.

— Si les gens sont de plus en plus gentils à mesure qu'on descend vers le sud, dit Ernst, comment sont-ils à l'Équateur ? Il doit y avoir une limite.

— Tu devrais aller voir ! Je t'attends ici.

— Ne fais pas l'imbécile. Chaque pays a son Sud.

— Même l'Allemagne ?

— Même l'Allemagne. Les Bavarois sont nos Italiens.

Jean se croyait encore celte. Il redoutait le Sud qui amollit. Tout de même, ces Italiens pétaient d'orgueil. Ils paraissaient gais et accueillants, riaient d'un rien, offraient tout ce qu'ils possédaient au passant souvent démuni. Et si Albert avait tort ? Et si ce pays baignait dans le fascisme comme Poppée dans son bain de lait d'ânesse ? Ernst, le nazi, ne riait-il pas lui aussi, sans arrêt ? Des explications s'imposaient.

Ils demandèrent à coucher dans une grange. On leur offrit après souper un grand lit dans lequel ils s'enfoncèrent et dormirent comme des brutes, réveillés au petit jour par une jolie voix d'homme qui chantait une rengaine.

— Aidons-les ! proposa Ernst.

Toute la journée, ils ramassèrent des olives, les reins rompus, les jambes molles parce qu'on leur passait trop souvent la cruche de vin blanc.

— Je te parie, fit Jean pendant une pause, que ton Goethe n'a jamais ramassé une olive de sa vie.

— Et Stendhal ?

— Non plus, que je sache. Mais peut-être qu'à la fin du XVIIIᵉ et au début du XIXᵉ, il était de bon ton de ne pas parler de nourritures terrestres. Cela dit, je t'accorde que, pour une fois, on peut renvoyer dos à dos Goethe et Stendhal.

En fin de journée, ils dirent adieu au fermier, à sa femme et à son fils. Il était temps de gagner Florence, mais ils avaient dû boire trop de vin blanc et s'arrêtèrent au bord de la route pour dormir. Le lendemain à

248

midi, ils entraient dans Florence et couraient aussitôt voir l'Arno et le Ponte Vecchio qui leur arracha un cri d'admiration. Entre les énormes piliers, coulait une eau boueuse d'une belle couleur crème. Ernst plongea dans son Goethe et releva le nez, déconfit.

— Que se passe-t-il ? demanda Jean.

— Pour être sincère, je vais te traduire les quatre lignes qu'il consacre à Florence : « J'ai parcouru la ville à la hâte, vu la cathédrale, le baptistère. Ici encore s'ouvre à moi un monde tout neuf, inconnu, où je ne veux pas m'attarder. Le jardin Boboli a une délicieuse situation. Je suis parti aussi précipitamment que j'y étais entré. » Et ton Stendhal ?

Jean éclata de rire à son tour :

— Ce n'est pas mieux. Écoute : « Florence, située dans une vallée étroite, au milieu de montagnes pelées, a une réputation bien usurpée. »

— Ah, tu me rassures. Se seraient-ils trompés l'un et l'autre ?

— Oui, sûrement.

Ils restèrent deux jours à Florence, couchant dans un petit hôtel bruyant et sale. Les Offices, le Dôme les pénétrèrent d'admiration, mais personne ne leur parla. Ils s'accordèrent que Florence était une ville beaucoup trop secrète pour le temps qu'ils avaient à lui consacrer. Au fond, Goethe et Stendhal ressentaient la même impression. Le premier ne rêvait qu'à la Rome des Césars, le second qu'à l'opéra.

— Nous reviendrons, dit Ernst. Une autre fois, quand nous aurons la clé de Florence. Je crains qu'en ce moment, nous perdions notre temps...

— Peut-être bien.

Huit ans plus tard, Ernst devait retraverser Florence après la bataille du mont Cassin. Debout sur un camion, il ne vit que des passants au dos tourné, des incendies qui s'allumaient après le bombardement et le pont de Michel-Ange effondré. Il ne connaîtrait jamais Florence. Il eut alors une pensée pour Jean, se demandant ce que la grande tourmente avait pu faire de son compagnon d'Italie. Dans l'impitoyable mêlée, les âmes esseulées cherchaient en vain les frères de la veille et ne rencontraient plus que des visages ennemis.

Après Florence, les routes de Goethe et Stendhal différaient. Le premier était passé par Pérouse et Terni, le second avait filé sur Rome par Viterbe. Jean fit observer que Stendhal gagnait de vitesse l'Allemand. Ernst assura que ce n'était pas la peine de venir en Italie pour brûler les étapes. D'ailleurs Goethe parlait à tout le monde, des militaires, des voituriers, des contrebandiers, des gendarmes, tandis que Stendhal ne voyait dans les Italiens que les religieux du bel canto. Les deux garçons s'arrêtaient au bord de la route pour discuter à perte de vue les mérites de leurs guides. A la vérité, ils n'étaient tout à fait sincères ni l'un ni l'autre. Ernst trouvait Goethe lourd et pontifiant, trop sérieux. Jean s'inquiétait du plaisir de Stendhal, si semblable au sien. Plus sûr de lui-même, il eût reconnu, dans le petit consul de Civitavecchia méchamment caricaturé par le crayon d'Alfred de Musset, un égal en sensibilité, un frère en enthousiasmes.

Leur seule certitude était qu'au fur et à mesure qu'ils descendaient vers le sud, la hâte les quittait. Ils pédalaient les mains sur les poignées du guidon, dégagés, détendus, lorgnant les filles qui ne leur accordaient pas un regard. Comment attirer leur attention à ces belles Italiennes qui traversaient les mirages de la route, jambes nues, en jupes noires et blouses blanches ?

— As-tu déjà fait l'amour ? demanda Ernst.

— Oui, une fois. Enfin, je veux dire beaucoup de fois, mais la même nuit, avec la même femme.

— Et tu n'as pas essayé tout de suite avec quelqu'un d'autre ?

— Qui d'autre ? Ce n'est pas si facile.

— L'été prochain, je te fais inviter dans une de nos colonies de vacances. Elles sont mixtes. Nous n'avons jamais de ces problèmes, à condition de nous limiter aux filles de notre race.

— Quelle race ?

— Les Aryens, bien sûr. Tu es complètement idiot, mon pauvre Hans. On ne t'a jamais dit que tu es un Aryen ?

— Je t'avoue que je ne sais même pas ce que c'est.

Ernst exigea une halte. Ils étaient au bord du lac de Bolsena aux belles eaux vert pâle. Ernst expliqua l'aryanisme au Celte innocent. Jean apprit que « son » président du Conseil était juif. Plus tard, mieux averti, il regretta de n'avoir pas su répondre que l'Hitler d'Ernst l'était aussi un peu. La théorie de son camarade lui parut légère et passablement absurde. Il avait eu en rhétorique un professeur de lettres, M. Pollack, homme exquis et d'une bonté inlassable face à une classe de potaches d'une ignorance crasse, ancien combattant de Verdun où il avait reçu la Légion d'honneur. En quoi ce M. Pollack pouvait-il ressem-

251

bler à la description que donnait Ernst sinon qu'il avait un nez busqué, de grandes oreilles et un crâne chauve ?

— Ton système ne tient pas debout, dit Jean. Je connais un professeur juif...

— Taratata... Tout le monde a son bon Juif.

— Il y en a d'autres.

— Tes réflexions ne m'étonnent pas. Les Français sont pourris jusqu'à la moelle. Ils ne s'aperçoivent même pas de la différence entre un Aryen et un non-Aryen. A la prochaine guerre, nous vous battrons à plate couture.

— Tu tireras sur moi ?

— Non. Pas sur toi. Sur ton camarade, oui. Toi, tu seras mon bon Français.

Ils se baignèrent dans le lac. Jean nageait plus vite et mieux qu'Ernst. Il le battit sur une courte distance et, pour prix de sa victoire, le maintint la tête sous l'eau une bonne minute.

— Tu n'es pas complètement pourri ! dit Ernst en émergeant, le visage congestionné.

— Je ne le suis pas du tout.

— Allions-nous, le monde nous appartiendra.

— Nous n'en ferons rien.

— Malheureux dilettante.

— Je ne suis pas un dilettante. En 1940, aux prochaines Olympiades, je rapporterai une médaille d'or à mon pays avec mon skiff.

— Je demande à voir !

— C'est tout vu.

Ils se querellèrent ainsi jusqu'à Rome, heureux de vivre, de s'affirmer l'un contre l'autre. Jean ne résista pas au plaisir de lire à Ernst les pages consacrées par Stendhal à Goethe : « Les Allemands n'ont qu'un homme, Schiller, et deux volumes à choisir parmi les vingt tomes de Goethe... On lira la vie de ce dernier, à cause de l'excès de ridicule d'un homme qui se croit assez important pour nous apprendre en quatre volumes in-8° de quelle manière il se faisait arranger les cheveux à vingt ans, et qu'il avait une grand-tante qui s'appelait Anichen. Mais cela prouve qu'en Allemagne, on n'a pas le *sentiment du ridicule*... En littérature, les Allemands n'ont que des prétentions. »

Ernst parut sincèrement accablé et Jean regretta d'être allé aussi loin. Il consola son compagnon :

— Je n'aurais jamais dû te lire ces pages un peu trop françaises.

— Pourquoi pas ? Ce n'est pas moi que tu déçois, c'est mon père. Il jure par Goethe et je t'assure de sa sincérité. Il aurait mieux fait de laisser mon *Mein Kampf* dans la musette. Je vais brûler Goethe. Stendhal a raison.

Ils passèrent par Civitavecchia qui leur parut répondre tout à fait à l'ennui que Stendhal y avait éprouvé en qualité de consul. Joseph Outen reçut une nouvelle carte : « Cette ville n'a dû connaître qu'un moment de gloire dans sa longue histoire, celui où notre cher ami animait une société bourgeoise qui périssait de cafard. Demain, je prends Rome. Salut et fraternité ! »

Rome les frappa de tant de majesté qu'ils fouillèrent aussitôt dans leurs havresacs pour trouver des pantalons longs et des chemises. Depuis leur rencontre, sur la route de Parme, ils pédalaient en culottes courtes et le torse nu. Ernst, après avoir failli virer au homard, gardait une couleur d'un beige ocre qui ennoblissait sa belle tête de barbare blond. Jean brunissait plus hardiment. Ils ne pouvaient l'un et l'autre passer inaperçus, mais leur jeunesse les protégeait des accès de vanité. Ils ouvraient si grands les yeux qu'ils ne pouvaient voir que les ruines du Forum et le Colisée. Rien ne les distrayait de leur inventaire méthodique. Ernst était plus averti que son compagnon. Depuis l'enfance il entendait parler de Rome par son père. Ce doux homme l'avait élevé dans le respect des vertus romaines et des jeux de l'esprit. Sans pédantisme, Ernst pouvait citer Sénèque, Tite-Live et Tacite. On n'avait guère parlé que d'eux à table et en promenade. Jean mesura ce qui lui manquait. A La Sauveté, on ignorait ces noms. Il ne les connaissait que par les morceaux choisis et l'ennui sordide qui se dégageait des compositions latines, alors qu'Ernst traitait ces auteurs comme des vivants trop tôt disparus, jeunes hommes pleins de fougue, ardents au plaisir comme Virgile, ou adultes dont la maturité sévère se voilait d'ironie comme Sénèque. Ernst n'ouvrait plus son Goethe. Jean lisait en cachette quelques lignes de Stendhal sur le caractère des Romains. Il eût aimé parler à la foule, mais les jeunes filles croisées dans la rue étaient sages. A l'auberge de jeunesse où ils couchaient, une vieille femme astiquait la rampe de l'escalier et ne répondait pas quand on lui parlait. D'autres garçons de leur âge, venus de Finlande, d'Angleterre ou d'Amérique, s'arrêtaient une nuit et repartaient, ivres de soleil et de plages plus que de ruines. Le dimanche, Jean se rendit seul sur la place Saint-Pierre pour y recevoir la bénédiction de Pie XI.

Il n'aperçut qu'un petit homme coiffé d'une calotte blanche dont le bras s'éleva pour tracer le signe de croix destiné aux fidèles curieux et peu recueillis. Jean rapporterait cela à Jeanne, et M. Le Couec en éprouverait une grande satisfaction. Ernst avait refusé d'accompagner son ami :

— Un bain de foule ? Non, merci. Je ne les aime pas comme ça. Les foules nourries d'homélies ne vont nulle part. Je t'invite l'an prochain à Nuremberg pour la fête du Travail. Tu verras.

Quand ils ne visitaient pas de musées, d'églises ou de palais, ils s'arrêtaient sur une place de Rome et, pour le prix d'une consommation à la terrasse d'un café, observaient pendant des heures le défilé des touristes photographiant les fontaines, la marche des jeunes filles qui passaient deux par deux en parlant avec une vivacité charmante et des gestes de la main qui semblaient scander leur accent musical, ce si beau parler romain, grave et léger à la fois. Malgré leurs efforts, les deux amis n'avaient jamais pu en aborder aucune. Dès qu'ils risquaient un mot, elles riaient sous cape et pressaient le pas. Les seules qui les auraient écoutés étaient des putains dont ils virent le plus grand nombre le soir où, abandonnant leurs quartiers favoris — la piazza Navona ou les alentours du Panthéon —, ils descendirent la via Veneto. Un moment éblouis, ils furent vite écœurés. Leur Rome n'était pas là, parmi ces touristes, cette jeunesse prétentieuse et dorée, ces filles au sourire agressif dont la poitrine tendait les blouses de satin. Ils se sentirent là plus étrangers que dans la Rome populaire où quantité de loqueteux essayaient de leur vendre n'importe quoi, incapables

255

de les distinguer de la multitude des gogos en visite. Leur allure sèche de petits jeunes gens gorgés de soleil mais mal nourris n'intéressait pas la société de la via Veneto. Ils furent si déçus par cet aspect de Rome qu'ils coururent à la Trinité-des-Monts. Là, au moins, et du Pincio, la ville s'offrait à tous ceux qui la voulaient : rouge et ocre dans le couchant ou à l'aube, fardée de fumées bleuâtres étirées entre les dômes et les clochers des églises, animée d'une longue rumeur comme si un seul être confondu, le peuple des rues, accordait ses querelles et ses cris à l'heure du jour.

Comme ils passaient devant l'hôtel Adler, Jean aperçut soudain une Hispano-Suiza dont la carrosserie jaune et les chromes luisaient ironiquement à la lumière des réverbères. Un chauffeur noir, habillé de blanc, lisait un livre posé sur son volant.

— Pas possible ! C'est Salah ! dit Jean.

— Qui ?

— Un ami.

— Tu veux dire que ce nègre est ton ami ?

— Un type formidable. Il sait tout et comprend tout.

Ernst ouvrit de grands yeux. Il regardait alternativement Jean et le chauffeur absorbé par sa lecture, sans trouver la raison d'une amitié entre l'un et l'autre.

— Écoute, mon cher Hans, cet homme est un nègre, un domestique. J'ajoute, d'après les plaques arabes de la voiture, qu'il est le chauffeur d'un Arabe, c'est-à-dire d'un sémite. Tu dois m'expliquer ce qui a pu te tromper dans cet individu. Jusqu'ici, tu m'as plu. Certes, tu te moques de Goethe à cause de ton Stendhal, mais c'est un travers français, comme dit mon père. Je te pardonne beaucoup parce que je n'aime pas terriblement Goethe moi-même, et que, dans un sens, tu m'as ouvert les yeux. Cependant, je dois t'avertir que si tu fais ami-ami avec ce nègre, tu ne seras plus mon camarade.

— Ernst, tu es un pauvre con ! Ce type nous vaut cent fois. A Londres, il a été mon mentor.

— Naturellement, à Londres... Londres c'est la pourriture distinguée, le cloaque dont l'Europe ne veut même pas. La race blanche a tout donné au monde. Le monde lui doit tout, mais elle n'assumera sa mission qu'en se gardant des pollutions raciales. Je te préviens : j'accepte de rire avec toi de mes enthousiasmes, mais je refuse tes lâchetés.

Jean n'écoutait pas. La présence de Salah de l'autre côté de la chaussée lui rappelait une foule de souvenirs qu'il avait aimé caresser entre ses deux seuls voyages : la lumière de Londres, le mystère de Soho, Hampton Court et la révélation des beautés de l'aviron, sa belle bicyclette offerte en holocauste sur l'autel de l'art moderne par un sculpteur inconnu.

— Attends-moi ici ! dit-il.

— Non. Si tu parles à ce nègre, je m'en vais.

Jean traversa la rue et s'approcha du chauffeur.

— Salah !

Salah ne le reconnut pas sur-le-champ.

— Vous ne vous souvenez pas de moi, à Londres, mon vélo jaune, Mme Germaine et les Marie de Chelsea.

— Jean Arnaud ! Un homme maintenant. Vous êtes devenu rudement costaud. Ça alors... Je ne m'y attendais pas.

Il posa son livre et descendit de voiture pour prendre Jean par le bras.

— C'était écrit... Nous devions nous revoir. Mais pourquoi à Rome ? Dieu seul le sait. Ah, mon cher Jean, je ne vous ai pas oublié. Ici au moins, il n'y a pas de pasteur libidineux... Je connais deux personnes qui seront heureuses de vous revoir...

— Le prince ?

— Oui. Et Mme Geneviève. Ils sont là. Je les attends d'un moment à l'autre pour les emmener dîner au Parioli. Vous êtes seul à Rome ?

— Non, avec un camarade, Ernst, un Allemand.

Jean chercha Ernst et ne le vit plus de l'autre côté de la rue.

— Il n'est pas avec vous ?

— Il y était, mais il vient de s'esquiver. C'est un timide.

— A moins qu'il n'aime pas les peaux noires, dit Salah en allumant une cigarette.

— Je ne crois pas que ce soit ça. Il est vraiment très sauvage.

Jean se trouva admirable de mentir aussi bien, mais la disparition d'Ernst le troublait.

— Il doit m'attendre en bas de l'escalier. Un drôle de type : il peut rester des heures à regarder une fontaine. Ah, Salah, je suis vraiment content de vous revoir.

— Moi aussi, figurez-vous. Combien d'années ont passé ?

— Quatre.

— Un rien. Toujours à bicyclette ?

— Oh oui, mais fini l'entraînement, les courses. J'ai

258

un vélo de père de famille. Maintenant, je rame à l'Aviron dieppois.

— Je comprends pourquoi vous êtes si costaud.

— Et votre père?

— Il est mort. En mon absence, mes demi-frères et sœurs ont mis la main sur tout ce qu'il possédait. Un souci de moins pour moi... Ah voilà le prince.

Le portier de l'Adler, casquette à la main, précédait un homme long et maigre qui, malgré la tiédeur du soir, semblait défaillir de froid dans un manteau à col de velours.

— Monseigneur, dit Salah en français, voici Jean Arnaud.

— Le petit Jean de Grangeville?

— Oui, Monseigneur, c'est moi.

— Je ne te reconnais pas, mais je suis certain que c'est bien toi. Que fais-tu à Rome?

— Je visite avec un ami allemand. Il faut que je vous remercie. Grâce à vous...

— J'ai horreur des remerciements. Si tu veux me remercier un jour, préviens-moi.

Le concierge maintenait ouverte la portière de la limousine. Jean ne savait plus quoi dire. Salah, témoin de son embarras, vint à son secours.

— Nous attendons Madame, Monseigneur?

— Madame est fatiguée, elle ne viendra pas.

Puis, comme il s'était rendu compte de la sécheresse de sa dernière réplique, il ajouta d'une voix mieux maîtrisée :

— Monte avec moi, Jean. Salah te raccompagnera ici quand il m'aura déposé.

Au fond de l'Hispano on ne voyait rien. La voiture

259

eût tout aussi bien traversé les faubourgs de Londres sans qu'on s'en aperçût. Visiblement, le prince s'efforçait de ne pas montrer sa mauvaise humeur. Geneviève était-elle fatiguée réellement ou s'étaient-ils disputés ?

— C'est très bien de voyager, dit le prince après un silence. Il faut que des garçons comme toi voient le monde. Il y a tant de choses à apprendre. J'espère que tu ne manques de rien.

— De rien, Monseigneur.

— As-tu déjà passé ton baccalauréat ?

— Oui, avec la mention « bien ».

— Tes parents doivent être contents.

— Je pense qu'ils le sont. Ils ne me l'ont pas dit.

— La Sauveté est vendue, paraît-il.

— Oui.

— A qui ?

— Des voisins. Les Longuet...

— Longuet ? Ça me dit quelque chose.

— A vous, Monseigneur ?

Jean le vit sourire dans l'ombre.

— C'est peut-être un homonyme. J'ai vaguement rencontré un jour un certain Longuet dont la femme est alsacienne.

— Alors, ce sont eux ! dit Jean surpris.

— Des gens extrêmement vulgaires. D'une vulgarité qui atteint au plus grand comique.

— Ce sont bien eux.

— Je vois.

Ils se turent un moment. A travers la vitre du coupé, on apercevait le dos et la casquette blanche de Salah qui semblait conduire comme un automate silencieux.

— Que vas-tu étudier maintenant ? demanda le prince.

— Mon père voudrait que j'entre dans une école technique : la radio ou la mécanique.

— Et toi ?

— Moi, je voudrais travailler. Gagner ma vie. Être indépendant.

— Et que feras-tu de ton indépendance ?

— De l'aviron. Je rame à l'Aviron dieppois. J'ai quatre ans pour être sélectionné aux Jeux Olympiques de 1940.

— J'admire ta confiance en l'avenir. 1940 ? Que peut-il arriver d'ici là ? Bon... enfin, je suis un pessimiste. Je verrai si je peux te trouver quelque chose. Ma secrétaire t'écrira à La Sauveté.

L'Hispano ralentissait pour s'arrêter devant un ravissant palais illuminé. Deux valets en habit à la française et gants blancs se tenaient devant la grille.

— Au revoir, Jean, dit le prince. Salah, tu raccompagneras notre ami. Rendez-vous à onze heures ici.

— Oui, Monseigneur.

Jean suivit des yeux la silhouette frileuse qui montait le perron du petit palais Renaissance.

— Allons prendre un verre, dit Salah qui retira sa casquette et sa blouse blanche.

Jean s'assit à côté de lui et la voiture descendit en silence les pentes du Parioli pour gagner le centre de Rome. Salah s'arrêta près de la piazza del Popolo et entraîna Jean dans une brasserie qui n'avait rien de romain. On y buvait de la bière dans des chopes et les hommes fumaient des cigares noirs dont l'odeur âcre empestait la salle.

— Pourquoi ici ? demanda Jean.

— Quelqu'un doit passer me voir. Que buvez-vous ?

— Je crois qu'une bière s'impose.

Salah commanda une bière et une limonade pour lui-même.

— Vous restez fidèle à l'abstinence !

— Oui, dit Salah. C'est une règle d'hygiène. Racontez-moi ! Que s'est-il passé depuis quatre ans ?

Jean lui dit en quelques mots l'histoire de La Sauveté, la vente, le départ d'Antoine pour une destination inconnue quelque part dans le midi de la France et Mme du Courseau construisant une maison pour Antoinette et Michel sur la falaise. Une page était tournée. Geneviève le savait-elle ?

— Il est difficile de savoir ce qu'elle sait.

— J'ai eu l'impression que le prince était fâché contre elle ce soir.

Salah rit, éclairant son visage sombre de sa belle denture.

— Elle est assez capricieuse, il faut l'avouer, mais tout le monde l'aime ainsi. Qu'elle change et on ne ferait plus attention à elle.

— Je voudrais bien la rencontrer.

— Demain, peut-être. C'est une personne... comment dire... volatile. Son charme est fantastique et elle en use.

— C'est fou ce que vous parlez bien le français, Salah. Prenez-vous toujours des leçons chez Mme Germaine ?

— Mme Germaine... Ah oui. La pauvre.

— Pourquoi la pauvre ?